바로,

낙원

바로, 낙원

초판 1쇄 찍은 날 | 2013년 2월 22일
초판 2쇄 펴낸 날 | 2013년 3월 8일

지은이 | 요조
펴낸이 | 예경원

편집 | 유경화

펴낸곳 | 예원북스
등록번호 | 제396-2012-000132호
등록일자 | 2012. 7. 25
YRN | 제1-0017호

주소 | 경기도 고양시 일산동구 무궁화로 8-28 삼성메르헨하우스 712호 (우) 410-837
전화 | 031-819-9431 팩스 | 031-817-9432
http://cafe.naver.com/yewonromance
E-mail | yewonbooks@naver.com

ISBN 978-89-98102-20-3 03810

바로, 낙원

W 조 장편 소설

YEWONBOOKS ROMANCE STORY

❖ 목차 ❖

「당신이 있는 그곳이 바로, 낙원.
우리가 함께하는 그것이 바로, 낙원.」

비행기가 떠났다. 그때까지도 혹시나 하는 마음에 핸드폰을 잔뜩 움켜쥐고 있던 지안은 허탈하게 웃으며 손에서 힘을 뺐다. 어쩌면, 하고 의심했었다. 그럴 때마다 입술을 깨물며 고개를 저었었다. 설마, 했던 것들이 역시나 된다고 해도 인정하고 싶지 않았다. 자신의 선택이 잘못됐다는 걸 받아들일 수가 없었다. 그래서 불안했지만 끝까지 가버렸다. 사람들 앞에서 축하를 받으며 부부가 됐고, 끝끝내 못마땅한 눈빛으로 자신을 외면하던 엄마에게 교만하게 웃어 보이기까지 했었다.

'전화 한 통만 하고 올게.'

결혼식이 끝났고 신혼여행만 가면 되는 거였다. 긴장을 풀었고 그가 돌아오기를 기다렸다. 30분이 지나고, 1시간이 지날 때까지도 마냥 기다렸다. 자신의 이름이 방송을 통해 흘러나올 때까지도 괜찮았다. 식은땀이 났지만, 속이 점점 울렁거리고 다리에서 힘이 빠졌지만 버틸 수 있었다. 그렇게 시간은 흘렀고 전화 한 통만 하고 오겠다던 남자는 비행기가 이륙할 때까지도 모습을 드러내지 않았다.

"하아."

눈물은 나지 않았다. 뒤통수를 제대로 맞아 아찔할 정도로 아프기는 하지만 죽을 만큼은 아니다. 숨도 쉬어지고 머리도 돌아간다. 심호흡을 했으니 앞으로 어떻게 해야 할지 정해야 한다.

「잘살아, 나한테 걸리지 말고.」

남편이 될 뻔했던, 혼인신고를 하지 않았으니, 남자에게 문자를 보내고 지안은 핸드폰 전원을 껐다. 그리고 잠깐 생각을 하다 방향을 틀었다. 뺨을 매섭게 때리고 가는 바람에도 공항 건물 밖으로 나온 지안은 고개를 빳빳이 들었다. 손님을 기다리는 택시들을 향해 걸어가면서 그녀는 그 순간 목적지를 정했다.

핸드백 하나 달랑 든, 하지만 언뜻 보기에도 결혼식을 올린 지 얼마 되지 않은 새 신부처럼 곱게 화장하고 머리까지 한 지안을 정갈하게 유니폼을 입은 직원이 의아한 눈빛으로 곁눈질했다.

"제일 빠른 걸로 주세요."

집으로는 가고 싶지 않았고 다른 언어를 쓰는 나라도 가고 싶지 않았다. 그래서 생각해 낸 곳이 제주도였다.

"감사합니다."

비행기 티켓을 받아 들고 지안은 돌아섰다. 현금도 있고 카드도 있으니 돈은 걱정하지 않아도 된다. 옷이나 속옷, 기타 필요한 것들은 제주도에 도착해 사면 되고 숙소는 가서 정해도 늦지 않는다. 결혼을 하는 것보다 더 쉽다. 내일은 어떨지 모르겠지만 지금 당장은 그저 홀가분하다. 분하고 억울한 건 아직 잘 모르겠다. 결혼을 준비하는 내내 들었던 의구심들로 인해 마음은 나름대로 준비를 하고 있던 것 같기도 하다.

언제나 비밀번호를 설정해 잠가뒀던 핸드폰, 결혼식 직전까지도 소개를 시켜주지 않았던 가족들, 친구들과 만났을 때 봤던 불편하고 어색했던 시선들, 그리고 결혼식 전날 받았던 전화 한 통. 그 사람은 줄곧 지나치게 너 ▓▓ ▓▓에 ▓▓▓▓▓ ▓▓▓ ▓▓▓▓ ▓▓▓고 있었던 건지도 모르겠다. 가족들에게, 특히나 허영심으로 가득한 엄마에게 그녀가 틀렸다는 걸 증명하고 싶어 안달이 났던 서씨 집안 문제아 서지안은 그러한 경고들을 모두 무시한 채 보고 싶고, 듣고 싶고, 믿고 싶은 것들에만 온 신경을 쏟아부었다. 그러니 고개를 갸웃하게 만드는 그 모든 것들을 바보처럼 전부 지나쳐 버렸다.

"류지선 여사님이 통쾌해하시겠네."

의자에 앉으며 지안은 혼잣말을 했다. 발리에 도착했을 시간을 계산한 뒤 지선은 분명 핸드폰으로 전화를 걸어올 거다. 그리고 전원이 꺼져 있는 걸 알게 되면 일단 숨을 고르고 다른 볼일을 본 후 다시 전화를 걸 게 빤하다. 하지만 여러 차례 전화를 했음에도 여전히 전원이 꺼져 있으면 마음에 들지는 않지만 어쨌든 사람들 앞에서 자신의 막내딸과 서약을 하고 반지를 나눠 낀 사위에게 전화를 걸 거고 사위와도 연락이 되지 않으면 호텔로 전화를 걸어 체크인을 확인할 거다. 그다음은 대충 뭔가가 잘못됐다는 걸 알게 될 거고 서둘러 상황 파악에 들어간 뒤 머지않아 모든 걸 알게 될 것이다. 류지선 여사님이 사실을 알게 되는 데는 아마 채 하루가 걸리지 않을 거다. 불같이 화를 내며 길길이 날뛸 엄마를 생각하자 지안은 비실비실 웃음이 새어 나왔다.

"우리 엄마 진짜 뚜껑 열리겠다."

웃음을 거둬들이는데 묘하게도 속이 뜨거워진다. 슬슬 화가 나려는 것도 같고 기가 막히고 분해서 가슴이 턱, 막혀오는 것도 같다. 우는 사람보다 웃는 사람이 훨씬 많은 이곳에서 눈물이나 질질 짜는 건 생각만 해도 자존심 상한다.

"후우."

길게 숨을 내쉬고 지안은 다리를 펴고 일어났다. 주위를 둘러보며 커피를 마실 곳이 있는지 살피고 그녀는 커피 향이 그윽하게 퍼져 나오는 곳을 향해 걸음을 옮겼다.

"주문 도와드릴까요?"

주황색 유니폼을 입은 앳돼 보이는 직원이 상냥하게 웃으며 지안을 반겼다.

"아메리카노 주세요."

"두 잔 드릴까요?"

혼자 서 있는 걸 빤히 보면서 두 잔이라고 묻는 여자가 지안은 어이없었다. 핸드백을 열어 지갑을 꺼내면서 지안은 웃으며 말했다.

"내 옆에 있는 사람 보여요?"

"네?"

여직원이 당황한 듯 어색하게 웃었다.

"한 잔 주세요."

"아, 네."

이제야 무슨 말인지 알았다는 듯 여직원은 여전히 어색하게 웃으며 지안에게서 카드를 받아 들었다. 계산을 하고 주문한 커피가 나올 때까지 지안은 꼿꼿한 자세로 카운터 앞에 서서 기다렸다.

"주문하신 커피 나왔습니다."

아까보다는 훨씬 자연스러워진 미소로 여직원이 지시해서 웃어 보였다. 혼자 있으면서 둘인 걸로 오해를 받은 이 상황이 갑작스럽게 짜증났다. 얼른 머리를 감고 화장을 지우고 잠이나 잤으면 좋겠다 싶은 지안은 커피를 받아 들고 차갑게 돌아섰다.

결혼식이 끝나고 하루 정도는 호텔에서 자고 다음날 아침 여유롭게 신혼여행을 떠나고 싶었다. 하지만 그 사람이 그러고 싶지 않아 했다. 말로는 하루라도 빨리 둘만 있을 수 있는 곳으로 떠나고 싶다고 했다. 촌스럽게 올린 머리 그대로 화장도 지우지 못하고 공항까지 왔지만 지안은 투정을 부리지 않았다. 워낙에 남의 눈을 신경 쓰지 않는 편이었고 많은 수모를 겪으면서도 끝까지 참아준 그 사람을 위해 이 정도는 아무것도 아니라고 생각했었다. 가능하면 원하는 대로 맞춰주자 마음먹었다. 화려하거나 값비싼 걸 좋아하지 않지만 예물을 고를 때도 그랬고 지선이 격이 안 맞는다며 적선하듯 사주는 차도 그 사람이 좋아하는 눈치여서 군말 없이 받았다. 아마 지금쯤 그 선물들은 전부 현금화되어 있겠지. 하나하나 곱씹어보면 전부 이상하고 부자연스럽고 작위적이다. 그런데 사랑에 빠진 서지안은 그걸 하나도 의심하지 않았다. 참 바보 같고 어리석고 한심하다. 첫사랑은 아니었지만 끝까지 지켜낸 처음의 사랑이었다. 진심이었고 애틋했고 행복했다. 가진 게 없었지만 비굴하지 않아 좋았고, 잘생겼지만 다른 여자에게는 눈길도 주지 않아 좋았다. 다정했고 따뜻했고 신사적이라 좋았다. 함부로 안으려 하지 않았고 멋대로 판단하지 않아 좋았다. 하지만 다시 생각해 보면 너무 반듯했고 너무 빤했고 너무 원하는 대로 움직였다.

이런 정리를 지금 이 순간 하고 있는 자신이 지안은 무섭고 우스웠다. 다른 사람 같았으면 얼굴이 화장으로 범벅이 될 정도로 엉엉 울거나 경찰이라도 불러 사람을 찾아달라 사정을 해야 하는 게 아닐까 싶다. 아니면 집으로 달려가 이 사실을 알리고 수습을 하기 위해 애를 쓰겠지.

픽, 웃으며 쓴 커피를 한 모금 마시는데 안내 방송이 흘러나왔다. 지안은 핸드백을 손에 들고 일어났다. 그리고 아까 커피를 산 곳으로 걸어갔다.

"죄송한데 이것 좀 버려주세요."

지안은 직원보다 더 상냥하게 웃었다.

"너무 써서 못 마시겠어요."

"시럽 넣어드릴까요?"

"아니요, 제주도 가서 다른 걸로 사 마셔야겠어요."

"네?"

어리둥절해하는 직원에게 싱긋 웃어주고 지안은 가뿐히 돌아섰다. 이곳을 떠나면, 제주도에 가면 모든 게 다 잘될 것 같다. 현실을 받아들일 수 있을 것 같고, 새롭게 시작할 수 있을 것 같다.

좀 더 뻔뻔한 서지안으로, 좀 더 재수 없는 서지안으로, 좀 더 단단한 서지안으로.

"후훗."

짧게 소리 내 웃으며 지안은 또각또각 걸음을 내딛었다.

1.

「당신이 있는 그곳이 바로, 낙원.
우리가 함께하는 그것이 바로, 낙원.」

비행기에서 내려 공항 내에 있는 렌터카 회사에서 차를 빌리고 지안은 곧장 공항 건물 밖으로 나왔다. 마냥 따뜻한 햇살이 떨어질 것만 같았던 제주도 하늘은 어두컴컴하고 바람이 꽤나 차가웠다. 신호를 기다렸다 횡단보도를 건너 차량이 주차돼 있는 주차장으로 이동하면서 그녀는 마치 이곳에 사는 사람처럼 주변을 두리번거리거나 서울과는 색다른 경관에 눈을 휘둥그레 뜨며 신기해하지 않았다. 어차피 늦은 시간이라 보이는 것도 별로 없었을뿐더러 그저 얇은 코트 속을 파고드는 바닷바람에 걸음을 빨리할 뿐이었다.

안내받은 주차 구역에 도착해 지안은 운전면허증을 건네고 차량을 넘겨받았다.

"즐거운 여행 되세요."

차 키를 넘겨주며 남자가 인사를 건넸다. 예약도 없이 밤늦은 시간 혼자 차를 빌리는 이상한 여자라는 눈빛으로 남자는 끝까지 지안에게서 시선을 떼지 못했다.

"감사합니다."

제주도가 처음은 아니었다. 기억하지도 못하는 아주 오래전부터 지안은 가족들과 함께 자주 제주도를 내려오곤 했었다. 하지만 아이였던 지안과 지안의 언니인 이안이 크고 각자의 생활이 생기면서 가족끼리 어딘가를 여행 가는 건 사실상 어려웠다. 시간이 맞는다고 해도 여행까지 같이 갈 만큼 그다지 친밀하지 않은 관계 디는 짓도 이유 중 아나였나. 힘마인 시신이 하는 말흔 무소선 들지 않고 엇나가기 바빴던 지안은 고등학교에 들어가면서부터 가족 여행이라면 대놓고 비웃으며 뒷걸음질을 쳤다. 집에서도 사사건건 부딪치는 엄마와 여행까지 가서 끝나지 않는 싸움을 계속하고 싶지는 않았다.

시동을 켜고 지안은 공항 주차장을 빠져나왔다. 이제야 비로소 오롯이 혼자만 있게 됐다. 좁은 차 안이 이렇게나 절실했던 적이 있었나 싶어 지안은 나직이 웃음을 터트렸다. 공항을 나와 계속 직진을 해 그나마 번화한 곳에 접어들었다. 얼마나 머물지는 모르지만 현금을 더 찾아야 했다. 핸드폰을 꺼놓는다고 식구들이 그녀를 찾지 못하는 건 아니지만 당분간은 혼자이고 싶었다. 그러기 위해선 카드보다는 현금이 낫다.

은행 앞에 차를 세우고 지안은 핸드백을 챙겨 내렸다. 현금인출기 앞에서 잠시 망설이다 지안은 현금과 수표를 인출해 핸드백에 넣었다. 그녀의 손끝에 핸드폰이 닿았다. 혹시나 하는 마음에 전원을 켰다.

10초, 20초, 그리고 1분.

그 사람, 김태성에게서는 문자 한 통 들어와 있지 않았다. 다만 지선과 언니 이안에게서 문자가 몇 통 들어와 있었다. 상황을 설명하기도 귀찮고 비난을 들을 여유도 없어 지안은 다시 전원을 끄고 핸드폰을 핸드백 깊숙이 넣었다.

유리문을 열고 나와 그녀는 비상등이 깜박이고 있는 차를 멀뚱히 바라봤다. 주인을 기다리는, 그러나 어디로 가야 하는지 모르는 꼴이 자신과 같아 보였다. 지안은 고개를 들어 주위를 돌아봤다. 서울과 다를 것 없이 건물들과 요란한 불빛들이 눈을 시리게 했다. 근처를 한 바퀴만 돌면 호텔을 찾을 수 있을 것 같았다. 그러나 왠지 호텔은 내키지 않았다. 서울과 다른, 정말 제주도구나, 하는 걸 느낄 수 있는 그런 곳이 고팠다. 어쨌든 여행을 온 거니까.

차에 올라 그녀는 다시 핸들을 돌렸다. 우선 사람 많은 제주시를 벗어나 여기보다는 한적한 서귀포시로 가기로 마음먹었다.

겨울 바다는, 특히 밤에 마주하는 겨울 바다는 그리 낭만적이지가 않았다. 집어삼킬 것처럼 달려드는 파도에 지안은 멀찍이 서 있기만 했다. 거의 1시간을 달려왔다. 관광지로는 보이지 않는 한적한 동네에 접어들었고 마침 바다도 코앞이었다. 뭔가 눈물을 흘리며 신세 한탄을 하기엔 장소도, 시간도, 또 바람도 적절했다. 그런데 어둠 속에 홀로 서서 바다를 마주하고 섰는데도 눈물은 나지 않았다. 지난 시간들이 머릿속을 빠르게 지나가며 멍청하게 놓쳤던 것들을 상기시켜 주기 바빴다.

드라마틱했던 김태성과의 첫 만남, 적극적으로 다가와 순식간에 마음을 뺏길 수밖에 없게 만들었던 김태성의 달콤하고 따뜻했던 눈빛들. 유명 여배우의 딸이라는 것도, 돈 많은 아버지를 뒀다는 것도 전혀 알지 못하고 관심도 없다는 듯 마음을 활짝 열게 했던 다정스런 말과 행동들. 은퇴를 했음에도 워낙에 유명한 엄마를 둔 덕에 어려서부터 얼굴이나 사생활이 적지 않게 노출돼 있었지 반 외국 생활을 오래해 언제인지에 대해 대해는 김태 성의 말을 순진하게 믿었던 게 첫 번째 실수였다. 그리고 두 번째는 설사 김태성이 거짓이라고 해도 어쨌든 엄마가 싫어하는 짓이니 상관없다는 유치한 반항심이 마음 깊이 숨겨져 있었다는 거다. 한 번밖에 살지 못하는 인생을 너무 우습게 봤다. 그러나 김태성과 만나면서 두 번째 실수는 점점 잊고 있었다. 진심으로 마음을 다해 김태성에게 빠져들었고 처음으로 사랑한다는 말도 서슴없이 했다. 그러니 다른 사람을 원망할 수가 없다.

"혹시 빠질 겁니까?"

고요함을 깨고 느닷없이 들려오는 남자 목소리에 지안은 소스라치게 놀라 고개를 돌렸다. 어둠에 사로잡힌 키가 큰 남자가 그녀를 향해 비스듬히 서 있었다.

"뭐예요?"

남자의 눈이 보이지 않았지만 지안은 대충 가늠해 시선을 맞췄다. 바닷바람보다 더 싸늘한 지안의 눈빛에도 남자는 여유롭기만 했다.

"한 번에 죽을 수 있는 곳 알려줄까요?"

못 박힌 듯 서 있던 남자가 천천히 걸어 지안에게로 다가왔다. 바로 코앞까지 다가온 후에야 남자의 얼굴이 또렷하게 보였다. 암흑인 줄 알았는데 어딘가에서 빛이 꿈틀거리고 있었나 보다.

"여긴 한참을 들어가도 빠져 죽기엔 수심이 얕거든요."

비웃듯, 남자의 입가에 자잘한 웃음이 걸렸다.

"경험자로서 충고인가요?"

남자의 입가에 걸린 웃음과 비슷한 웃음으로 지안이 물었다.

"근데 죽기엔 예쁘네요."

화장을 하기는 했지만 뽀얗고 투명한 피부가 눈에 들어왔다. 그리고 눈동자가 유난히 검고 큰 눈이 어둠 속에서도 빛을 발했다.

"구경을 너무 대놓고 하시네요."

고개를 비틀며 지안이 입술을 닫았다.

"괜히 한밤중에 경찰들 차가운 바닷물에 들어가는 개고생 시키지 말고 날 밝을 때 들어가요."

"그런 것까지 신경 쓸 만큼 오지랖 넓은 사람이 아니라서요."

죽을 생각은 눈곱만큼도 없었다.

"그럼 나 가고 나면 빠지던가요."

"가요, 그럼."

아직 생각을 시작도 하지 못했는데 정체불명의 남자로 인해 조용했던 세상이 잠시 소란스러웠다.

"정말 빠질 겁니까?"

"수작 거는 건가요?"

세상을 감싼 검은 어둠, 정신을 어지럽히는 거친 파도 소리, 그리고 마음을 어루만지는 차갑지만 아리지 않은 바람이 지안과 남자 사이를 가득 채웠다.

"생각 있으면 따라와요."

남자가 지안에게 작은 종이 한 장을 건넸다.

[숨].

명함이었다.

⎪⎪⎪⎪⎪⎪⎪ ⎪⎪⎪ ⎪⎪ ⎪⎪ ⎪⎪⎪ ⎪⎪ ⎪⎪⎪⎪ ⎪⎪⎪ ⎪⎪⎪⎪⎪⎪⎪⎪ ⎪ ⎪⎪

그렇게 말하고 남자는 싱긋 웃었다.

"돈 버는 방법도 여러 가지네요."

"길바닥에서 안 자게 됐으니까 이럴 땐 고맙다고 하는 겁니다."

남자의 얼굴에 묘한 미소가 걸렸다. 선한 듯하면서도 야릇한 눈빛이 묘했고, 공격적인 말투지만 여유로움이 느껴지는 미소가 묘했다. 왠지 남자의 미소와 눈빛이 겨울 바다보다 더 시리고 차가운 듯한 것도 묘하기만 했다.

차를 바닷가에 세워두고 지안은 남자를 따라 [숨]이란 이름이 걸린 작은 펜션에 들어섰다. 바닷가에서 걸어서 5분도 걸리지 않는 곳이었지만 사람들이 사는 동네와는 다른 방향이라 들리는 거라고는 파도 소리뿐이었다.

"손님이 나 하나예요?"

바다가 내다보이는 정원을 가로지르며 지안이 의아한 듯 물었다.

"네."

"정식으로 허가받은 펜션 맞아요?"

바닥에서부터 올라오는 불빛들로 금세 주변이 밝아졌다. 잔디의 푸름까지도 훤히 보일 정도로 불빛이 밝았다. 하지만 정원에 비해 건물은 달랑 두 개의 동으로 나눠져 단출하고 작았다.

"들어가서 왼쪽."

두 개의 동 중 하나의 건물 앞에서 남자가 옆으로 비켜서며 지안에게 자리를 내줬다.

"사업자등록증 있으니까 보라고요."

교만하다 싶을 정도로 남자는 당당했다.

"성수기 아니니까 요금은 비수기 요금으로 적용되고 조식은 미리 얘기하면 사무실 바로 옆에 있는 카페테리아에서 먹을 수 있어요. 입실은 오후 2시부턴데 이미 넘겼으니까 패스하고, 퇴실은 오전 11시니까 시간 넘기지 말아요. 며칠 있을 겁니까?"

지안은 핸드백에서 십만 원짜리 수표 한 장을 꺼내 남자에게 내밀었다.

"조식은?"

"부탁해요."

"열쇠 여기 있어요. 고성방가 안 되고, 목매는 것도 안 됩니다."

하여간 정상은 아닌 남자다. 그런데 정상이 아닌 남자를 따라 여기까지 와 하룻밤을 묵겠다고 한 자신도 그다지 정상으로는 보이지 않는 지안이다.

"혹시 아침 먹으러 안 와도 깨우지 마요."

열쇠를 챙겨 들고 지안은 사무실 문을 열고 나갔다. 지안이 들어간 옆 건물의 불이 켜질 때까지 강현은 사무실 의자에 앉아 있었다. 잠시 후, 불이 켜지고 강현은 커피를 마시기 위해 물을 끓였다.

Rrrrrrrr.

책상 위 아무렇게나 던져 둔 핸드폰이 부르르 몸을 떨며 방정맞게 몸 시키다. 벽에 걸린 시계를 올려다보고 강현은 미간을 구기며 핸드폰을 집어 들었다. 이렇게 늦은 시간 그에게 전화를 걸어올 사람은 한 명밖에 없었다.

"노인네가 이 시간까지 안 자고 무슨 일이야?"

번호를 확인하지도 않고 강현은 전화를 받자마자 퉁명스럽게 말했다.

―언제 오냐?

술에 취한 진원의 목소리가 찐득하게 들려온다.

"길에서 자지 말고 들어가."

―그만 올라와라, 윤강현.

누군가 기다려 주는 사람이 있다는 게 가끔은, 정말 아주 가끔은 든든할 때가 있다. 외로움이 바닥을 칠 때, 더는 버티지 못하겠다 싶을 때 그래도 돌아갈 곳이 있다는 게 몇 달에 한 번은 강현을 든든하게 위로했다.

"회에 소주나 한잔하게 내려와."

—나쁜 새끼.

술에 취하면 진원은 늘 강현에게 전화해 주정 비슷하게 떠들곤 했다. 그 안에 절절한 진심이 숨어 있다는 걸 알기에 강현은 툴툴 거리면서도 언제나 진원의 말을 들어줬다.

—평생 거기서 썩을 거 아니면 그만 정리하고 올라와.

평생을 생각하고 내려온 건 아니었다. 한 달이 1년이 됐고 1년 이 어느덧 4년이 넘었다. 1,460일이 훌쩍 넘은 시간, 제주도는 부 서질 듯 위태로웠던 강현에게 평화를 되찾을 수 있게 도와줬다.

—되지도 않는 펜션 한다고 시간 다 보내지 말고 올라오라고 이 새끼야.

홈페이지도 없고, 관광단지도 아닌 외진 곳에 있는 펜션 [숨]. 사실 손님을 받기 위한 펜션이라기보단 그냥 윤강현의 집이고 놀 이터였다. 손님들이 북적거리는 것보다는 차라리 혼자인 게 편했 다. 느긋하게 산책도 하고, 햇살 좋은 날은 잔디에 누워 일광욕도 하고, 밤이면 별구경을 하며 어울리지 않는 낭만을 만끽하고. 그 런 몽롱하고 나른한 일상이 강현은 좋았다.

"손님 있어."

언제나 혼자였던 펜션에 오랜만에 손님이 찾아왔다. 얼떨결에 끌려오다시피 오게 됐지만, 고작 하루 묵을 손님이지만 그래도 간 만에 찾아온 손님이 반갑기는 했다. 본격적일 것까지는 없지만 그 래도 일을 시작한 후로, 더구나 첫 손님이 다녀간 후로는 두 번째 손님은 과연 누구일까 하는 기대감 비슷한 게 있기는 했다.

"형."

—왜?

"아직은 흔들지 마라."

—흔들리기는 하고?

강현은 대답하지 않고 가만히 웃기만 했다. 양팔을 잡고 힘껏 흔든다면 흔들릴 것도 같은 요즘이었다. 괜히 심란하고 머릿속이 복잡했다. 그걸 떨치기 위해 펜션 문도 닫아놓고 열심히 동네일을 돕기도 했다. 하긴, 닫아놓지 않아도 손님은 없었다.

—필요한 거 없어?

"초스럽기는."

—먹고 싶은 건.

"서울보다 더 싱싱하고 맛있는 거 많으니까 헛소리 그만하고 자."

—의리 없는 새끼.

전화가 끊겼다. 아마 이틀도 지나지 않아 진원은 또다시 전화를 걸어 흔들 게 분명했다. 허탈하게 웃으며 강현은 핸드폰을 소파 위로 던졌다. 툭, 하고 떨어진 핸드폰이 한 바퀴 돌아 뒤통수를 보이고 누웠다.

인스턴트커피를 미리 담아놓은 종이컵에 강현은 끓는 물을 부었다. 티스푼으로 커피를 저으며 강현은 다시 옆 건물을 바라봤다. 조금 전까지도 켜져 있던 불이 어느새 꺼져 있었다.

깜깜한 방 안에서 지안은 침대에 누워 눈만 깜박이고 있었다.

화장도 그대로였고 머리도 그대로였다. 너무 많이 꽂아놓은 핀들이 머리 여기저기를 찔러댔지만 손가락 하나도 까딱하기 싫었다. 그냥 이대로 잠이나 잤으면 싶었다. 하지만 불을 끄고 누운 지 몇 분이나 지난 것 같은데도 잠은 오지 않았다. 오히려 점점 더 정신이 맑아지고 있었다. 생각들은 불쑥불쑥 튀어나오고 마음은 제멋대로 뒤엉키기 시작했다. 하나를 생각하면 그 뒤로 줄줄이 생각들이 꼬리를 물었다. 도저히 풀 수 없는, 해결도 나지 않는 것들이 지안을 덮쳤다.

"하아."

깊은 한숨을 쉬고 지안은 손을 더듬어 침대 어딘가에 던져 두었던 핸드백을 찾았다. 머리 근처에서 핸드백을 찾아 그녀는 가슴 위로 끌어당겼다. 그리고 안에서 쥐 죽은 듯 잠들어 있던 핸드폰을 꺼냈다. 전원을 켰다. 새로운 문자가 주르륵, 들어왔다. 대부분이 이안에게서 온 문자였다. 그중 하나를 열어 확인했다.

「너 때문에 아프다, 지안아.」

서이안다운 문자였다. 조신하고 단정하고 반듯한, 그래서 결혼까지도 엄마의 뜻에 따라 한 류지선 여사님의 자랑거리.

지안은 통화버튼을 눌렀다. 신호가 몇 번 이어지기도 전에 이안의 목소리가 들려왔다.

─괜찮은 거야?

다급하게 받았지만 이안의 목소리는 침착했다.

"엄마는?"

─폭발 직전.

어떤 상태인지 짐작이 간다.

―지안아.

"어."

―내가 걱정하는 게 맞는 거니?

지선은 조롱하고 무시했지만 이안은 지안의 편에서 축하를 해줬었다. 걱정스러운 말은 단 한 마디도 하지 않았다. 사랑하느냐고 물었고, 사랑한다고 대답했다. 이안은 그거면 됐다고 했었다. 그렇게 믿어줬던 언니였는데, 그런 언니를 걱정하게 만든 게 지안은 가장 미안하고 아팠다.

"언니."

―어.

"나는 행복하고 싶었어. 엄마 보란 듯이 잘살고 싶었어."

―네 인생이야, 너를 위해 살아. 방법이 다를 뿐이지 엄마도 너를 사랑하셔. 그러니까 엄마에 대한 미움으로 너를 망치지 마.

다 아는 말이고, 다 맞는 말이다. 그런데 그게 되지를 않는다. 엄마만 보면 어떻게든 찌르고 싶고 어떻게든 반항하고 싶어진다.

"엄마가 사는 집에서 나왔다는 것만으로도 좋아."

다 엉망이 돼버렸지만 그래도 결혼식은 했으니 다시 엄마 집으로 돌아가지 않아도 되는 것 아닐까. 그러니 다 엉망이 된 건 아닌 것 같다.

―형부가 찾아보고 있어, 그러니까…….

"찾지 마."

―지안아.

"찾아도 소용없을 거야. 정리하고 돌아갈게, 그러니까 그냥 모른 척해줘."

─그래도 어떻게…….

찾는다고 해도 달라지는 건 없었다. 그저 나쁜 놈 죽을 때까지 밟아주는 것밖에는 할 것도 없고 하고 싶은 것도 없다. 그리고 당장은 밟아줄 기운이 없었다.

"엄마한테도 찾지 말라고 해. 하긴 엄마는 꼴 보기 싫어했으니까 잘됐다고 하겠다. 나 찾는 것도 그만두라고 해. 엄마가 찾으려고 하면 할수록 나는 더 꽁꽁 숨어버릴 거니까."

─어딘지 말해, 언니가 갈게.

"배불러서 오긴 어디를 와? 잘 먹고, 잘 자고, 잘 놀다 갈 테니까 언니는 태교나 잘하고 있어."

엄마가 정해준 사람과 마음도 열기 전에 결혼을 한 이안이 지안은 항상 안타까웠다. 하지만 결혼한 지 2년이 지난 지금 그 누구보다 행복하게 살고 있었다. 마시지도 못하는 술을 마시고 동생의 어깨에 기대 울기도 했고, 볼 때마다 말라비틀어진 얼굴로 아프게 웃기도 했지만 이젠 그러지 않았다. 아이를 가진 후로는 얼굴에서 빛이 났다. 그리고 이안을 보는 현새의 눈빛도 처음과 사뭇 달라졌다.

"창피하게 만들어서 미안."

─그런 거 없어.

대단한 집안의 며느리이자 능력 있는 남자의 아내인 이안에게는 지안의 일이 큰 흠이 될 수 있었다.

—언제 올 거야?

"가고 싶을 때."

—오래 있을 생각인 거니?

"지금으로서는."

손님이 없는 것 같으니 사람들과 부딪칠 일이 없을 것 같아 일단 마음에 들었다. 내일도 들어오는 손님이 없다면 이곳에서 계속 지내는 것도 나쁘지 않을 것 같다.

—너무 오래 있지 마.

"사고 안 쳐, 걱정하지 마."

이거 집 밖에 나가면 어딘가에서 찰칵, 하는 사진 찍는 소리가 들렸다. 초등학교에 입학하고, 중학교에 입학일 때까지도 그 소리는 익숙해지지 않았다. 힐끔거리기만 할 뿐 다가오지 않는 친구들 때문에 지안은 더더욱 그 소리가 싫었다. 사람들에게 주목받으며 사는 것 같지만 정작 곁에는 아무도 없었다. 친구들과 어떻게든 어울려 보려고 했지만 대화는 5분을 넘기지 못했다. 한창 가수를 좋아하고 잘생긴 남자 탤런트에 빠져 있는 친구들과 달리 지안은 연예계에 대해서는 아는 게 전혀 없었다. 집 안에 책들이 가득했지만 TV는 없었다. 고등학교에 들어갈 때까지 연예계 소식을 접하거나 드라마를 본 적이 없었다. 나이를 먹어 TV를 볼 수 있게 됐지만 그때는 관심이 없었다. 신기하게도 사진을 찍거나 찍히는 거엔 익숙해지지 않았는데 혼자인 거는 익숙했다. 엄마의 요구가 커지고 강압이 심해질수록 지안은 더 엇나갔다. 내키는 대로 염색을 하고 내키는 대로 옷을 입었다. 아무런 사고를 치지 않았는데도 서지안은 어느새 문제아가 돼 있었고 집안의 수치가 돼 있었다.

―하루에 한 번은 전화할 거지?

"아니, 안 할 거야."

―그럼 문자라도 줘.

"생각나면 할게."

어둠이 익숙해진 눈이 방 안 구석구석을 살피기 시작했다. 조금 전까지는 보이지 않았던 화장대와 천장에 매달려 있는 조개로 만든 샹들리에가 지안의 눈에 들어왔다.

―별거 아니다 생각하자.

"어, 별거 아니야."

―엄마한테는…….

"조용히 있다 돌아갈 테니까 조용히 계시라고 해."

언제부터 엄마와 어긋나기 시작했는지는 지안도 알지 못했다. 어쩌면 태어나는 그 순간부터가 아닐까 짐작하는 정도였다. 순하고 착했던 이안과 달리 지안은 아기 때부터 지선을 힘들게 했다고 했다. 외모적으로 이안보다는 지안이 더 지선을 닮아 사람들의 이목을 끌어 밖에 데리고 나가는 것 자체를 싫어했단다. 지선은 자신이 배우였다는 걸 가장 치욕스럽고 수치스러워했다. 배우였기에 가난을 벗을 수 있었고 지금의 돈 많은 남편을 만날 수 있었음에도 지선은 그 시절을 모조리 지우고 싶어 했다. 그러니 지안으로 인한 사람들의 시선을 견디지 못했었다. 처음부터 상류사회 일원이었던 것처럼 굴며 지선은 두 딸에게 그걸 강요했다.

"핸드폰 꺼놓을 거야, 괜히 전화하지 마."

─돈은 있어?

"충분해."

전화를 끊지 못하는 이안을 대신해 지안이 먼저 통화를 끝냈다. 아예 전원을 끄고 핸드폰을 베개 밑에 넣어뒀다. 그리고 눈을 감았다. 닫힌 창문 너머로 파도 소리가 아련히 들려오는 듯했다. 문득 맥주 한잔이 그리웠다.

지안은 무겁게 늘어진 몸을 일으켰다. 코트를 벗고 목 뒤로 손을 뻗어 원피스 지퍼도 내렸다. 헐거워진 원피스를 벗기 위해 팔을 뺐다. 영국의 유명 디자이너의 작품으로 지선이 직접 영국에서 공수해 온 원피스로 결혼을 준비하면서 지선이 그나마 가장 마음에 들어했던 거였다. 양팔을 다 빼자 스르르, 원피스가 발목까지 한번에 떨어졌다. 지안은 발을 빼 원피스를 완전히 벗어버리고 뒤이어 브래지어 후크를 풀어 그것마저도 벗어버렸다. 하나 남은 실크 팬티를 손으로 발아래까지 끌어 내린 후 지안은 그대로 방을 나가 욕실로 걸어갔다. 불을 켜지 않은 거실은 대리석 바닥을 내딛는 발자국 소리도 커다랗게 들리게 했다.

탈칵.

욕실 불이 켜졌다. 그 빛이 어두웠던 거실로 소리 없이 스며들었다. 정면에 붙어 있는 큼직한 거울에 아무것도 걸치지 않은 지안의 마른 몸이 비춰졌다. 욕실 문턱에서 지안은 한동안 거울 속 자신을 물끄러미 바라봤다. 여자는 살이 찌면 안 된다고 어려서부터 음식 조절을 시켰던 엄마 덕분에 군살이라고는 찾아볼 수 없었다. 나이가 들면서 먹고 싶은 걸 마음대로 먹었지만 워낙에 소식을 버릇처럼 한 탓에 양이 많지가 않았다. 그러니 살이 찌지 않았다. 피부도 윤기가 흐르고 잡티도 없어 깨끗했다. 많은 걸 누리고 많은 걸 갖고 살았다. 사람들에게 부럽다는 소리를 들을 만큼 유복하게 살았다. 엄마는 인형처럼 예쁜 얼굴을 물려줬고 아빠는 세상을 두려워하지 않고 내려다볼 수 있는 가진 자의 여유를 물려줬다. 지금껏 받은 것들을 야금야금 누리며 살았으면서 엄마의 속물근성이 싫다고 멋대로 튕겨가며 살았던 자신이 오늘따라 한심스럽다. 나타나지 않은 김태성을 기다리면서 엄마의 노골적 무시와 경멸이 그 사람을 힘들게 한 거라고 화살을 쏘아대던 자신이 징그럽게 싫다. 그럼에도 여전히 엄마가 밉고 싫은 자신이 웃겨 죽겠다.

고개를 떨어뜨리며 지안은 옅게 웃었다. 차가운 욕실에 맨발로 들어선 그녀는 거울 가까이 섰다. 그리고 머리카락 속에 박힌 핀들을 하나씩 빼내기 시작했다. 눈에 보이는 것만 뺐는데도 벌써 세면기 안에 핀이 수북했다. 이래서 머리를 올리고 싶지 않았다. 자연스럽게 내리고 싶었는데 경박하다며 류지선 여사가 극구 말렸다.

"더럽게 많네."

손가락을 머리카락 속에 집어넣고 핀을 찾아 더듬거렸다. 손가락을 슬쩍 움직이기만 해도 핀이 손끝에 닿았다. 족히 백 개는 되는 것 같았다. 하나둘 흘러내리기 시작한 머리카락들이 지안의 얼굴을 간지럽게 했다. 입으로 후, 불어가며 그녀는 부지런히 머릿속 핀들을 찾아냈다.

팔이 뻐근하게 아파올 무렵, 머릿속은 제법 개운해졌다. 세면대

속에 수북이 쌓인 핀을 보면서 지안은 숨을 골랐다. 온몸에 붙어 있던, 혹은 머릿속에 덕지덕지 붙어 있던 먼지들이 세면대를 가득 채우고 있는 듯 느껴졌다.

"개망신당하고 싶지 않으면 결혼식까지는 하지 마요."

내 남자의 핸드폰 속에서 흘러나오는 낯선 여자의 말. 결혼식 이틀 전이었다. 결혼식을 하나 하지 않으나 멈춘다는 건 이미 개 망신이었다. 그깟 개망신당하는 건 두렵지 않았다. 믿었던 것들이 전부 거짓이라는 게 밝혀지는 것, 그게 지안은 무서웠다. 그리고 나서 빔비의 품으고 들이끼고 싶기 않았다. 이윽고 하너라는 일부 은 하는 게 맞았다. 그런데 신혼여행을 가기도 전에 도망이라…… 많이 비열했다.

손가락에 힘을 주고 머릿속을 뒤졌다. 이제 핀은 남아 있지 않 았다. 지안은 거울을 보며 속눈썹을 뗐다.

"서태린한테 미안하네."

'청담 미용실'의 서태린 부원장이 반나절이나 공들였던 것들을 제 손으로 지울 줄은 몰랐다. 세상에서 가장 아름다운 신부를 만 들어주겠다며 그 차갑던 서태린이 예쁘게도 웃었었다. 그 말처럼 될 줄 알았다. 보석을 사고, 구두를 사고, 옷을 사는 데에는 크게 관심 없던 지안이었다. 그러나 오늘은 누구보다 아름답게 빛나고 싶었다. 머리카락이 엉망으로 흘러내리고 속눈썹이 떨어져 눈이 반으로 줄어든 모습을 기대하지는 않았다.

"그래도 예뻐, 서지안."

애써 스스로를 위로하고 지안은 활짝 치아를 보이며 웃었다. 우스꽝스러운 모습이었지만 괜찮았다. 핀을 손으로 끌어모아 휴지통에 버리고 물을 틀었다. 벽에 붙어 있는 장을 열어보니 수건과 칫솔이 있었다. 그래도 있을 건 다 있다.

칫솔을 꺼내 치약을 묻혀 양치질을 하면서 지안은 샤워기 물도 틀었다. 따뜻하게 온도를 맞추고 그 아래 섰다. 그러다 손을 뻗어 세면대 위로 떨어지고 있는 물을 잠갔다. 벅벅, 잇몸이 아프도록 양치질을 하면서 그녀는 머리 위로 떨어지는 물줄기 아래서 눈을 감았다. 금세 얼굴과 몸이 젖어들었다. 시렸던 발바닥도 어느덧 따뜻해졌다. 입안에 든 모든 것을 닦아내려는 듯 지안은 칫솔을 깊숙이 집어넣었다.

"우욱!"

순간 구역질이 났다. 물줄기 밖으로 나와 심호흡을 했다.

"우욱!"

하지만 양치질을 멈췄는데도 구역질은 멈추지 않았다. 목구멍까지 오물이 올라온 듯 속이 울렁거렸다. 지안은 본능적으로 변기로 달려가 몸을 숙였다. 머리를 처박듯 숙이고 올라오는 것들을 뱉어내려 등을 활처럼 구부렸다. 그러나 소리만 요란할 뿐 넘어오는 건 없었다. 얼굴로 흘러내리는 물을 손으로 쓸어 넘기는데 손바닥에 따뜻한 뭔가가 느껴졌다. 눈을 깜박였다. 이번엔 입술로 떨어졌다.

"뭐야, 눈물이야?"

어, 눈물이야, 하고 누군가 말해주는 것처럼 그 순간 뜨거운 눈물이 쉼 없이 흘러내렸다. 다리에 힘이 풀렸다. 지안은 차가운 욕실 바닥에 철퍽 주저앉았다.

족히 1시간은 운 것 같다. 부드럽게 감기지 않는 머리카락 때문에 신경질이 나 더 울었고, 클렌징크림이 없어 비누로 두 번이나 세수를 했는데도 역시나 깔끔하게 지워지지 않아 눈 주위가 검게 번진 것 때문에 서러워 더 울었다. 똑똑한 척, 잘난 척하며 고개 빳빳이 들고 살면서 엄마의 눈 가리고 아웅을 비웃고 무시했던 자신이 이렇게 맥없이 당한 게 분하고 억울해서, 그리고 한없이 기가 막혀서 울다 소리를 낸버렸다.

"후우."

화장대 앞에서 길게 심호흡을 하고 지안은 감정을 추슬렀다. 화장이 말끔히 지워지고 어색하게 틀어 올렸던 머리카락도 제자리를 찾아 내려오자 이제야 서지안처럼 보였다. 어깨 위에서 찰랑이는 머리카락의 물기를 손으로 툭툭 털어내고 지안은 지그시 눈을 감았다. 아무것도 바르지 않아 얼굴이 당겼지만 그런대로 참을 만했다. 내일은 당장 필요한 것들을 사러 나가봐야겠다. 그리고 지금은 맥주 한잔을 하는 게 급했다.

침대 옆에 벗어뒀던 속옷을 입고 원피스를 집어 들었다. 다시는 안 입을 것처럼 벗어놨던 원피스에 다시 몸을 끼워 넣으며 지안은 짜증스럽게 얼굴을 구겼다. 귀찮아 스타킹은 신지 않았다. 열쇠를 챙겨 들고 방에서 나온 지안은 욕실로 들어가 슬리퍼를 조심스럽게 손에 들었다. 맨발로 하이힐은 신고 싶지 않았다. 문을 열고 밖으로 나오자 발등부터 시려왔다. 코트 앞자락을 바짝 여미고 그녀는 서둘러 사무실로 향했다. 아직 희미하게 불빛이 흘러나오는 걸 보니 사장이 아직 잠이 든 건 아닌 것 같았다.

똑똑똑.

지안은 유리문을 노크했다. 하지만 아무런 기척이 없었다.

똑똑똑.

두 번이나 노크했지만 마찬가지였다. 포기하고 돌아서는데 정원 끝자락에 있는 나무 근처에서 검은 그림자가 튀어나왔다.

"뭐 필요한 거 있어요?"

놀랐지만 지안은 내색하지 않았다.

"근처에 마트 없어요?"

"없는데."

멀찍이 거리를 두고 지안과 강현이 마주 서 있었다.

"뭐 필요한데요?"

"맥주."

검은 그림자가 지안에게로 성큼 걸어왔다. 그러고는 그녀를 지나쳐 사무실 문을 열고 들어갔다.

"서비스라고 생각해요."

차가운 맥주 캔 하나를 들고 나온 강현이 그걸 지안에게 내밀었다. 강현의 손에도 이미 뚜껑이 따진 맥주 캔이 들려 있었다.

"같이 할래요?"

지안이 먼저 강현에게 말했다. 강현은 아무런 말도 하지 않고 앉아 있던 곳으로 되돌아갔다. 그를 따라 지안도 자리를 옮겼다. 잔디 위에 강현이 풀썩 엉덩이를 대고 앉았다. 옆을 둘러보다 지안은 나무 아래 자리를 잡고 있는 벤치에 엉덩이를 걸치고 앉았다. 파도 소리가 한층 더 크게 들렸다.

"천천히 마셔요, 그래야 취해요."

바다를 바라보며 강현이 혼잣말처럼 지안에게 말했다.

"설마 이거 하나밖에 없는 거예요?"

굳이 취할 생각은 없지만 그렇다고 달랑 한 캔은 부족했다. 생각 따위는 하지 않고 침대에 눕자마자 잠이 들 정도로는 마셔야 한다.

"술꾼 좋아하게는 안 생겼는데?"

강현이 지안을 돌아보며 비꼬듯 말했다.

"없이 살아본 적이 없어서 그런 거 안 좋아해요."

지안이 입술 끝을 비틀어 대답했다.

"그렇다면 원하는 만큼 마셔요."

강현의 시선이 다시 바다로 향했다. 둘 사이를 지나다니는 바람이 아까보다 차가웠다.

"방이 하나예요?"

건물의 구조상 다른 방이 있을 수가 없었다. 사무실로 쓰이는 동은 그 옆에 있는 카페테리아가 전부인 것 같았고 지안이 머무는 건물에는 다른 방은 보이지 않았다. 단층이었고 인기척도, 불빛도 없었다.

"한 사람을 위한 특별한 펜션이죠."

애초에 펜션을 하려고 했던 건 아니었다. 당장 들어갈 곳을 알아보다 알게 된 곳이고 전에 살던 사람이 한 팀만을 받기 위해 건물 하나를 펜션으로 꾸며둔 곳이었다. 근처를 지나던 사람이 방을 빌리기를 원했고 얼떨결에 방을 빌려준 게 3개월 전이었다. 그러니 [숨]이란 간판을 내걸고 펜션 일을 하게 된 건 겨우 3개월밖에 안 됐다. 3개월 동안 다녀간 손님이라고는 중년 부부 한 팀이 끝이었다. 열정 없이 시작했지만 그래도 간판도 걸고 명함도 만든 어엿한 펜션 사장이었다.

"여기서 실컷 숨 쉬고 가길 바랍니다."

마치 다 안다는 듯한 눈빛으로 강현이 지안을 돌아보며 말했다. 울 것 같은 눈을 하고 있으면서 입매는 다부지고 표정은 제법 무덤덤한 여자. 어딘가 4년 전 자신과 닮은 것도 같고 또 아닌 것도 같은 여자. 강현은 그런 지안이 흥미로웠다.

"인사나 합시다. 윤강현입니다."

강현이 맥주 캔을 내밀며 제 이름을 말했다. 까칠하게 강현을 쳐다보던 지안이 강현의 맥주 캔에 제 캔을 부딪쳤다.

"서지안이에요."

통성명을 하고 두 사람은 다시 바다로 고개를 돌렸다. 손끝이 닿지도 않고, 숨소리도 들리지 않는 거리를 유지하고 앉은 채 강현과 지안은 각자의 하루를 마무리하고 있었다. 지안의 엿 같은 하루도 어쨌든 그렇게 넘어가고 있었다.

"여긴 마약 같은 곳이에요."

알싸하고 시원한 맥주가 목구멍을 타고 흘러내려 가슴까지 들어갔다. 이제야 살 것 같다.

"중독되지 않게 조심해요."

"뭐 대단한 곳이라고 중독이 돼요?"

픽, 코웃음을 치며 지안이 까칠하게 말했다. 아름다운 곳인 건 맞지만 지안에게 있어서 제주도는 그렇게 특별하거나 큰 의미를 갖고 있는 곳이 아니었다.

"내기할래요?"

노랗게 걸린 가로등 불빛에 지안의 얼굴이 고스란히 드러났다. 사무실에서 봤을 때보다 은은한 불빛에 취해보니 좀 더 매력적이다. 영화판에 있으면서 많은 여배우들을 본 탓에 예쁜 얼굴을 가진 여자에 대해서 박산은 시큰둥한 편이기는 이끼민 그래스 예쁜 게 뭔지는 알고 있었다.

"뭘 걸 건데요?"

새치름하게 싫어요, 라고 할 줄 알았는데 지안이 눈을 반짝이며 호기심을 내보인다.

"맥주?"

"시시하시네요."

반짝이던 눈이 금세 서늘하게 식었다. 예쁘지만 지나치게 차가운 여자다.

"실연당했습니까?"

손님에게, 그것도 이름만 겨우 아는 여자에게 이런 걸 묻는 게 얼마나 실례인지 안다. 그러나 술이 들어가고, 바람에 취하고, 오랜 시간 혼자 있다 보면 가끔은 충동적이게 된다. 그래서 상식적이지 못할 때가 있고, 스스로의 가치관이나 기준이 살짝 비틀어져 안 하던 짓을 하게 되기도 한다.

"결혼식 끝나고 남자가 도망갔어요."

아직은 현실을 받아들이지 못해서일까, 남의 말 하듯 말이 술술 나온다.

"왜요?"

"글쎄요, 왜일까요."

사기를 당했다는 건 확실하다. 대부분 사기의 주목적은 돈이다. 그렇다면 김태성은 돈을 목적으로 접근을 했다는 거고, 목적을 달성했기에 줄행랑을 쳤다는 거다.

"재벌 2세, 뭐 그런 겁니까?"

있는 자가 가진 도도한 여유로움 같은 게 지안에게서 뿜어져 나왔다.

"그랬음 살다가 도망갔겠죠?"

신혼여행을 다녀오고, 결혼생활을 몇 달이라도 했다면 김태성은 더 많은 걸 가져갔을 거다. 대체 얼마가 목적이었기에 결혼식이 끝나자마자 도망을 갔을까.

예물로 받은 반지와 시계, 그리고 김태성 명의로 사준 고급 외제차.

일단 생각나는 건 그게 전부였다. 내다 판다고 하면, 어림잡아 1억 정도는 받을 수 있을 것 같다. 그런데 겨우 1억을 사기 치겠다고 이런 일을 벌인 걸까? 고작 1억을 벌겠다고? 그게 정말 사실이라면 쪽팔려서 큰일이다.

"사별했어요?"

이번엔 지안이 강현에게 물었다. 비스듬히 고개를 기울이고 맥주 캔을 손에 쥔 지안이 강현을 빤히 쳐다봤다.

"날 밝으면 다른 게 보일지 모르겠지만 지금까지 본 걸로 봐서는 아무것도 없는 시골인 것 같은데 여기로 기어들어 온 나나, 젊은 나이에 여기서 먹고사는 사장님이나 비슷한 사연인 것 같아서요."

"말했잖아요, 마약 같은 곳이라고."

"중독이 됐다?"

강현이 맥주 캔을 들어 보이고는 지안에게서 시선을 떼 바다를 바라봤다. 등을 보이며 앉아 있는 생면부지 사내가 맥주를 홀짝이며 쳐다봤다.

인연이라고 한다면 참 기묘하다. 낯선 곳에서 낯선 사람과 낯설지만은 않은 대화를 나누고 있는 자신이, 그리고 윤강현이란 남자가 신기하고 이상하다. 소리를 질러도 누구 한 사람 달려와 주지 않을 것 같은 외진 곳에서 어떤 사람인지도 모르는 남자와 사람을 곧잘 변하게 만드는 위험한 술을 마시고 있는 게 기가 막히다. 하지만 불편하지가 않고 오히려 편안하다.

"다른 예약 없으면 앞으로 받지 말아요."

바람을 타고 지안의 목소리가 강현에게 전달됐다. 뒤로 손을 뻗어 바닥을 짚던 강현의 눈에 하얀 지안의 발이 들어왔다. 발가락에 잔뜩 힘을 주고 있는 게 아픔을 참으려는 지독함으로 보였다.

"설마 여기서 죽을 생각은 아니죠?"

"나 그렇게 착한 사람 아닌데요."

"카드는 안 받아요."

맥주 하나를 비워내고 지안이 일어났다. 바다에 홀린 사람처럼 마냥 바다만 바라보고 있는 강현을 남겨두고 지안은 시린 발을 내딛었다.

잠을 자지 못할 거라고 생각했었다. 어쩌면 자다 일어나 흐느껴 울지도 모른다고 생각했었다. 하지만 그 모든 예상은 빗나갔다.

2시 13분.

아침이 지나고 점심시간도 지났음을 벽에 걸린 시계가 말해줬다. 침대 한 귀퉁이에서 있는 대로 몸을 웅크리고 잤는데도 가뿐하기만 하다. 달게, 아주 잘 잤다.

"파랗네."

어젯밤, 커튼을 열어놓고 잤더니 눈을 뜨니 바로 바다가 보였다. 검은빛이던 바다가 눈이 부시게 파랗다. 하얗게 부서지는 파도가 선명하게도 보인다. 1층인데도 막힌 게 없어서인지 전망이 좋다. 중독까지는 모르겠지만 반하기는 할 것 같다.

이불을 걷고 지안은 침대에서 일어났다. 바닥에 벗어둔 원피스가 그녀의 발목을 잡았다. 흘깃, 귀찮다는 듯 노려보고 지안은 욕실로 들어갔다. 양치질을 하고 세수도 대충 했다. 밖으로 나와 꾸역꾸역 원피스를 입으면서 그녀는 창가로 나갔다. 발코니로 이어지는 커다란 창을 열어젖히고 그녀는 역시나 맨발로 바닥을 밟고 섰다. 머리카락을 할퀴고 지나가는 매서운 바람에 속눈썹에 달라붙어 있던 잠이 화르륵, 달아났다.

"숨 사장!"

펜션 입구에서 중년으로 보이는 아주머니가 걸어 들어왔다. 손을 흔들며 누군가를 불렀다. 지안은 목을 빼 아주머니의 시선이 닿아 있는 곳을 쳐다봤다.

"오셨어요?"

펜션 사장 윤강현이었다.

"오늘 안 바쁘면 우리 농장에서 아르바이트 좀 해줄래요?"

아주머니의 말에 강현이 지안이 머무는 방으로 시선을 돌렸다. 그리고 지안과 눈이 마주쳤다.

"손님이 있기는 이 시간 손님이 는 어디, 네, 헤헷 어니"

아침을 먹겠다고 해놓고 점심시간도 훌쩍 지나서 일어나 마치 아침을 맞는 것 같은 얼굴을 하고 있는 지안이 강현은 재미있었다.

"손님 있어?"

아주머니의 눈길이 지안에게로 향했다. 별일이라는 듯한 눈빛으로 지안을 쳐다보던 아주머니가 생긋 웃으며 인사를 건넸다. 엉겁결에 지안도 고개를 까딱해 인사를 했다. 사무실 바로 옆 건물이고 2층도 아닌 1층이라 그냥 셋이 나란히 서 있는 것 같은 기분이 들었다.

"혼자 놀 수 있죠?"

맥주 한 캔 같이 마셨다고 강현이 은근슬쩍 친한 척을 한다.

"기다려요."

41

지안은 안으로 들어가 핸드백을 들고 나왔다. 원피스에 코트, 거기다 하이힐까지 신었지만 얼굴은 화장기가 하나도 없어 어딘지 어울리지 않았다.

"우선 일주일 계산해 줘요."

중독이 되든 싫증이 나 떠나고 싶든 당분간은 여기가 좋을 것 같았다.

"백화점이나 대형 마트 근처에 있어요?"

"한 40분쯤 가면 대형 마트 있어요. 차 빌렸죠?"

"네."

"내비게이션 찍으면 나오니까 찾아가요."

언제 들어왔는지 일을 도와달라던 아주머니는 사무실 한 켠에서 커피를 마시며 지안을 힐끔거렸다. 못 본 척 고개를 돌려 지안은 사무실을 나왔다.

장을 보겠다며 도우미 아주머니가 현관문을 열고 나가는 걸 확인한 후, 지선은 들고 있던 찻잔을 테이블에 내려놨다.

"전화 걸어서 바꿔."

김포공항에서 카드를 사용한 걸 확인하고 제주도에 갔겠구나 짐작하고 있었다. 하지만 제주도가 손톱만큼 작은 것도 아니고 사람을 푼다고 해도 무작정 찾을 수가 없었다. 화를 참아가며 찾을 방법을 생각하고 있는데 이안이 들어섰다.

"꺼놓는다고 했어요."

"그래도 해."

"엄마."

지안은 누구보다 마음이 여리고 사랑이 고픈 아이였다. 못한다고 다그치면 일부러 더 못하고, 이렇게 해라, 저렇게 해라 강요하면 죽어도 안 하는 아이가 지안이었다. 그걸 언니인 이안도 아는데 엄마인 지선은 알지 못했다. 아니, 알려고 하지 않았다.

"누구보다 힘들고 아픈 사람은 지안이에요. 이번엔 엄마가 기다려 줘요."

"힘들고 아파? 뭘 잘했다고 힘들고 아파!"

투명한 다이아몬드가 지선의 손가락에서 파르르 떨렸다.

"하여간 하는 짓마다 전부 마음에 안 들어."

순인 이안피는 어려서부터 남달랐다. 그림 에서 이번에 민뿐 안들었다. 뭐든 고분고분 넘어가는 법이 없었다. 옷을 하나 사더라도 한 번은 신경전을 벌여야 했다. 머리가 굵어지면서부터는 아예 대놓고 반항을 하기 시작했다. 가끔은 일부러 그러는 것 같아 미운 적도 많았다.

"당장 전화부터 해."

설득이 되지 않을 건 알았다. 그래도 가만히 손 놓고 있는 것보다는 어떻게든 엄마를 진정시킬 필요가 있을 것 같아 이안은 아침부터 서둘렀다.

"그냥 안아주시면 안 돼요?"

"뭐?"

"괜찮다, 다 지나간다, 그렇게 말씀해 주시면서 따뜻하게 안아주시면 안 되느냐고요."

화려하고 아름답지만 세상에서 가장 무서운 엄마. 여느 엄마들처럼 친구가 되어주지 못하고, 무조건 딸 편이 되어주지 않는 엄마. 서운하고 야속했지만 한번도 내색해 본 적이 없는 이안이었다. 나이가 들고 결혼을 하고 아이를 갖게 되면서 조금씩 세상의 엄마들이 모두 같은 모습은 아니라는 걸 알아가게 됐다. 무섭고 차갑지만 표현 방법이 다를 뿐이라고 그렇게 이해하며 받아들이는 중이었다. 하지만 지안은 아직이었다.

"일이 이렇게 된 게 다 나 때문이라는 말투구나."

"누구 때문도 아니에요. 사기를 친 사람이 나쁜 거예요. 모르고 당한 사람은 피해자일 뿐이라고요."

"멍청하니까 당하는 거야. 얼마나 우스워 보였으면 그런 놈한테 당해, 그것도 공항에서!"

제대로 알아봤어야 했다. 지안이 눈에 불을 켜고 달려들며 아무것도, 아무 짓도 하지 말라고 했어도 바닥까지 전부 파봤어야 했다.

"감히 우리 집안을 상대로 사기를 쳐? 내가 가만히 있을 줄 알고?"

"가만히 안 계시면요?"

"찾아야지. 그리고 벌을 받게 해야지."

"그럼 세상이 다 알아요. 사람들한테 알려지는 거 싫으시잖아요."

지선이 입술을 깨물며 화를 참았다.

"지안이한테 전화해, 얼른."

시간이 흐를수록 지선의 화가 더 커지고 있다는 걸 지안은 전혀 알지 못했다.

마트에서 필요한 것들을 사 들고 나와 펜션으로 돌아오면서 지안은 한결 여유롭게 운전할 수 있었다. 나가면서 봤던 동네 풍경이 들어올 때는 또 다른 모습이었다. 밤이나 낮이나 동네를 돌아다니는 사람은 없었지만 그래도 밤보다는 뭔가 생기가 넘쳤다. 해변도 생각보다 길고 넓었다. 끝에서 끝까지 걸으면 제법 운동도 될 것 같았다. 얌전해진 파도도 마음에 들었다. 장 본 것들을 정리하고 간단히 밥을 먹은 다음 실컷 걸어야겠다.

"마트를 통째로 사습니까?"

농사꾼 같은 복장의 강현이 차에서 내리는 지안을 보고 놀리듯 말했다.

"어울리는 복장이네요."

쌩, 하니 얼굴을 돌리고 지안은 뒷자리에서 짐 보따리를 꺼냈다. 두어 번은 왔다 갔다 해야 할 것 같다.

"일주일 있는 거 맞습니까?"

강현이 지안에게서 짐을 뺏어 들었다.

"손님한테 너무 들이대는 거 아니에요?"

그러면서도 지안은 강현이 들고 있는 짐을 다시 뺏어오지 않았다. 당장은 하이힐을 벗고 침대에 눕고 싶은 생각뿐이었다.

"바람도 없고 햇살도 좋고, 걷기 좋을 겁니다."

종이봉투에 담긴 하얀색 운동화를 보고 강현이 부드러운 어조로 말했다. 뒷자리에 있던 다른 짐을 꺼내 들고 지안은 강현을 뚫 어져라 쳐다봤다.

"다른 손님한테도 이랬어요?"

"뭐가 말입니까?"

"도와주는 건 좋은데 멋대로 떠드는 건 좀 거슬리네요."

강현이 너무 친하게 구는 것도, 다 알고 있다는 듯 어른처럼 구 는 것도 지안은 전부 거슬렸다.

"원래 그럽니까?"

높은 하이힐을 신고 위태롭게 걸음을 옮기고 있는 지안의 등에 대고 강현이 넌지시 물었다.

"고맙다는 말을 할 줄 모르는 싸가지인 겁니까, 나만 잘났다고 생각하는 재수탱이인 겁니까?"

툭, 건드리면 톡, 쏘아댈 것 같은 지안이 강현을 자꾸 자극했다. 빤히 얼굴을 보면서도 갸웃거리지 않는 것도 그를 더 짓궂게 만들 었다.

"둘 다요."

툭, 쏘아댈 것 같았는데 지안은 쿨하게 인정하고 별다른 반응은 하지 않았다.

"혹시 외국에서 살다 왔습니까?"

4년이나 지나기는 했어도 아직 사람들이 많은 곳에 가면 알아 보는 이들이 종종 있었다. 더구나 가까이서 얼굴을 맞대고 얘기를 나누면 대부분 다 강현을 알아봤다. 그런데 지안은 달랐다.

"아닌데요."

"유학은?"

"대가없이 도와주는 거 아니었어요?"

그러니까 대답하기 싫다는 뜻이었다.

라면으로 거의 저녁에 가까운 늦은 점심을 해결하고 지안은 산책을 가기 위해 나섰다. 썩 마음에 들지는 않지만 불편한 원피스나 하이힐보다 마트에서 산 티셔츠와 운동화가 훨씬 편하고 좋았다. 허벅지까지 내려오는 두툼한 패딩 점퍼도 꽤나 따뜻했다.

"아이고, 그렇게 입으니까 더 예쁘네."

현관문을 열고 나오자 낮에 봤던 아주머니가 반갑게 말을 건네왔다.

"그런데 다 늦은 시간에 어디 가려고요?"

"네?"

"해 금방 져요."

그러고 보니 온기가 사라졌다. 하늘은 붉어지기 시작했고 햇살은 자취를 감췄다. 한 것도 없이 하루가 갔다. 하루가 가는 동안 머리는 아무런 생각도 꺼내놓지 않았다.

"혼자 왔다고 하던데 같이 저녁 먹을래요?"

"네?"

"우리 저기서 고기 구워 먹을 거거든요."

아주머니가 손으로 가리키는 곳을 슬쩍 돌아보고 지안은 점퍼 주머니에 손을 찔러 넣었다.

"내가 서울에서 살다 여기 내려온 지 몇 년 됐거든요. 서울에서

47

온 거 같아서 괜히 반가워서 그래요."

어쩐지 평생 농사를 졌다고 하기엔 피부가 좋았다.

"그 손님 공짜 싫어해요."

어디서 나타났는지 강현이 숯 봉지를 들고 지안에게로 걸어왔다.

"그럼 내일 귤 따는 거나 좀 도와주던지."

환하게 웃으며 아주머니가 농담처럼 지안에게 말했다. 격이 없고 친근한 게 이 동네 사람들 특징인가 보다.

"술 드세요?"

마트에서 소주에 맥주, 거기다 와인까지 골고루 사다 냉장고에 넣어놓은 지안은 빈손으로 가 달랑 고기만 얻어먹는 것보다는 술이라도 들고 가는 게 나을 것 같다는 생각이 들었다.

"없어서 못 마시죠."

"술 가지고 갈게요."

잘 알지 못하는 사람과 어울리는 게 지안은 처음이었다. 대학을 졸업할 때까지도 지안은 늘 혼자였다. 한 번도 친구를 사귀어본 적이 없었다. 어떻게 다가가야 하는 건지, 어떻게 친해져야 하는 건지 몰라 우물쭈물하다 보면 어느새 다들 짝을 지어 놀고 있었다. 그러면 지안은 또 외톨이가 됐다. 그런 과정들이 반복되고 익숙해지자 나중엔 친구를 사귀려는 생각조차 하지 않았다.

"혼자보다는 귀찮은 게 나을 겁니다."

술을 가지러 방으로 들어가던 지안이 몸을 돌렸다. 노을을 등지고 선 강현이 지안을 바라보고 있었다.

"정신없이, 바쁘게 지내다 보면 시간이 흘렀다는 걸 알게 되고, 그러다 보면 덜 아파질 겁니다."

구석만 찾았고 귀를 틀어막고 눈을 가리려고만 했었다. 위로를 하겠다고 진심으로 다가오는 사람들도 모두 외면했었다. 아무것도 안 하고, 아무도 만나지 않고 혼자 끙끙거리기만 했었다. 하지만 혼자일 때가 더 아팠다. 시간은 더 더디게 갔고 상처는 점점 곪아갔다.

"윤강현 씨 시간은 얼마나 흘렀는데요?"

어떤 상처인지, 얼마나 아픈지는 모르지만 윤강현이란 남자가 아팠다는 걸 지안은 직감적으로 느끼고 있었다.

"꽤 많이."

"그래서, 이제는 덜 아파요?"

"제법."

훗, 지안이 웃었다. 똑딱똑딱, 지안의 시간도 그렇게 천천히 흘러가고 있었다.

2.

제주도에 온 지 삼 일이 됐다. 그리고 지안은 하루 동안 꼬박 귤을 따고 있는 중이다. 바쁘게 지내면 시간도 덩달아 빨리 간다는 걸 알았다. 지금으로서는 구석에 틀어박혀 자책과 후회로 시간을 허비하는 것보다 몸을 움직이며 맑은 공기를 쐬고 땀을 흘리며 머릿속을 비워내는 게 더 현명했다.

"잘하네요."

감귤 농장의 주인이자 서울에서 내려왔다는 미영이 지안의 곁을 지나가며 미안한 얼굴로 칭찬 한마디를 건넸다.

"따다 목마르면 까 먹고 그래요."

옅게 웃는 걸로 지안은 대답을 대신했다. 11월부터 2월까지가 제철이라는 감귤은 요즘 한창 수확 철이라 제주도 사람 전부가 감

귤나무에 매달려 있어 동네마다 개 짖는 소리만 들린다는 우스갯
소리까지 한다고 한다. [숨] 펜션 뒤쪽으로 자리한 미영 씨의 감귤
농장에 와서야 지안은 동네 사람들을 처음으로 만날 수 있었다.
서울에서 온 귀한 손님에게 일을 시켰다고 미영은 눈만 마주치면
미안하다고 했다. 고기나 같이 먹자고 농담으로 한 말에 지안이
진짜로 하겠다고 나설 줄은 몰랐다며 놀라는 눈치였다.

"생긴 건 이래도 저농약이라 당도가 좋아요."

옆 나무에서 귤을 따던 강현이 오랜만에 지안에게 말을 해왔다.

"힘들면 그만해요."

"내가 알아서 해요."

지안에게 에는 대꾸 따위나 시키게 덤비 가 마디를 쑥은 구 기고
꼭지 위쪽을 넉넉히 잘라냈다. 그리고 나무에서 떨어진 귤을 손에
올리고 다른 귤과 부딪쳐 상처가 나지 않도록 꼭지를 바짝 잘라
상자에 담았다.

"몸살 나도 난 모릅니다."

대꾸가 없다. 오래전 자신을 보는 것 같아 강현은 지안이 안쓰
러웠다. 사람들 속에 파묻혀 살았지만 사람들과 어울리는 법을 몰
랐다. 내 세상이 전부라고 여기며 주위에 울타리를 치고 살았었
다. 소통하는 법을 알았더라면 지금의 윤강현은 없지 않았을까.
그런데 또 달리 생각해 보면 지금의 모습이 강현은 좋았다. 뛰어
가는 사람들 틈에서 흥얼흥얼, 노래를 부르며 느긋하게 걸어가고
있는 게 좋았고, 바람이 불고, 햇살이 내려오고, 눈이 오고, 비가
오고, 꽃이 피고, 낙엽이 떨어지는 걸 보고 즐기는 지금이 그 어느

때보다 좋았다. 전보다 주변에 사람은 줄었지만 마음은 늘었으니 그게 강현은 무엇보다 만족스러웠다.

"안 어울리는 거 알아요?"

내내 입을 다물고 악착같이 귤만 따던 지안이 별안간 툭, 말을 뱉었다.

"뭐가 말입니까?"

아이 다루듯 조심스러운 손길로 귤을 따면서 강현이 지안의 다음 말을 기다렸다.

"여기랑 윤강현 씨요."

작업복을 입은 모습이 잘 어울리긴 했다. 지금도 밀짚모자를 쓰고 목에 수건을 두른 게 여간 잘 어울리는 게 아니다. 평화로워 보이는 얼굴도 그랬다. 그런데 뭔지 모르게 윤강현은 이 감귤 농장과 어울리지 않았다. 귤을 따기보다는 백화점을 돌며 귤을 사는 모습이 더 어울릴 것 같고, 밀짚모자보다는 페도라가 어울릴 것 같았다. 그을리긴 했지만 태생이 뽀얀 피부일 것 같고, 다부진 몸매는 일이 아니라 운동으로 만들어진 것 같았다.

"그쪽도 나처럼 도망 온 거 아니에요?"

"서지안 씨는 도망 온 겁니까, 여기에?"

"쪽팔려서 도망 온 거죠."

사실 상처는 집에서도 얼마든지 치유할 수 있었다. 어떻게 된 건지, 왜 그렇게 된 건지, 앞으로 어떻게 할 건지에 대해 물어오는 사람들을 피하고 싶어 도망을 왔다는 걸 지안은 스스로 인정하고 있었다.

"쪽팔려서 왔다니까 비겁하다고는 못하겠네요."

적어도 자신보다는 솔직한 지안이었다. 자존심이 상했으면 상하지 않은 척, 아무렇지 않은 척하는 게 쪽팔리다고 말하는 것보다 훨씬 힘들었던 때가 있었다.

"그쪽은 왜 도망 왔어요? 사람? 사랑?"

사실 윤강현이란 남자가 왜 이곳까지 내려왔는지 지안은 관심 없었다. 오전부터 하던 감귤 따기가 이젠 제법 손에 익어 잡생각들이 머릿속으로 들어오고자 똑똑 노크를 시작했기 때문이었다.

"멋있어 보이려고요."

강현은 한쪽으로 고개를 까딱하며 짐짓 덤덤한 척했다.

"누구한테요?"

대충 넘겨듣고 말 줄 알았는데 지안은 좀 더 집요하게 물었다.

"세상 사람들한테."

"상당히 거만한 스타일이네요. 윤강현 씨가 제주도로 도망 오는 게 세상 사람들이랑 무슨 상관이 있어요? 자신이 세상의 중심이다, 뭐 그렇게 믿고 살아요?"

적어도 4년 전까지는 그랬다. 가만히 앉아 있어도 감독과 제작자들이 대본을 들고 찾아왔고 벽에 기대 생수를 마시는 것만으로도 신문의 1면을 장식했다. 그러니 당연히 세상이 윤강현 중심으로 돌아간다고 철석같이 믿었다.

"일 같은 건 생전 해본 적도 없게 생겼는데, 바쁘게 살았어요?"

정말 궁금하다는 듯 강현이 지안에게 진심으로 물었다.

"왜요, 윤강현 씨가 제주도로 내려온 거 몰라줘서요?"

"다는 아니더라도 대부분은 아는 거 아니었나?"

사랑을 했고 그게 기사화됐다. 숨어서 한 연애가 지겨워지던 참이었다. 그래서 인정을 하기 위해 소속사에서 열애설에 대한 입장을 준비하고 있었다. 갑작스러웠지만 진심이라는 걸 보여주고 싶었고 최대한 솔직하고 싶었다. 하지만 그 하루의 시간 동안 상상하지 못한 일이 터졌고 강현은 그대로 무너졌다. 친근함보다는 신비로움을 간직한 배우였고, 만인의 연인이었고, 반듯하고 곧은 이미지를 가진 남자였고, 연기력과 스타성을 모두 겸비한 영화계의 블루칩이었다. 영화판에 있던 8년의 시간 동안 배우 윤강현은, 아니, 강현은 그 자체만으로 하나의 세상이었다. 그러니 외국에서 태어나 단 한 번도 한국 영화나 한국 잡지를 본 적이 없는 사람이 아니라면 보통의 젊은 아가씨가 배우 강현을 못 알아볼 리는 없었다.

"사는 게 지루하지는 않겠어요."

강현의 말을 한 귀로 듣고 한 귀로 흘리며 지안은 고개를 내저었다. 확실히 배우 강현에 대해 모르는 여자였다. 강현은 지안이 자신을 알아보지 못하는 서운함보다는 알아봐 주지 않아 다행이다 싶어 안도했다.

미영은 점심으로 시골 육수로 끓인 제주도 향토 음식인 고기 국수를 내오더니 저녁으로는 어제에 이어 또다시 삼겹살을 구웠다. 바비큐를 해 먹기 좋게 시설을 갖춘 강현의 펜션에 수건 하나씩을 목에 두른 사람들이 두런두런 모여 앉았다.

"안 하던 일 해서 몸살 나는 거 아니에요?"

먹기 좋게 썬 김치를 테이블에 놓으면서 미영이 지안을 걱정스럽게 쳐다봤다.

"괜찮아요."

"이게 생각보다 힘들어요. 혹시 모르니까 뜨거운 물에 몸 좀 담그고 자요."

"네."

고되기는 했다. 벌써부터 목이 뻐근하고 팔이 쑤신다. 종일 서 있었더니 종아리도 퉁퉁 부은 것 같고 발바닥도 아프다.

"이게 뭐 그거라 온천 하러 갈래요?"

젓가락을 들지 않고 멀뚱히 앉아 있는 지안에게 미영이 물었나.

"네?"

"제주도에 유명한 온천 있는 거 모르죠? 거기가 여기서 멀지 않거든요. 산방산이라고……."

엄마와도 발가벗고 목욕을 해본 적 없었다. 하물며 이제 겨우 얼굴을 익히기 시작한 사람과 허물없이 한 탕에 들어가 몸을 보여주고 하는 건 지안에겐 생소하고 편치 않는 일이었다.

"아니요, 제가 알아서 할게요."

머뭇거리지 않고 무표정한 얼굴로 지안이 미영의 친절을 거절했다. 웃으며, 상대가 기분 나쁘지 않게 거절하고 싶었지만 지안은 그런 재주가 없었다.

"하긴 불편하겠다. 나이가 들면 이렇게 주책만 는다니까."

호호호, 미영이 어색하게 웃어넘겼다. 그리고 그 순간, 싸늘해

지려던 분위기를 단번에 바꿔줄 앙증맞은 꼬마 아가씨가 어딘가에서 나타났다.

"엄마!"

바가지를 엎어놓고 자른 것처럼 머리카락을 둥글게 자른 꼬마가 미영을 향해 다다다, 뛰어왔다.

"윤아!"

미영이 두 팔을 벌려 아이를 품에 안았다. 마치 이산가족 상봉과도 같은 절절한 포옹에 지안이 빤히 모녀를 쳐다봤다.

"엄마가 너무 보고 싶어서 여기에서 눈물이 났어요."

아이의 고사리 손이 제 왼쪽 가슴을 눌렀다.

"정말? 엄마는 우리 윤이 보고 싶어서 여기랑 여기에서 눈물 났어."

아이가 했던 대로 미영이 가슴과 눈을 가리키며 슬픈 표정을 지었다.

"재미있게 놀았어?"

"네."

"말 잘 듣고?"

"할아버지가 윤이가 세상에서 제일 착하다고 했어요."

흐뭇하게 웃으며 미영이 아이를 번쩍 안아 올렸다. 아이의 눈이 낯선 지안에게로 옮겨졌다.

"예쁜 이모다."

해맑게 웃으며 자신을 바라보는 아이에게 지안은 싱긋, 웃어줬다. 의도하거나 계산하지 않은 순수한 미소였다.

"너도 꽤 예뻐."

눈이 안 보이게 웃더니 아이가 몸을 비틀어 미영의 품에서 빠져나왔다. 바닥에 두 다리를 딛고 선 아이가 두 손을 배꼽 위에 가지런히 모으더니 지안에게 고개를 숙여 인사했다.

"안녕하세요, 이윤입니다."

검은 머리카락, 검은 눈동자, 그리고 투명할 정도로 하얀 피부. 어릴 때 갖고 놀던 인형과 흡사했다.

"안녕, 나는 서지안이라고 해."

지안이 손을 내밀자 윤이 수줍게 그 손을 잡았다.

"씨씨, 씨고, 윤이 부르고 싶었어?"

고기를 굽던 강현이 어느새 윤의 뒤에 와 활짝을 씨고 있었니. 윤은 냉큼 뒤를 돌아보더니 강현에게로 폴짝 뛰어들었다. 아이를 안아 들고 볼에 입을 맞추는 강현은 또 다른 느낌이었다.

"고생들 하셨습니다."

수염이 덥수룩한 남자가 방금 윤이 나타난 곳에서 씩씩하게 걸어왔다.

"아빠!"

윤이 아빠라고 부르고, 사람들이 반갑게 손을 흔들고, 미영이 방긋 웃어주는, 아무래도 감귤 농장의 진짜 주인인 것 같다. 한 가족처럼 서로를 친근하게 바라보며 챙기는 사람들 틈에서 지안은 어떻게 해야 할지 모르는 불편한 표정으로 앉아 있었다.

고기는 맛있는 냄새를 풍기며 노릇하게 익어갔고, 밤은 따뜻한 온기를 전하며 푸르게 깊어갔다. 같이 일을 하던 나이 지긋한 어른 두 분은 배가 부르자 피곤하다며 일찍 자리를 떴고 미영과 미영의 남편도 잠든 윤이를 재우러 집으로 돌아갔다. 삼 일째 지안은 강현과 나란히 밤을 맞고 있었다.

"여기는 매일이 소풍 같아요. 그래서 매일이 즐겁고 설레요."

강현의 말에 지안은 뭔가 모를 뜨거움을 느꼈다. 살면서 하루도 행복하다 여긴 적이 없었다. 언제나 혼자여서 외로웠고, 외로워서 불행했다. 일하는 사람만 있는 큰 집을 놀이터처럼 뛰어다니며 놀다 구석을 찾아 들어가 잠을 잔 게 몇 번이었다. 실컷 자고 일어날 때까지 어린 지안을 찾는 사람은 없었다. 어둠 속에서 두려움에 엄마를 부르다 제 발로 문을 열고 밖으로 나왔다. 나이 차이가 많이 나는 오빠는 항상 어렵고 낯선 존재였고, 착하고 공부를 잘했던 언니는 엄마 손에 끌려 이리저리 돌아다니느라 집에 있을 시간이 없었다. 그렇다고 늘 울상을 짓고 살지는 않았다. 책을 읽는 것만으로도 지안의 하루는 느리지 않게 흘러갔고 사람이 아닌 다른 것을 친구 삼아 나름 외롭지 않은 일상을 보냈다.

"소풍이라는 게, 그게 즐겁고 설레는 건 줄 몰랐네요."

엄마가 싸준 맛있는 도시락을 펼쳐 놓고 옹기종기 앉아 웃으며 먹는 친구들. 그 친구들과 멀찍이 떨어져 아무렇지 않은 얼굴로 맛없는 도시락을 먹는 지안. 학교에서 혼자인 것보다 나가서 혼자인 게 더 서럽고 아팠다. 그래서 지안은 소풍이 한 번도 즐겁고 설레었던 적이 없었다.

"소심한 사람이었나 보네요, 서지안 씨는. 보통은 친구들과 신

나게 떠들고 웃고 할 수 있어서 소풍 가는 걸 좋아하는데 말이에
요."

"친구가 없었으니까요."

지안은 대수롭지 않게 담담히 풀어놓았지만 강현은 담담하게
듣지 못했다. 어려서부터 혼자인 법이 없던 강현은 친구가 없다는
게 어떤 건지 상상을 할 수 없었고 이해도 되지 않았다.

"그 기분 나쁜 표정은 뭐예요?"

"알고 싶어요?"

동정하듯 눈에서 힘을 빼고 바라보던 강현이 금방 장난기 어린
미소를 지으며 낮게 어깨를 늘어뜨렸다.

"그쪽도 친구가 없어서 여기 틀어박혀 혼자 지내는 서 같은데
잘난 척은 어지간히 하시죠?"

핸드폰은 있었지만 같이 있는 내내 벨소리가 울린 적은 없었다.
고작 삼 일 본 게 다인 사람이지만 대부분의 시간을 혼자 보내고
있는 것 같았다. 펜션에 손님이 들끓어 바쁜 것도 아니고, 감귤 농
장은 일손이 부족할 때만 돕는다고 했고, 그마저도 수확이 거의
끝나 당분간은 도울 것도 없고, 찾아오는 사람도, 연락을 해오는
사람도 딱히 없는 것 같았다. 윤강현이란 남자도 상당히 외로운
남자가 아닐까 싶다. 이유가 어찌 됐든 처지가 비슷하게 느껴져서
일까, 강현에게는 경계심을 푸는 속도가 유난히 빨랐다.

"난 내가 택한 거고, 서지안 씨는 그 반대고."

"웃으면서 찌르면 상대가 안 아플 것 같아요?"

"아팠어요?"

"전혀요."

도도하게 눈썹을 올렸다 내리더니 지안이 일어났다.

"지금부터는 손님이니까 치우는 건 사장님이 하시죠."

찬바람을 맞으며 술을 마셔서인지 슬슬 취기가 오르기 시작했다. 갑자기 따뜻한 곳이 절실해졌다.

하지 않던 고된 일을 하고 나면 몸은 으스러질 것처럼 피곤한데 머리는 개운했다. 그런 날이면 강현은 굳이 자려고 하지 않았다. 늦게까지 좋아하는 영화를 보거나 춥지 않으면 잔디에 누워 질리도록 별구경을 하곤 했다. 젊은 놈이 노인네처럼 논다고 지난여름 제주도에 내려왔던 진원이 혀를 찼지만 강현은 그만두지 않았다. 백 번도 넘게 봤지만 여전히 〈바람과 함께 사라지다〉가 좋았고, 항상 같은 장면에서 울컥해졌다. 그리고 앞으로도 백 번은 더 볼 수 있을 것 같았다.

리모컨을 들어 DVD 플레이어와 TV를 끄고 강현은 소파에 길게 누웠다. 하얀 천장을 오래도록 쳐다보면서 그는 손에 들고 있는 리모컨으로 소파를 툭툭 무심하게 두드렸다. 그러다 손가락을 더듬어 TV 전원 버튼을 눌렀다. 띠리리, 소리가 나더니 곧이어 TV가 켜졌다. 잔잔한 음악과 함께 낯익은 여자의 목소리가 강현을 흔들었다. 강현의 볼에 깊은 우물이 파였다. 천장을 향해 있던 얼굴을 내리고 그가 똑바로 TV를 쳐다봤다.

유주은…….

역시나 그녀였다.

"더 예뻐졌네."

아이처럼 순수해 보이는 눈빛도 여전했고, 우아함이 깃든 몸짓도 여전했다. 부모 없이 고아원에서 자라 몸 파는 짓 빼고 다 해본 여자로는 절대 보이지 않았다. 가난했던 시절을 몸서리치게 싫어하면서 그걸 이용해 대중의 연민과 사랑을 받을 줄 아는 머리 좋은 여자였다. 때문에 유주은은 서민들이 특히나 사랑하고 아끼는 배우였다. 없이 살았지만 늦은 나이에 대학도 갔고 꼬인 것 없이 해맑고 유쾌한 성격이라 영화뿐만 아니라 예능에서도 인기가 좋았다. 욕심이 많았지만 적절히 숨길 줄 알았고 순진한 눈빛을 하고 있지만 적당히 남자를 가지고 놀 줄 알았던 진정한 팜므파탈의 에인... ... ... 나 순정을 바쳤던 여자였다. 결혼하고 싶었고 결혼할 줄 알았다. 그녀를 닮은 인형처럼 예쁜 아이를 낳아 영화처럼 살 줄 알았다.

Rrrrrrrr.

광고가 끝나고 어딘가에서 핸드폰이 울렸다. 강현은 TV 전원을 끄고 핸드폰을 찾아 소파 주변을 뒤졌다. 소파 쿠션을 들추자 핸드폰 벨소리가 더 크게 들렸다. 강현은 신경질적인 손길로 핸드폰을 찾아 들고 액정에 찍힌 번호를 확인했다. 새로울 것 없는 진원이었다.

"또 술 마셨어요?"

전화를 받자마자 강현은 싫은 소리부터 했다.

—안 잤냐?

"안 잤으니까 받았지."

후, 하고 진원이 긴 숨을 흘려보냈다. 뭔가 하기 어려운 말이 있을 때면 진원은 한숨부터 쉬는 버릇이 있었다.

"뭔데요?"

—서울 안 와?

"형이 와요."

모든 걸 내려놓고 제주도로 온 후로 강현은 4년이란 시간 동안 단 한 번도 서울을, 아니, 이 제주도를 벗어난 적이 없었다. 서울로 돌아가는 게 문제가 아니라 제주도를 떠나는 게 그에겐 더 어려운 일이 돼버렸다.

"형수하고 싸웠어요?"

—사랑만 하기도 바쁘다.

"그럼 애들이 속 썩여?"

배우 강현의 매니저로 8년을 일한 진원은 강현이 충무로를 떠나기 전, 작은 엔터테인먼트 회사를 차렸다. 소속사와의 계약 기간도 끝났을 때라 강현은 회사를 차려 나가는 진원을 아무런 조건 없이 따라갔다. 그렇게 두 사람은 사장과 소속 배우로 끈끈한 우정을 과시했고 작게 시작했던 회사는 짧은 시간에 제법 파워 있는 회사로 자리를 잡았다. 그러나 강현의 스캔들로 잠시 회사는 휘청했고 강현이 아예 충무로 바닥을 떠나면서 많은 어려움을 겪었었다. 그래도 데리고 있던 배우들이 조금씩 두각을 나타내면서 진원의 회사는 탄탄하게 자리를 잡았다. 가끔 올챙이 적 생각 못하고 까부는 녀석들로 골치를 앓을 때마다 진원은 강현에게 전화해 욕을 하기도 하고, 이렇게 된 게 다 강현 때문이라며 책임을 떠넘기기도 하고, 씁쓸하게 하소연을 하기도 했었다.

　—너 아니면 내 속 썩이는 놈 없어.

"그러니까 그만 나를 놔."

강현은 소파에 다리를 펴고 길게 누웠다. 팔 하나를 목 뒤로 해 팔베개를 하고 그는 편안하게 진원과 통화를 이어나갔다. 하지만……

　—유주은이 너 찾는다.

머리를 거르지 않고 흘러나가는 말에 강현이 다시 한 번 되물었다.

"누가 날 찾는다고?"

　〔ㅈㅜㅇ〕

투두둑, 머릿속에서 팽팽하게 늘어져 있던 고무줄이 무차별적으로 끊어지는 느낌이었다. 분명 들었는데 이해가 되지 않고, 분명 조금 전 본 얼굴인데 기억이 나지 않았다.

　—이혼한대. 이혼 전에 너 만나서 직접 얘기하고 싶다고 어제부터 들볶고 있어. 상대 안 하고는 있는데 수소문해서 멋대로 너 찾아갈까 봐 말해주는 거야.

"나를 만나서 무슨 얘기를 하고 싶다는데?"

머리카락에 껌이 달라붙어 떨어지지 않는 것처럼 머릿속이 엉망이 됐는데도 이상하게 목소리는 침착했다.

　—새로운 보험이라도 들고 싶은가 보지.

"형, 내가 보험이 될 수 있나?"

몸값이 하늘을 치솟을 때 벌었던 돈이 은행에 있기는 하지만 재벌가 며느리에게는 껌값이지 않을까 싶다. 이혼을 한다고 해도 위자료를 두둑하게 챙겨 나올 여자니 돈 걱정은 없을 테고, 남자야 유주은이 손가락만 까딱하면 앞다퉈 줄을 설 거고, 지금도 연예 활동 잘하고 있으니 예전의 전성기를 찾기 위한 연줄이 필요하지도 않을 거다. 그런데 대체 왜, 무엇 때문에 찾는 걸까.

"웃기네."

—정리된 거지?

"정리당한 거지."

스캔들이 아닌 열애가 맞다는 말을 하기 직전, 사랑했던 유주은은 재벌 2세와 결혼을 발표했다. 전날까지도 전화로 건강을 챙기던 여자가 하루아침에 다른 남자와 결혼을 하겠다며 웃는 얼굴로 카메라 앞에 섰다. 그러니 정리를 한 게 아니라 정리를 당한 게 맞다.

—그럼 내가 처리해도 돼?

"어떻게?"

—매장시켜야지, 이 바닥에서.

"이야, 고진원이 출세했나 보네."

—안 되면 흠이라도 내주지 뭐.

이혼을 한다고 했으니 흠을 내줄 거리는 얼마든지 있었다. 좋은 이미지를 갖고 있는 배우일수록 바닥으로 떨어지는 건 한순간이었다.

"전화번호 물어보면 알려줘."

—정리했다며?

"무슨 꿍꿍이인지는 모르겠지만 그쪽은 깔끔하지 않은 것 같으니까 이번엔 내가 좀 해볼까 하고."

사랑했던 시간을 지우고, 그 시간이 거짓이었음을 인정하고, 미련을 잘라내기까지 4년이 걸렸다. 그깟 사랑 때문에 쌓아왔던 모든 걸 버린 게 얼마나 쪽팔린 짓이었는지 4년이란 시간을 보내며 깨달았다. TV에서 우연히라도 유주은을 만날까 봐 TV를 틀지 않고, 아직 덜 나았음을 알게 될까 봐, 그래서 여전히 스스로가 한심한 인간이라는 걸 마주하게 될까 봐 제주도를 벗어나지 못하고 있는 건 사실이었다. 하지만 TV가 아니라 유주은이 실제로 나타난다고 해도 흔들리지 않을 자신은 있었다. 사랑을 잃은 게 아팠던 거지, 유주은이란 여자를 잃은 게 아직까지도 아픈 건 아니었다.

밤새 온몸이 쑤셔 한잠도 못 잔 지안은 아침 일찍 일어나 카페테리아 문을 열고 들어왔다. 그윽한 커피 향이 제일 먼저 그녀를 반겼다.

"하나도 못 잔 얼굴이네요."

푸석푸석한 얼굴로 지안은 커피부터 머그잔에 따랐다. 후, 불어 한 모금 목으로 넘기니 이제야 머릿속이 맑아지는 기분이었다.

"스크램블 해줘요?"

"빵이면 돼요."

파란 바다가 내다보이는 창가 쪽에 자리를 잡고 앉아 그녀는 두 손으로 머그잔을 감싸 쥐었다.

"이따 제주시에 볼일 있어서 나갈 건데 뭐 사다 줄 거 있으면 말해요."

오늘따라 강현이 친절하다.

"그럼 차 좀 반납해 줘요."

마트에 다녀올 때 빼고는 계속 주차만 돼 있는 차가 어제부터 신경 쓰이던 참이었다.

"내 차 두고 그쪽이 빌린 차 타고 나가라고요? 들어올 땐 버스 타고?"

"택시비 줄게요."

노릇하게 잘 구워진 식빵을 접시에 담아 들고 강현이 지안에게로 걸어왔다. 테이블에 접시를 내려놓고 강현은 팔짱을 낀 채로 서서 지안을 내려다봤다. 하지만 지안은 커피를 마시며 바다만 뚫어져라 쳐다봤다.

"같이 나갑시다."

지안이 강현을 돌아봤다.

"제주시 구경시켜 줄 테니까 서지안 씨가 점심 사요."

그냥 오늘은 혼자 밥을 먹고 싶지 않았다. 불현듯 사람들의 북적임이 그리웠다. 하지만 그 속을 혼자 거닐고 싶지는 않았다.

"나랑 뭐 하고 싶어요?"

서늘한 표정으로 지안이 감정 없이 물었다.

"놀자는 건가?"

삐딱하게 입술을 비트는 지안을 보면서 강현이 피식, 웃었다. 그리고는 천천히 고개를 숙여 지안의 얼굴 가까이 제 얼굴을 내렸다.

"에이, 이 손님 너무 앞서 가신다."

유들유들 비꼬는 말투로 얄밉게 웃으며 말하고는 강현이 지안에게서 멀어졌다. 식지 않은 식빵을 손으로 뜯어 입에 넣으며 지안이 삐죽, 웃었다.

공항에서 차를 반납하고 지안은 강현의 차에 올라탔다.

"끝난 겁니까?"

"네."

강현이 핸들을 돌려 공항 주차장을 빠져나갔다. 지안은 힐끔 정면을 응시하고 있는 강현을 곁눈질했다. 농사꾼 같은 허름한 옷을 벗고 하늘색 니트에 검은색 진을 입은 강현은 친친이 다는 사내처럼 보였다. 뭐랄까, 분위기가 있었다. 운전을 하는 모습이 어딘지 모르게 고급스럽고 우아했다. 달라진 모습에 왠지 친근함마저 느껴졌다. 전부터 알고 있었던 사람, 아니, 어디선가 한번은 본 적이 있는 것 같은 그런 친근함이었다.

"점심 먹고 움직일까요, 움직이고 먹을까요?"

흘깃, 강현이 지안을 돌아봤다. 그때까지도 강현을 훔쳐보고 있던 지안이 당황한 듯 눈을 찡긋했다.

"나는 아직 괜찮아요."

"그럼 움직이고 먹읍시다."

"근데 뭐 할 건데요?"

"쇼핑."

강현이 지안을 돌아보며 싱긋 웃었다. 상당히 유혹적인 미소였다. 키가 크고, 몸매는 다부지고, 피부는 적당히 그을려 건강미가 넘치고, 눈은 쌍꺼풀이 없지만 작지 않고, 코는 성형 의심이 될 정도로 매끈하게 잘 뻗었고, 입매는 장난꾸러기처럼 끝이 살짝 올라갔지만 웃으면 성인 남자의 섹시함이 흘러나오고…… 한마디로 잘생겼다. 언젠가 백화점에 갔을 때 남성복 매장에 사진으로 걸려 있던 남자배우처럼 근사하게 생겼다.

"혹시 배우였어요?"

생각난 김에 지안은 직접적으로 물었다.

"그건 갑자기 왜 물어요?"

"갑자기 궁금해서요."

어깨를 으쓱 들었다 내리며 지안은 금세 시선을 창밖으로 돌렸다.

"여기는 제주도 아닌 것 같네요."

서울만큼은 아니더라도 제주시에 나오니 높은 건물들도 많고 유명 프랜차이즈 레스토랑이나 대형 마트도 쉽게 눈에 띄었다. 노랗게 익은 갈대들이 지천에 나부끼고, 하얗게 부서지는 파도가 있고, 겨울을 잊게 할 정도로 주황색의 귤이 주렁주렁 매달린 나무가 있던 [숨] 펜션이 있는 그 동네가 진정한 제주도 같았다. 보이고, 들리고, 느껴지는 것 전부가 서울과 달랐던 그 동네가 벌써 그리워진다.

"중독 1단계 돌입이네요."

지안이 강현에게 고개를 돌렸다.

"하모리에서 일주일만 지내면 다들 여기가 제주도구나, 하거든요. 반대로 거기서 조금만 벗어나도 여긴 어딘가, 하고."

"그다음은요?"

"중독 2단계에 돌입하면 시간을 착각하게 되죠. 일주일이 지났는데도 아직 일주일이 안 된 것 같은 착각. 그게 2단계예요."

꼭 한 달이 됐을 때, 강현은 자신이 제주도 서귀포시 대정읍 하모리에 중독됐다는 걸 실감했다. 눈만 뜨면 바닷가에 나가 같은 길을 반복해서 걸었고, 그러다 해가 지면 터덜터덜 집으로 돌아왔다. 배가 고픈 것도 몰랐고 신발에 모래가 들어가 발바닥이 까진 채 눈을 뜨고 숨을 쉬고 있었지만 살아 있지 않은 사람과 다를 바가 없었다. 핸드폰을 보다 차를 몰고 시내로 향한 적도 한두 번이 아니었다. 화가 치밀어 터는 분노로 들끓었다. 당장 비행기를 타고 서울로 날아가 모든 걸 까발리고 유주은의 목을 부러뜨리고 싶을 정도였다. 그렇게 어두운 도로를 달리다 길 한쪽에 차를 세우고 미친놈처럼 소리를 지르며 울기도 했다. 미안하다, 잘못했다, 용서해 달라는 말 한마디 하지 않던 유주은 때문에 강현은 헤어짐의 이유를 혼자 찾느라 더 힘들었고 더 아팠다. 하지만 언제부턴가 시계를 보지 않게 됐다. 숨 쉬는 게 편해졌고 짧지만 밤에 잠도 잤다. 배가 고프면 혼자 밥을 해서 먹기도 했고 아침에 일어나 맑은 하늘을 보고 혼자 기분 좋게 웃기도 했다. 그러다 꼬마 숙녀 윤을 만났고 녀석과 놀다 녀석과 같이 집으로 돌아오는 일이 잦아졌다.

"3단계는요?"

"못 떠나요."

웃음기 없는 담백한 얼굴로 강현이 지안을 쳐다봤다.

"그게 중독 마지막이에요?"

"아니요, 4단계가 남았죠."

"4단계도 있어요?"

그게 뭘까, 지안이 진심으로 궁금해하는 눈빛을 하고 있었다.

"시간도, 상처도, 다 잊게 되는 것. 그게 마지막 4단계예요."

"완전한 치유네요."

지난 일들을 되짚으며 뭘 잘못했고, 뭘 실수했는지 머리를 쥐어짜고, 그러다 눈물이 왈칵 쏟아지고, 그러다 다시 화가 나고. 이런 것들이 다 치유가 되는 그 순간이 과연 어떤 느낌일지 지안은 사뭇 궁금해졌다. 하지만 지금의 고통이 지안은 나름대로 견딜 만했다. 그러면서 조금씩 자신이 한 게 정말 사랑이었을까 고개를 갸웃거리며 사랑 자체를 부정하려고 했다. 그렇게 하면 덜 아픈 것 같았다. 양치질을 하다가도 울컥해지고, 강현과 얘기를 나누다가도 김태성이 불쑥 생각났다. 현실을 받아들이고 온전히 끌어안기엔 아직 시간이 부족한 게 사실이었다.

"윤강현 씨는 다 치유가 됐어요?"

김태성을 만나 얘기를 하고, 길을 걷고, 손을 잡고 하던 순간들을 떠올리면 분명 행복했고 설레었다. 누가 뭐라고 해도 사랑이었다. 그런데 결혼하자, 라는 말을 들은 그다음부터는 설렘이 줄어들었다. 대신 편안했고 안정적이었다. 지선과 치열하게 싸우는 와중에도 마음만은 평온했다. 집을 구하고 인테리어를 할 때는 흥분되기까지 했었다. 그래서 김태성이 옆에서 다른 꿍꿍이를 갖고 슬금슬금 도망칠 궁리를 하는 것도 몰랐던 것 같다. 김태성과 살게 될 집이었지만 자유라는 글자 옆에는 서지안만 있었다. 얼마의 책임은 있는 거니까 이 정도 고통은 이 악물고 견뎌내는 게 맞는 것도 같다.

"그런 것 같네요."

진원의 전화를 받고 밤새 유주은의 이름을 읊조리면서 강현은 제 상처가 다 나았다는 걸 깨달았다. 막상 얼굴을 보게 된다면 심장이 다른 반응을 보일지도 모르지만 이름을 부르고 머릿속으로 유주은의 얼굴을 떠올리는 걸로는 욱신거리지도 않고, 뻐근하게 거리지도 않다. 마냥 담담했다.

"숨 쉴 수 있기를, 살고 싶어시기를."

"무슨 말이에요?"

"우리 [숨]에서 서지안 씨가 그렇게 되기를 바란다고요."

지안이 눈을 가늘게 뜨고 강현을 쳐다봤다. 시선이 느껴졌는지 강현이 고개를 돌려 지안과 눈을 맞췄다.

"왜 그렇게 봅니까?"

"어제랑 분위기가 달라진 것 같아서요."

"어떻게요?"

"부드럽게 거만하고, 부럽게 평온해요."

"멋있어졌다, 뭐 그런 뜻?"

"부드럽게 거만은 취소예요."

투닥거리면서도 지안은 강현의 말에 귀를 기울이고 뚱하지 않게 대답을 하면서 점차 부드러워지고 있었다.

백화점이라도 털 것처럼 굴던 강현이 지안을 데리고 '쇼핑'을 하러 간 곳은 펜션에 필요한 물품들을 전문적으로 파는 상점이었다. 한두 개가 아닌 여러 개의 상점들이 비슷한 외관을 자랑하며 골목을 형성하고 있었다. 그중 가장 끝자락에 있는 상점으로 강현이 들어갔다.

"오랜만에 오셨네요."

강현과 안면이 있는지 오십은 넘어 보이는 아저씨가 반갑게 인사를 했다.

"저희 펜션이 인기가 없어서요."

[숨]이란 간판을 걸고 처음으로 이곳을 찾아왔던 몇 개월 전, 강현을 보고 상점 주인은 계속 고개를 갸우뚱거리며 입을 달싹였었다. 그러다 필요한 것을 전부 구입하고 돌아서는데 나직이 배우 강현 아니냐고 물어왔다. 아니라고 하고 싶었지만 상점 주인의 눈치가 이미 확신에 찬 듯했다. 그 후 상점 주인은 비밀협정이라도 맺은 것처럼 강현의 존재에 대해 입을 굳게 다물어줬다.

"내가 입만 뻥긋하면 손님이 줄을 설 텐데."

뭔가 두 사람만 아는 비밀이 있는 것처럼 상점 주인이 눈을 찡긋거렸다. 그러자 강현이 손가락을 입술에 갖다 대면서 능청을 떨었다.

"오늘은 뭐가 필요하신가?"

"수건이랑 휴지랑, 뭐 이것저것 많아요."

"손님도 없다면서 뭘 또 사려고? 그리고 수건은 한 달 전에 새로 바꾸지 않았었나?"

"언제 손님이 올지 모르니까 항상 깨끗하게 해놔야죠."

단 하나뿐인 방이지만 강현은 매일 쓸고 닦았다. 언제, 누가, 어떤 마음으로 찾을지 몰라도 방문을 열고 들어서는 순간, 피로가 싹 달아났으면 했다. 행복한 사람은 더 행복해지고, 불행한 사람은 더 이상 불행해지지 않았으면 하는 마음으로 강현은 [숨]을 지키고 있었다.

"근데 여자 친구예요?"

"네?"

"이야, 여자 친구도 배운가 미모가 아주 끝내주네요."

여자 친구도……. '도'에 붙은 뜻이 무엇일까 싶어 지안이 강현을 흘끼고 째려봤다. 아니면 괜히 제 발이 저려 뭐라 대답하기 바빴다.

"침구 좀 바꿀까 하는데 어디가 좋아요?"

"어떤 손님이 올지 기분 좋겠네."

상점 주인이 책상 서랍을 뒤져 명함 한 장을 꺼내 강현에게 줬다. 자기소개로 왔다고 하면 싸게 살 수 있을 거라면서 은근히 어깨를 세웠다.

"그리고 다음부터는 직접 오지 말고 전화로 주문해요. 다들 그렇게 하는데 뭐 하려고 번번이 와, 번거롭게."

"이러면서 바람 한번 쐬는 거죠."

한 발 한 발 걸음마를 배우기 시작한 아이처럼 강현은 천천히 스스로 도망쳤던 세상으로 다시 걸어가고 있었다.

"안녕히 계세요."

문 앞으로 나와 손까지 흔들며 상점 주인이 강현과 지안을 배웅했다.

"원래 이런 것도 직접 사러 다니고 그래야 되는 거예요?"

수건이며, 휴지며, 세탁 세제까지 든 커다란 비닐봉지를 든 강현 옆에서 지안이 사뿐히 걸으며 물었다.

"딱히 바쁜 것도 아니니까."

"뭐가 남기는 해요?"

동네 사람들 말을 들어봐도 그렇고 펜션에 손님은 거의 오지 않는 것 같았다. 그런데도 강현은 수시로 잡초를 뽑고 여기저기를 살피며 펜션을 손봤다. 오늘만 해도 아직 새 것처럼 깨끗한 욕실 용품을 전부 바꾸고 있으니 아무리 손님이라고 해도 걱정을 안 할 수가 없었다.

"서지안 씨가 점심 살 테니까 돈이 굳잖아요."

생긴 것과는 다르게 참 소박한 마인드다.

"서울서 로또 돼서 도망 왔어요?"

"그런 기발한 생각은 어디서 나온 겁니까?"

"입고 있는 옷이 제법 비싼 것 같은데 벌이는 시원치 않은 것 같고, 그렇다고 돈을 벌겠다는 강한 의지가 있는 것도 아닌 것 같고."

아니면 말고, 하는 식으로 지안이 어깨를 으쓱하고는 날름 강현의 차에 올랐다. 트렁크에 산 것들을 싣고 강현도 운전석에 탔다.

"뭐 먹고 싶어요?"

"아무거나요."

"그럼 이불 사서 밀면 먹으러 갑시다."

고개를 끄덕이고 지안은 안전벨트를 채운 다음 의자에 몸을 기댔다. 많이 걸은 것도 아닌데 공연히 피곤이 몰려왔다.

"도착하면 깨워요."

"자려고요?"

시동을 켜고 강현은 능숙하게 핸들을 돌려 차를 출발시켰다.

"안 돼요?"

"서지안 씨가 쓸 이불이니까 서지안 씨가 골라야죠. 졸려도 참아요."

"우리 무기 이상한 관계 같지 않아요?"

어떤 펜션 사장이 손님에게 식십 이불을 고르라며 밀까. 어떤 펜션 사장이 손님과 함께 장을 보고 점심을 먹을까. 그리고 어떤 손님이 펜션 사장과 이렇게 빠른 시간 안에 친해질 수 있을까. 까칠한 서지안에게는 결코 있을 수 없는 일이었다.

"어차피 선을 넘었는데 이제 와서 피곤하게 뭘 따져요. 친구라고 생각합시다."

빨갛게 얼어 있던 맨발을 본 순간부터, 어쩌면 바다를 보며 꼿꼿하게 서 있던 그 밤의 서지안을 본 순간부터 마음이 기울었던 건지도 모르겠다. 안쓰럽고 애잔하고 기특했다. 상처를 입고 제주도로 도망쳐 온 예전의 자신과 닮은 지안이 안쓰럽고, 죽을 만큼 아플 텐데 아프다 징징거리지 않고 참아낼 줄 아는 지안이 애잔하고, 언뜻언뜻 멍해지고 불쑥불쑥 울컥하면서도 끝까지 무너지지 않는 지안이 기특하다.

"나는 친구 사귀는 거 몰라요."

지안이 눈을 감았다.

"가르쳐 줄 테니까 이참에 배워요."

"됐어요, 남자랑은 친구 안 해요."

"친구 안 하면 뭐 할 건데요? 설마 지금 내 입에서 연애하자는 말 나오길 바라는 거예요?"

"이야, 윤 사장님 너무 앞서 나가네."

눈을 감은 채로 지안은 아침에 강현이 했던 말을 말투까지 그대로 따라 했다.

지안은 이불가게 사장이 추천하는 화사한 것들을 전부 마다하고 심플하고 세련된 감각이 돋보이는 회색의 침구를 골랐다. 트렁크가 꽉 차 이불 보따리는 뒷자리에 실리고 지안은 강현이 말한 맛있는 밀면을 먹기 위해 제주시에서 다시 서귀포시로 넘어가고 있었다.

"점심이 아니라 이른 저녁을 먹겠네요."

벌써 15분째 강현의 차는 거북이처럼 느릿느릿 도로를 기어가고 있는 중이었다.

"신기해요."

"나도 처음엔 신기했었죠."

언덕에서 풀을 뜯으며 놀던 말들이 도로로 내려왔다. 어슬렁거리다 금방 올라갈 줄 알았는데 녀석들은 도무지 비킬 생각을 하지 않았다. 슬쩍 클랙슨도 눌러봤지만 그때만 움찔할 뿐 차와 같은 방향으로 천천히 걷고 있었다. 워낙에 무리 지어 생활하는 놈들이라 넓지 않은 도로를 다 차지하고 있어 녀석들을 피해 달리는 건 위험했다.

"말이 이렇게 생겼구나?"

창문에 바짝 달라붙은 지안이 연신 감탄하며 말들을 구경했다.

"어릴 때 동물원에서 못 봤어요?"

"가본 적 없어요."

책에서 봤고 예전 해외여행을 갔을 때 보긴 했었다. 하지만 이렇게 가까이서 보니 뭔가 더 신기했다.

"세기가 씨 내 덕에 좋은 구경 했네요."

"그러게요."

이렇게 서서히 치유가 되고 있는 걸까. 오늘은 머리가 한결 가볍다. 그리고 배도 고프다.

"근데 우리 계속 이렇게 가야 되는 건 아니죠?"

"녀석들도 세상 구경이 끝나면 집으로 돌아가겠죠."

우리처럼…….

"같은 대한민국인데 참 다른 곳이네요, 제주도는."

아직 철저히 중독된 건 아닌지 여기에서 살고 싶다는 생각까지는 들지 않는 지안이었다. 그러나 이곳에서 오래 머물고 싶다는 생각은 들었다. 싸가지 없지만 나약하지 않은 본래의 서지안으로 돌아가기 위해서는 조금 더 시간이 필요했다.

"구경 끝났나 보네요."

무리 중 한 마리가 방향을 틀어 도로에서 벗어나자 다른 말들도 일제히 방향을 바꿨다. 꽉 막혔던 도로가 환하게 뚫리고 강현은 서서히 속도를 냈다.

"안녕."

지안이 창문을 열고 손을 흔들었다.

"어차피 시간도 늦었는데 좋은 거 구경할래요?"

말들에게서 시선을 떼고 지안이 강현을 돌아봤다.

"지금이요?"

"아니, 밥 먹고요."

"좋은 게 뭔데요?"

"있어요, 눈물 나게 황홀한 거."

펜션으로 돌아가서 할 일도 없고 하루를 꼬박 같이 보낸 남잔데 이제 와서 새삼스레 경계할 것도 없었다.

"눈물 나는지 두고 보겠어요."

팔짱을 끼며 지안이 다부지게 입을 다물었다.

사람을 사귈 줄 모르고, 제대로 웃을 줄도 모르고, 온몸에 달라붙어 있는 가시로 사람을 쿡쿡 찌르는 착하지만은 않은 지안이 지금은 아이처럼 순수하고 예뻐 보였다. 처음부터 그리 낯설지 않았던 여자. 눈이 가고 마음이 쓰였던 여자. 빨갛게 언 발을 까딱이며 남자가 도망갔다고 덤덤히 말하던 여자. 이 여자가 [숨]을 떠나고 나면 머문 만큼, 딱 그 시간만큼 생각이 날 것 같았다.

"언제 돌아갈 겁니까?"

강현의 물음에 지안은 다물고 있던 입술을 살포시 벌렸다. 아무 것도 칠하지 않았지만 지안의 입술은 붉고 윤기가 흘렀다.

"중독 3단계에 접어들기 전에요."

"그럼 치유가 안 될 텐데요."

"그건 내 몫이니까 내가 알아서 해야죠."

성급했던 선택에 대한, 유치했던 반항에 대한, 모자랐던 자기애에 대한 벌이니까 그걸 치유하고 극복하는 건 혼자 해내는 게 맞았다. 그 시간이 얼마나 걸릴지는 모르겠지만 지안은 마음 졸이지 않을 생각이었다.

"씩씩하네요."

"비겁했으니까 이제 씩씩해질 차례죠."

"혼자라는 게, 그래서 버티는 게 미치게 힘들 거지만 그래도 가끔은 혼자여야만 할 때가 있는 것 같아요."

"지금의 나처럼요?"

"서지안 씨가 왜 혼잡니까? 이렇게 잘생기고 근사한 친구가 옆에 있는데."

"친구 하겠다고 한 적 없는데요."

그래, 서지안은 이렇게 톡톡 쏘는 게 매력이다. 눈꼬리를 내리며 순하게 웃고 고개를 끄덕이며 순종적으로 구는 건 어울리지 않는다.

"저기 보이는 게 산방산이에요."

그다지 높지 않은 산이 멀리 보였다.

"그때 말했던 온천으로 유명한?"

"맞아요."

유명하긴 하지만 강현도 아직 가본 적은 없는 곳이었다. 홀랑

벗고 남자들 틈에 끼어서 시원하게 목욕을 하기엔 알아보는 사람
이 있는 탓이었다. 산을 오르는 건 몰라도 온천에 몸을 담그는 건
적어도 10년 안에는 어렵지 않을까 싶었다.

"저기 산 밑에 유명한 밀면 집이 있어요. 요즘은 입소문이 나서
관광객들도 심심치 않게 찾아온다고 하더라고요. 덕분에 좁은 식
당이 식사 시간에는 아주 시끌시끌하대요. 그래도 이 시간에 가면
아마 손님은 없을 거예요."

혼자라면 모를까 지안과 함께일 때는 사람들이 많은 곳은 불편
할 것 같았다. 그렇다고 일부러 밥시간을 미룬 건 아니지만 어쨌
든 편하게 식사를 할 수 있을 것 같아 강현은 마음이 놓였다.

"근데 밀면이 뭐예요?"

"밀면 몰라요?"

어떻게 그것도 모르느냐는 눈빛으로 강현이 지안을 뚫어져라
쳐다봤다.

"앞에 보고 운전하시죠."

"서지안 씨는 대체 어느 세상에서 살다 온 사람입니까?"

초등학생들도 안다는 배우 강현도 모르고, 동물원도 가본 적이
없고, 소풍을 싫어하고, 밀면은 먹어본 적도 없고. 대체 이 여자가
살다 온 세상은 어떤 곳일까. 연예계만큼이나 이상한 곳일까.

말갛다 싶은 육수에 노란 중면이 담긴 밀면 그릇을 앞에 두고
지안은 눈을 깜박였다.

"이거 냉면 아니에요?"

붉은 양념장이 올려진 것도 그렇고 모양새가 냉면과 비슷하다.

"냉면은 알아요?"

강현의 놀림에 지안이 눈 끝을 바싹 세웠다.

"일단 먹어봐요."

젓가락을 들고 지안이 조심스럽게 면을 끌어 올렸다. 후루룩,
소리가 나게 면을 입에 넣고 오물오물 씹는 지안을 보면서 강현이
웃었다.

"어때요?"

"냉면이랑 비슷하네요."

우와, 너무 빗ㄲ씨ㅣㅣ ㅣㄸㅐ ㄲㅐㅣ ㅣㅇ지 않을 거라는 건 알고 있
었다. 그래도 냉면이랑 비슷하다는 감동 없는 멘트에 ㅅㅓㅣ ㅡㅐ
를 저었다.

"먹고 일몰이나 보러 갑시다."

면을 젓가락에 돌돌 말아 입에 넣던 지안이 눈을 동그랗게 떴
다.

"황홀하다는 게 일몰이었어요?"

"네."

"산방산에서?"

"아니요, 송악산에서."

"거긴 또 어디예요?"

"근처예요."

얼마나 근사한 일몰이기에 황홀하다고 하는 건지 벌써부터 기
대가 됐다. 일출을 보겠다고 언젠가 이안과 둘이 동해로 여행을

가려고 했던 적이 있었다. 밤새 수다를 떨고 새벽에 일어나 떠오르는 해를 기다리며 소원을 빌 생각에 얼마나 흥분했었는지 모른다. 하지만 지선이 허락하지 않아 자매의 여행은 허무하게 끝나버렸었다.

"이거랑 같이 먹어요."

강현이 발갛게 양념된 절임 무를 지안의 그릇에 올려줬다. 오늘 하루 머리도 개운했고 가슴도 갑갑하지 않았다. 그런데 뜬금없이 가슴 언저리가 시큰할 때가 있었다. 이것 역시 후유증인가 싶어 지안은 깊게 생각하지 않았다. 아직 온전해지기엔 짧은 시간이니까 충분히 그럴 수 있었다.

넓은 주차장에 차를 주차하고 강현을 따라 지안은 잘 정돈된 산책길에 접어들었다. 왼쪽으로 푸르른 바다가 펼쳐져 있어 걸으면서도 눈이 즐겁고 마음이 시원해지는 곳이었다. 산이라고 해서 힘들면 어쩌나 했는데 그건 기우였다. 산이라기보다는 언덕에 가까운 낮고 평이한 곳이라 지안은 강현의 도움 없이 씩씩하게 올랐다.

"여기가 올레길 10코스예요. 걷기도 좋고 전망도 좋아서 인기가 많죠."

펜션에서 가까워 강현이 사람들이 없는 시간을 틈타 자주 찾던 곳이었다. 유명한 한라산이나 성산일출봉보다 이곳에서 보는 일출과 일몰이 더 근사했다.

"저기 보이는 게 형제섬이에요. 저 사이로 해가 떠오르는데 그것도 아름다워요."

"눈물이 날 정도로?"

"눈물이 날 정도로."

윤강현은 제주도에 홀려 있는 게 분명했다.

"전망대에 올라가면 마라도랑 가파도도 볼 수 있어요."

"가이드 해도 되겠네요."

"나 만난 걸 행운으로 알아요."

눈에 보이는 것들에 감탄을 하고, 강현의 설명에 고개를 끄덕이며 지안은 송악산 전망대에 올랐다. '송악산'이라고 써진 검은 비석이 초라하게 서 있었지만 그 앞으로 보이는 절경은 그야말로 황홀하게 아름다웠다. 가슴에 벅차오른다는 게 어떤 건지 태어나 처음으로 실감하는 순간이었다.

"이제 곧 세상이 물들 거예요."

강현의 말에 지안은 바다를 향해 허리를 반듯하게 세웠다. 곧 바다로 떨어지며 마지막 발악을 하듯 붉은 기운을 토해낼 태양을 보면서 지안은 묘한 기분에 휩싸였다. 신혼여행을 즐기고 있을 시간, 미래를 약속한 사람이 아닌 낯선 남자와 제주도 바다를 내려다보고 있는 지금이 아프면서도 가슴을 뛰게 했다. 살아 있다는 걸 절절히 느끼면서, 내일도 오늘 못지않게 씩씩하게 살아갈 것임을 다짐하면서 지안은 그렇게 제 상처를 스스로 치유했다.

"눈물 나게 황홀하네요."

파란 바다가, 파란 세상이, 파란 서지안의 마음이 점차 붉게 물들어가고 있었다.

3.

제주도에 온 지 2주의 시간이 흘렀다. 강현이 말했던 중독 2단
계에 돌입한 지안은 일주일이 지난 걸 까맣게 잊고 있었다.

"그냥 나갈 때 한 번에 내요."

지갑을 들고 사무실로 들어온 지안을 보고 강현이 웃으며 말했
다.

"그러다 떼먹고 도망가면 어쩌려고요?"

찾아뒀던 돈이 거의 그대로였다. [숨]에 있으면 돈을 쓸 일도,
돈을 쓸 데도 딱히 없었다. 지난 일주일 미영이 가져다준 귤로 간
식을 대신하고 아침이면 강현과 토스트를 먹고 점심이나 저녁은
냉장고에 채워놨던 것들을 해치웠다. 그래 봤자 대부분이 인스턴
트식품이라 제대로 끼니를 해결한 건 몇 번 없었다. 강현이 끓여

준 된장찌개와 해물탕을 먹은 게 지난 일주일간 지안이 먹은 것 중 가장 밥다운 밥이었다.

"그럼 뭐 서지안 씨 욕하면서 살아야죠."

"여기 둘게요."

책상 위에 지폐를 가지런히 놓아두고 지안은 강현에게로 돌아섰다. 책을 읽던 중인지 강현이 검은색이 멋스러운 소파에 앉아 책장을 넘기고 있었다. 지안도 강현에게 책 몇 권을 빌려 읽어 며칠 지루할 틈이 없었다.

"혹시 외출할 일 없어요?"

"왜요, 뭐 빌고에~~~~"

"먹을 거."

그럴 줄 알았다는 듯 강현이 씨익 웃었다. 장을 봐온 게 벌써 2주 전이었다. 먹는 걸 즐기는 사람처럼 보이지는 않았지만 그래도 하루 두 끼는 먹어야 하는데 지안이 혼자 뭘 해먹고 지내나 궁금했었다. 그렇다고 매 끼니마다 같이 먹자고 할 수도 없고, 몰래 들여다볼 수 없어 먼저 말을 꺼내길 기다렸다.

"뭐 할 줄은 알아요?"

"데우는 건 할 줄 알아요."

주방에 들어가 밥만 먹었지 불 앞에서 요리를 한 적이 단 한 번도 없는 지안이었다. 앞치마를 두르고 가족을 위해 요리하는 엄마도 본 적이 없는 터라 음식 솜씨가 없는 걸 아쉬워하지 않았다. 이안이 결혼을 하고 서툰 솜씨지만 책을 보고 인터넷을 뒤져 가며 음식을 하는 모습에 충격 아닌 충격을 받은 적은 있었다. 결혼을 앞둔 지안에게 이안은 같이 요리강습을 받으면 재미있겠다고 아이처럼 좋아하기도 했었다.

"시장으로 갈래요, 마트로 갈래요?"

"가까운 데 아무 데나요."

"그럼 근처 마트로 갑시다."

대정읍 읍내로 나가면 그나마 없는 것 없이 다 파는 마트가 하나 있었다. 모자를 푹 눌러쓰고 선글라스로 얼굴을 가리고 가면 알아보는 사람이 없어 강현도 종종 들르는 곳이었다.

"윤이도 데리고 갈까요?"

"꼬맹이는 왜요?"

"오늘 데이트하기로 한 날이거든요."

아침을 먹고 들어가 책을 읽고 있으면 밖에서 까르르, 숨넘어가는 아이의 웃음소리가 들리곤 했다. 발코니로 나가면 아이는 지안을 보고 손을 흔들며 반가워했고 지안은 그런 아이에게 짧게 웃어주는 걸로 어색함을 좁혀 나갔다. 아픈 아이라는 소리를 들은 후 그 거리가 더욱 좁혀지기는 했지만 아직은 아이와 어떻게 놀아줘야 하는 건지 몰라 아이를 본다고 하면 덜컥 겁이 나기도 했다.

"윤강현 씨 애인 있었어요?"

실망한 척 연기까지 하며 지안이 강현을 놀렸다.

"나 욕심내고 있었어요?"

농담을 농담으로 받아치며 강현이 소파에서 일어났다. 긴 다리를 자랑하며 그가 성큼 지안 앞에 섰다.

"옷 갈아입고 나올 테니까 기다려요."

[숨]을 벗어나면 강현은 항상 옷을 갈아입었다. 더 근사하고 멋진 외출복이 아니라 모자를 쓰거나 얼굴을 가릴 수 있는 그런 옷으로 갈아입고 나왔다. 그에게 어떤 사정이 있는 건지 시간이 흐를수록 지안은 궁금했다.

강현이 나오길 기다리면서 지안은 그가 테이블에 엎어두고 나간 책을 집어 들었다. 사색하듯 조용히 수필집 같은 걸 읽을 줄 알았는데 강현이 읽고 있던 책은 무협지였다. 의외의 모습에 지안은 낮게 웃음을 터트렸다. 밤에 나와 바다를 바라보고 선 등을 보면 쓸쓸하게 보이기도 하고, 낮에 어린 윤과 잔디밭을 뛰어놀며 장난치는 어린 모습은 걱정이라곤 전혀 없는 사람처럼 보이기도 했다. [숨]에 정착하기 전까지 윤강현이는 어떤 모습의 삶을 살았던 걸까.

"윤이는 낮잠 잘 시간이라고 안 가겠다네요."

강현이 사무실로 들어서며 안타깝다는 듯 말했다.

"잠 앞에서는 사랑도 어쩔 수가 없나 보네요."

"천하의 윤강현이 잠 앞에서 무너질 줄은 몰랐네."

주거니 받거니 가벼운 농담을 나누며 강현과 지안은 사무실을 나왔다. 며칠에 한 번 탈까 말까 한 차지만 강현의 차는 언제나 깨끗했다.

"오늘 저녁은 내가 살게요."

안전벨트를 하며 지안이 흘리듯 말했다.

"웬일이에요?"

"대신 요리는 윤강현 씨가 해요."

시동을 켜면서 강현이 지안을 넘겨봤다.

"어째 산뜻하지 않은 제안인데요?"

못 들은 척, 지안이 다른 곳으로 시선을 돌렸다. 어쨌든 엉큼한 서지안을 태우고 강현은 읍내로 차를 몰았다.

관광 철이 아닌, 그것도 평일 낮 시간의 마트는 잠이 올 것처럼 조용했다. 카운터를 지키는 직원들은 저희들끼리 수다를 떨며 무료한 시간을 달랬고 마트의 유일한 손님인 강현과 지안은 느긋하게 걸으며 살 것들을 바구니에 담았다.

"요리는 원래부터 잘했어요?"

저녁 메뉴로 고등어조림을 하겠다고 나선 강현이 지안은 대단해 보였다.

"죽지 않고 살려고 배운 거죠."

제주도에 내려왔을 때, 강현은 라면 하나도 제대로 못 끓였다. 정신을 차리고 배가 고픈 걸 느끼면서 하나둘씩 인터넷을 뒤지고 진원에게 물어봐 해먹기 시작했고 미영과 안면을 튼 후로는 그녀에게 많은 도움을 받았다. 얻어먹기도 했고 가끔 미영의 세 식구를 초대해 서툰 솜씨를 발휘하기도 했었다. 보통의 사람들이 살아가는 것처럼 강현도 차츰차츰 세상살이를 익혀 나갔다.

"고등어조림은 이 사장님한테 전수받은 거니까 기대해도 좋아요."

윤의 엄마이자 감귤 농장 주인인 미영을 강현은 이 사장님이라고 불렀다.

"혼자서도 무지 잘 챙겨 먹고 그러나 봐요."

먹는 거에 대해서 크게 신경을 써본 적 없는 지안으로서는 잘 챙겨 먹는 게 어떤 건지 언뜻 이해되지 않았다.

"살려면 먹어야 되니까."

"왠지 살벌하게 들리는데요?"

"원래 사는 건 살벌한 거예요."

"산전수전 다 겪어본 사람처럼 말하네요."

허름한 옷을 입고 궂은일을 하며 겨우겨우 하루를 사는 강현의 모습은 상상이 되지 않았다. 어쩐지 제주도로 내려오기 전의 윤강 ▓▓ ▓▓▓ ▓▓ 살지 않았을까 싶었다.

"소주 한잔할래요?"

강현이 소주 한 병을 들어 보였다.

"사양은 안 할게요."

서울에서 마시던 소주와 다르게 투명한 병이 낯설었다. 그러나 매콤한 고등어조림과 알싸한 소주 한 잔의 맛은 똑같을 것 같아 벌써부터 군침이 돌았다.

Rrrrrrrrr.

음악이 틀어져 있지 않아서인지 강현의 점퍼 주머니에서 핸드폰 진동 소리가 벨소리처럼 또렷하게 들렸다.

"전화 온 것 같은데요?"

소주를 한 병 살 건지, 두 병 살 건지를 고민하느라 진동 소리를 못 들은 강현이 주머니에 손을 넣어 핸드폰을 꺼냈다. 건성으로 수신 번호를 힐끔 보고는 강현은 핸드폰을 귀에 갖다 댔다.

"네, 여보세요."

오랜만에 마시는 술인데 마시다 모자라면 서운할 것 같아 강현은 소주 두 병을 바구니에 담았다.

─나야.

순간 멈칫했던 강현이 지안과 눈을 맞췄다.

─강현 씨, 나 주은이라고.

"알아."

4년 만에 듣는 목소리인데 대뜸 나야, 라고 할 때 바로 누군지 알았다.

─만나자.

눈을 댕그랗게 뜨고 자신을 올려다보고 있는 지안이 묘하게도 가슴을 두드렸다.

"왜요?"

지안이 작은 목소리로 속삭이듯 강현에게 물었다. 강현은 상냥하게 웃으며 고개를 저었다.

─할 말이 있어, 만나줘.

사정없이 짓밟고 버렸던 그때처럼 주은의 목소리는 당당했다. 비굴하게 울먹이며 약자인 척하지 않았고 부탁을 하면서도 마냥 떳떳했다. 장점이었고 매력이었던 당당함이 이제는 정떨어지게 거슬리는 걸 보면 중독 4단계를 진즉에 벗어난 것 같다.

냉기가 뚝뚝 떨어질 것만 같은 서늘한 공기가 식탁 위를 어슬렁거리며 떠돌아 다녔다. 대화 한마디 오고 가지 않는 썰렁함 속에서도 지선은 태연히 생선살을 발라 남편인 서도명 회장의 앞 접시에 놓아주느라 바쁘기만 했다.

"지안이는?"

묵묵히 식사에만 열중하던 서 회장이 근엄한 투로 지안에 대해 물었다. 결혼식을 치른 후 그의 입에서 지안의 이름이 나온 건 처음이었다.

"잘 지내고 있을 거예요, 걱정하지 마세요."

이안이 숟가락을 놓고 식탁 가까이 바짝 당겨 앉았다. 아직 조심해야 할 임신 초기라 서 회장은 목소리를 높이거나 더 이상 분위기를 험악하게 만들지는 않았다. 혹시라도 이안이 놀랄까 싶어 현새는 온 신경을 이안에게 곤두세우고 있었다.

"찾아봐."

숟가락을 놓고 서 회장이 식탁에서 일어났다. 지선과 이안, 그리고 현새와 내키지 않는 발걸음을 한 규안까지 의자를 밀며 일어났다. 지선이 서 회장을 따라 밖으로 나가자 다들 의자에 앉아 마저 식사를 계속했다.

"잘 지내고 있는 거 맞아?"

여태까지 한마디도 하지 않던 규안이 이안에게 넌지시 물어왔다.

"씩씩한 애잖아."

"쉴 만큼 쉬었어."

"오빠."

"내일부터 내가 찾는다고 숨을 거면 더 꽁꽁 숨으라고 전해."

대놓고 자신을 경계하는 새어머니 지선 때문에 규안은 언제나 바싹 긴장을 하고 살았다. 그래도 본가에 들를 때마다 지안이 있어 마음 한구석이 푸근했다. 살가운 녀석은 아니더라도 거짓이 없는 아이였다. 싫으면 싫다고 하고, 좋으면 좋다고 말할 줄 알았다. 잘 보이려고 자신을 포장하지도 않았고, 좋은 척 마음을 꾸미지도 않았다. 약간은 서먹한 이안과 달리 지안은 격이 없었다. 막내 특유의 천진함도 규안에게는 가끔 내보일 줄 알았고 지선의 냉정함에 상처받은 오빠를 진심으로 위로하기도 했었다.

"그냥 기다려 주면 안 될까?"

"그러다 무슨 일 생기면. 아니, 이미 무슨 일이 생긴 거면."

규안의 단호한 눈빛에 이안의 낯빛이 어두워졌다.

"찾아서 데리고 올 테니까 걱정하지 마."

지안도 찾고 지안을 그렇게 만든 쓰레기 같은 놈도 찾을 생각이었다. 며칠 전까지만 해도 이안처럼 기다려 주려고 했었다. 하지만 시간은 점점 흘렀고 지안은 나타날 생각을 하지 않았다. 카드도 더는 쓰지 않았고 호텔이나 리조트에도 체크인을 하지 않았다. 불안함은 커졌고 더는 기다릴 수가 없었다.

"네가 나설 일 아니다."

지선이 주방으로 들어서며 규안에게 차갑게 내뱉었다.

"엄마."

규안에게 항상 날을 세우고 있는 지선이 이안은 불안했다. 가만히 있으면 되는데 지선은 규안을 구석으로 몰았고 자신을 물라고 윽박질렀다. 규안이 집을 나가 따로 살고 엄마는 다르지만 어쨌든 남매인 자신들이 이렇게까지 서먹한 건 전부 지선 탓이라는 걸 이안도 부정할 수는 없었다.

"찾아도 내가 찾아. 그러니까 시끄럽게 만들지 말고 가만히 있어."

"지안이가 걱정되시는 겁니까, 아니면 사람들의 시선이 신경 쓰이시는 겁니까?"

시금치나물을 젓가락으로 집어 올리면서 규안이 짧게 웃었다. 지선이 표독스럽게 그런 규안을 노려봤다.

"그러는 너는 지안이가 걱정돼서 찾겠다는 거니, 아니면 네 아빠에게 잘 보이려고 그러는 거니?"

겉으로 표현하지는 않지만 서 회장도 자식에 대한 사랑이 넘치는 양반이었다. 더구나 눈에 넣어도 아프지 않은 막내딸이 2주가 넘도록 어디에서 뭘 하고 있는지도 모르는데 얼마나 애가 탈까. 회사 일로 끼니 챙길 시간도 없이 바쁜 큰아들이 막냇동생을 찾겠다고 직접 나섰다고 하면 서 회장은 규안을 흐뭇하게 바라볼 게 분명했다.

"글쎄요, 전자라고 해두죠."

사실이었다. 아버지에게 잘 보여야겠다는 생각은 꿈에도 해본 적이 없다. 그러나 지선에게 그런 속마음을 일일이 설명하고 보여 주고 싶지는 않았다.

"그렇겠지."

지선의 붉은 입술 사이로 쓴웃음이 새어 나왔다.

"이 서방도 있는데 제발 그만 좀 하세요."

속이 상한 얼굴로 이안이 지선을 말렸다. 완벽한 가족을 꿈꾸지는 않았다. 다만 서로를 할퀴고 물어뜯지 않는, 그저 가족다운 가족이기를 바랐다. 따뜻한 밥을 나눠 먹고, 찌개 냄비에 숟가락을 넣어도 인상을 쓰지 않고, 맛있는 게 있으면 슬쩍 앞으로 밀어주고, 밥을 다 먹고 나면 서로 설거지를 하겠다고 실랑이를 벌이고, 못 나게 깎은 과일이지만 포크에 찍어 서로에게 건네며 집 밖에서 있었던 일들을 얘기하고 들어주는, 그런 따뜻함이 있는 가족을 꿈꿨었다.

"아이 낳으면 당분간 여긴 오지 말아야겠다."

서러움이 담긴 눈으로 이안이 웃었다. 현새가 지그시 이안의 손을 잡으며 마음으로 위로했다. 지선은 못 들은 것처럼 마저 식사를 이어나갔다.

고등어조림은 환상이었다. 예전에 전라도 광주가 고향이던 도우미 아주머니가 있었다. 음식 솜씨가 너무 좋아 지선이 꽤나 마음에 들어했던 아주머니였는데 그 아주머니가 해줬던 고등어조림보다 몇 배는 더 훌륭한 맛이었다.

"갑자기 윤이가 부러워지네요."

소주잔을 들며 지안이 한숨을 포옥 내쉬었다.

"갑자기 왜요?"

"이렇게 맛있는 걸 윤이는 매일 먹잖아요."

"이렇게 맛있는 거 내가 했습니다."

"이렇게 맛있는 거 농장 아주머니한테 전수받았다면서요."

"죽어도 내 칭찬은 하기 싫어요?"

"죽어도까지는 아니지만 자존심 상할 것 같아서 하고 싶지는 않네요."

요리를 잘하는 게 부러운 적은 없었다. 요리하는 게 일인 사람을 빼고 주변에 요리를 잘하는 사람이 없었던 게 이유일 수도 있다. 하지만 여자라고 해서 꼭 음식을 잘하고 살림을 잘해야 된다는 생각은 하지 않았다. 그런데 이상하게도 오늘은 요리의 '요' 자도 모르는 자신이 부끄러워지려고 했다.

"한 병 더 마실래요?"

빈 술병을 치우며 강현이 지아에게 물었다.

"마시려고 산 거 아니었어요?"

단순히 네, 라고 답하지 않고 번번이 질문에 질문을 하게 만드는 지안이다. 그래도 심심하지 않아 강현은 타박하지 않았다.

"술을 좋아하는 겁니까, 잘 마시는 겁니까?"

같이 밥을 먹은 횟수만큼 많이는 아니더라도 같이 술을 마신 것 같아 문득 떠오른 말이었다.

"좋아하는 것도 아니고 잘 마시는 것도 아니에요."

고등학교 때 처음 아빠 술을 몰래 가져다 방에서 홀짝인 게 시작이었다. 독한 술에 목구멍이 다 타들어가는 줄 알고 너무 놀랐었다. 겨우 한 모금을 마셨는데 알딸딸한 기분이 들고 몸이 흐느적거렸다. 의지와 상관없이 몸과 정신이 흐트러지는 게 좋았다. 다 잊을 수 있을 것 같았고 악몽을 꾸지 않고 잘 수 있을 것 같았다. 그렇게 술이라는 걸 어린 나이에 혼자 배웠다.

"사람들은 내가 예쁜 척하고 잘난 척하고 있는 척해서 싫대요. 아니다, 싫은 게 아니라 재수 없다고 했다."

언니 이안에게도 꺼내놓지 않은 얘기였다.

"나는 그냥 똑같은 교복을 입고 똑같이 앉아서 똑같이 공부만 했을 뿐인데 왜 내가 척한다고 생각했는지 모르겠어요."

언제부터 친구가 없었느냐고 누군가 묻는다면 대답할 말이 없었다. 유치원에 다닐 때 초콜릿을 나눠 줬던 아이가 친구였는지, 초등학교에 입학했을 때 먼저 손을 내밀며 안녕, 이라고 말했던 아이가 친구였는지 지안은 알 수가 없었다. 차라리 언제부터 혼자였느냐고 묻는 게 대답하기 쉬웠다.

"왕따였어요, 나."

지안의 아픈 고백에 강현이 더 아픈 눈빛을 했다.

"그러게 적당히 예뻤어야죠."

"위로예요?"

"별로예요?"

잘은 모르지만 그렇게 재수 없는 사람은 아니에요, 라고 위로해 주고 싶다. 지금보다 더 친했더라면 가만히 안아주며 등이라도 토닥여 주고 싶다.

"다음엔 제대로 위로해 줄게요."

문득 강현은 지안에게 미안해졌다. 마치 자신이 과거 그녀를 괴롭혔던 인물이었던 것처럼 공연히 죄스럽기까지 했다.

"그거 알아요?"

강현은 지안의 빈 잔에 술을 따라주고 제 잔에도 넘치지 않게 따랐다.

"서지안 씨 참 예쁜 사람이라는 거요."

쌀쌀맞은 척하지만 가슴이 참 따뜻한 사람이고, 독한 척하지만 마음이 여린 사람이고, 아무것도 하지 않는 척하지만 윤강현에게 위로가 되고 있는 사람이고…….

"나한테 반했어요?"

"반했으면요?"

"나 눈 높아요. 괜히 상처받지 말고 마음 접어요."

어색하게 흘러갈 것 같은 상황을 지안이 농담으로 넘겨 버렸다.

드르르르르,

책상 위에서 드르르 진동이 울렸다. 웃고 있던 강현이 신속히 차갑게 굳었다. 술잔을 내려놓고 책상 앞으로 걸어가는 그를 지안이 의아한 눈으로 쳐다봤다.

"어, 형."

진원의 전화에도 강현의 굳은 얼굴은 풀어지지 않았다.

―통화했어?

"했어."

―뭐래?

"만나자고."

연애를 시작할 때부터 유주은에게 버림받는 순간까지 전부를 본 사람이 고진원이었다. 강현보다 더 분노했고 강현보다 더 아파했다. 주은이 다시 강현의 세상에 발을 들여놓으려고 하는 이 순간에도 자신보다 진원이 더 분개했다.

—진짜 돌았구나?

"그럴지도."

—그래서, 만나기로 했어?

만나자는 말에 할 말 있는 사람이 찾아오라고 했다. 제주도에
있다는 걸 아니까 조만간 주은이 내려오지 않을까. 하지만 유주은
이란 여자를 [숨]까지 끌어들이고 싶지는 않았다.

—펜션 주소 말해준 건 아니지?

"형."

—그래.

"나 다 나았나 봐."

—뭐?

"하나도 떨리지가 않더라고. 그냥 귀찮았어."

지안과 장을 보는 게 더 재미있고 지안과 티격대는 게 더 즐거
웠다. 목소리만 들어도 못 견디게 보고 싶던 유주은은 이제 윤강
현 세상에 존재하지 않았다.

밤사이 하얗게 눈이 내렸다. 파랗기만 하던 세상이 하얗게 변한
게 마치 처음 있는 일인 듯 강현은 커피잔을 들고 정원에 서서 눈
구경을 하느라 여념이 없었다. 바람도 내려앉지 않은 순백의 눈
세상을 바라보며 강현은 지안이 나오길 기다렸다. 아무도 밟지 않
은 눈밭을 지안에게 양보하고 싶었다. 작은 발자국을 만들며 자기
만의 세상을 만들고 좋아할 지안을 그리며 그는 쓴 커피를 맛있게
도 목으로 넘겼다.

"거기서 뭐 해요?"

드디어 지안이 문을 열고 나왔다.

"서지안 씨를 위해 준비했어요."

한 손을 주욱 펴고 강현이 으스댔다. 지안은 점퍼를 어깨에 걸치고 심드렁한 얼굴로 강현이 서 있는 곳까지 사뿐히 걸었다.

"뭘 준비했다는 건데요?"

"눈 세상."

지안은 미간을 좁힐 뿐 별다른 반응을 보이지 않았다.

"뭡니까, 그 미지근한 반응은?"

"눈이 많이 왔네요."

"또요?"

"뭐가요?"

"이렇게 아름다운 세상을 보고 겨우 눈이 많이 왔네요, 가 답니까?"

지안이 고개를 돌려 하얀 눈 세상을 바라봤다. 파란색이 모두 뒤덮여 어제와는 또 다른 세상이 눈앞에 펼쳐져 있었다. 작년 겨울에도 봤고, 올겨울에도 질리게 본 눈.

"자, 심호흡을 하고 저기까지 주욱 둘러봐요."

강현이 지안의 뒤에 서서 그녀의 어깨를 두 손으로 잡았다. 어깨에 닿은 두 손이, 정수리 근처로 떨어지는 따뜻한 숨결이 지안을 긴장하게 했다.

"서지안 씨가 처음 보는 거고, 서지안 씨가 처음 밟는 겁니다. 그러니까 마음에 담는 것도 서지안 씨가 처음으로 해요."

잔잔하면서도 마음 깊숙한 곳까지 스미듯 들어오는 강현의 말에 지안은 가슴을 들썩이며 크게 심호흡했다. 그리고 좀 전과 다른 마음으로 천천히 세상을 둘러봤다. 파란 바다마저도 눈에 뒤덮인 것 같은 착각을 불러일으킬 정도로 눈에 담는 것 모두가 새하얗기만 했다. 차들이 지나가면서 더럽힌 회색의 눈도, 검은 도로와 경계를 이루며 산처럼 쌓인 보기 흉한 눈도 없었다. 오롯이 하얗고, 전부가 아름다웠다.

"어때요?"

"근사하네요."

마음에 차지 않는 표현인지 강현이 낮게 한숨을 내쉬었다. 지안은 머쓱해져서는 양손을 주머니에 찔러 넣으며 말했다.

"나로서는 최고의 표현인 거예요."

예쁘다, 아름답다, 좋다, 행복하다, 이런 식의 표현을 할 일이 지안은 그다지 많지 않았다. 감정 없이 예뻐, 좋아, 그래, 이 정도는 말하고 살았지만 그건 어디까지나 상대가 그런 대답을 원하고 물었을 때 선심 쓰듯 해준 말이었다.

"사랑해."

갑자기 강현이 지안의 뒤에서 그렇게 말했다. 놀란 지안이 어깨를 비틀며 뒤로 돌아섰다.

"사랑해, 라는 말 해본 적 있어요?"

고백이 아니라 묻는 거였다. 장난이 아니라 진심으로. 사랑해, 라는 말보다 해본 적 있느냐고 묻는 강현의 표정에 지안은 마냥 유쾌하지 않았다.

"나도 사람이에요."

"그래서 묻는 겁니다."

좋은 것을 보고도 좋다고 환호하지 못하고, 아름다운 것을 보고도 마음을 다해 즐기지 못하는 지안이 강현은 안쓰러웠다. 지안이 상처 입고 자신만의 동굴로 숨어들었다는 건 알지만 그것과는 별개로 그전부터 마음을 많이 다치고 그로 인해 감정이 삭막해진 게 아닐까 싶어 안타깝고 아릿했다.

"내가 여기 왜 왔는지 잊었나 보네요, 윤강현 씨는."

며칠 잊고 있었다. 자책하는 것도 고개를 저으며 잊으려고 노력하는 것도 다 까맣게 잊고 있었다. 그런데 방금, 윤강현이 생각나게 만들었나.

"결혼식까지 했어요, 나."

"안 잊었어요."

"목숨까지 건 사랑은 아니었지만 나도 사랑이라는 걸 했어요. 그래서 결혼까지 했고."

"정말 사랑했어요?"

이건 좀 무례한 질문이다. 그런데 알고 싶다.

"사랑했어요."

새하얀 눈 세상 위에서 지안과 강현이 서로를 눈에 담아내고 있었다.

"정말로 사랑했는지는 모르겠어요."

상대가 원하는 대답을 선심 쓰듯 해주던 그때처럼, 하지만 그때보다는 좀 더 마음을 다해 지안은 입술을 움직였다.

"무조건 내 편이 돼주겠다고 했어요. 실제로도 그랬고."

김태성과 처음으로 밥을 같이 먹기로 한 날이었다. 정식으로 연애를 시작하기 전이었고 김태성에 대한 어떤 확신 같은 것도 없었던 때였다. 레스토랑에 갔다 우연히 고등학교 동창, 같은 반이었지만 단 한 번도 친근한 대화를 나눈 적이 없는 친구를 만났다. 공부를 잘했고 친구들 사이에서 인기가 많았던 친구였지만 지안에게는 친절하지도 않았고 다정하지도 않았던, 혼자인 지안을 더 외롭게 한 그런 친구였다. 어쨌든 학교를 졸업한 후 우연히 처음 만난 거였다. 지안을 먼저 알아본 친구가 미소를 지으며 아는 척을 해왔고 가식적인 반가움에 지안은 차갑게 인사를 하고 바로 돌아섰다. 살갑지 않은 인사에 기분이 상했는지 동창생은 성격이 여전히 모났다며 그 시절 친구들로부터 외면받은 이유가 온전히 지안에게 있는 것처럼 말했다. 자리를 안내하기 위해 뒤를 따르던 레스토랑 직원이 민망한 눈으로 쳐다봤지만 지안은 무덤덤했다. 상대하지 않으면 그만이고 늘 그랬듯 한 귀로 듣고 한 귀로 흘리면 끝나는 일이었다. 새삼스럽게 상처를 받을 건 없었다. 하지만 그때 전화를 받느라 뒤늦게 레스토랑으로 들어온 태성이 그 말을 들어버렸다.

'뭐라고 하셨습니까?'

웃는 얼굴이었지만 태성의 눈빛이 매서웠다. 당황했는지 친구의 시선이 지안을 부산스럽게 돌아봤다.

'그때나 지금이나 뭐가 잘못된 거고 뭐가 부끄러운지 모른다는 거, 그게 진짜 쪽팔린 겁니다.'

진심으로 화를 내는 그 모습에 지안의 눈빛이 흔들렸다.

'그쪽이 함부로 해도 되는 그런 사람 아닙니다, 서지안 씨는.'

그때 처음으로 김태성이란 남자로 인해 심장이 뛰었다. 누군가에게 도움을 요청한 적도 없고 도와주기를 간절히 바랐던 적도 없었다. 그런데 편을 들어줬다. 한번도 원한 적 없는데 마치 오래전부터 누군가의 손길을 갈구했던 것처럼 고마웠고 든든했다. 이런 남자라면 괜찮지 않을까 싶었다. 그 후로도 김태성은 언제나 서지안 편이었다. 엄마 앞에서도 그랬고, 세상 앞에서도 그랬다. 그래서 홀려 버렸다. 그리고 마음을 활짝 열어버렸다.

"자주는 아니었지만 했어요, 사랑한다는 말."

"어때요?"

"뭐가요?"

"다시 떠올리니까 아파요?"

지안은 가만히 손을 들어 심장이 뛰는 곳을 짚었다. 쿵쿵쿵, 탈 없이 잘 뛰고 있었다. 한 번씩 뛸 때마다 찾아오던 통증도 거의 없었고 눈물이 날까 봐 입술을 세게 깨물던 짓도 하지 않았다.

"속에 담아두고 삭아 없어질 때까지 앓는 것보다는 한 번씩 꺼내서 얼마나 없어졌나 확인하는 것도 괜찮아요. 꺼내 보는 걸 잊으면, 그때는 다 나은 거예요."

상처가 닳아서일지도 모르겠다. 서지안이란 여자가 너무 예뻐서 그런 건지도 모르겠다. 성에 갇힌 것처럼 온종일 둘만 있어서 그런 건지도 모르겠다. 아니, 왜 그런 건지 하나도 모르겠다.

"윤강현 씨는 이제 다 나았어요?"

다 보여주는 게 부끄럽지도 않고 자존심 상하지도 않는다. 자신에 대해 다 꺼내놓지 않는 남자인데도 그게 별로 신경 쓰이지 않는다. 은근슬쩍 말을 걸고 은근슬쩍 상처를 들추는데도 전혀 짜증스럽지가 않다. 왜 윤강현에게는 너그러워지는 건지 정말 모르겠다.

"여기를 내 발로 떠날 수 있을 것 같아요. 그러니까 다 나은 거겠죠."

"축하해야 하는 거죠?"

지안이 옅게 웃었다. 그런 지안을 보며 강현도 웃었다.

투둑.

눈의 무게를 이기지 못한 나뭇가지가 눈덩이를 와르르, 두 사람 머리 위로 쏟아부었다. 방심하고 있던 두 사람은 갑자기 떨어진 눈덩이를 미처 피하지 못하고 그야말로 봉변을 당하고 말았다. 지안은 있는 대로 어깨를 움츠렸다.

"이런 거 해봤어요?"

"뭐요?"

말이 끝나기 무섭게 강현이 손을 위로 뻗어 나뭇가지를 사정없이 흔들어댔다.

"뭐예요!"

지안의 머리 위로 새하얀 눈이 펑펑 쏟아졌다.

"차가워요, 그만해요!"

"싫은데요?"

손을 휘저으며 강현을 말렸지만 헛수고였다. 몸을 돌리는 대로 따라다니며 강현이 나뭇가지를 흔들어댔다. 나무에서 멀어지면 되는데 그 주위를 빙빙 돌려 하지 말라고 말하는 자신이 우스웠다. 휘젓던 손짓을 거두고 지안은 우뚝 섰다. 그리고 얼굴을 들고 강현이 내려주는 눈을 실컷 맞았다. 시원하고 짜릿했다. 눈을 맞고 선 지안을 보며 강현이 소리 내서 웃었다. 그리고 얼마 후, 지안도 강현을 따라 치아를 보이며 환하게 웃었다. 하하하, 깔깔깔, [숨] 안에 웃음소리가 가득 찼다.

따끈한 커피로 언 몸을 녹이고 지안과 강현은 벽난로를 피워놓ㄱ 카페테리아에서 책을 읽으며 한가로운 시간을 보내고 있었다.

똑똑똑.

창을 두드리는 소리에 지안이 눈을 들었다.

"이모!"

윤이었다. 빨간 점퍼를 입고 발목 위까지 오는 부츠를 신고 목에는 목도리를 두르고 털장갑에 털모자까지 쓴 윤은 귀여운 아기 곰 같았다.

"삼촌!"

창에 얼굴을 바짝 대고 윤이 지안과 강현을 번갈아 불렀다. 반짝이는 눈빛이 사랑스러운 아이였다.

"추워, 얼른 들어와!"

강현이 윤에게 손짓을 했다. 생글생글, 웃으면서 윤이 카페테리아 문을 열고 들어왔다.

"엄마가 점심 먹으러 오래요."

중무장을 했는데도 윤의 양 볼이 빨갛게 얼어 있었다. 강현은 들고 있던 책을 내려놓고 두 손으로 윤의 볼을 감싸 녹여줬다.

"우리 윤이 감기 들겠다."

"내복 입었어요."

"그랬어?"

"입도 꼭 다물고 왔어요."

입술에 주름이 지도록 윤이 입을 꽉 다물었다. 그 모습이 너무 귀여워 지안이 사랑스러운 눈길로 윤을 바라봤다.

"삼촌."

"응?"

"삼촌이랑 이모랑 사랑해요?"

새해가 되면서 여섯 살이 된 윤이 어른스러운 말투로 물었다.

"사랑이 뭔 줄 알아?"

윤이 지안을 향해 돌아섰다. 그러더니 지안에게 걸어와 그녀의 손을 잡아당겼다. 그리고 이번엔 강현의 손을 잡았다. 지안의 손 위에 강현의 손을 가져다 포개놓고 윤이 자랑스럽게 대답했다.

"이게 사랑이지."

강현이 눈을 찡긋하며 윤에게 다시 물었다.

"삼촌이랑 이모는 이렇게 손 안 잡아봤는데? 그럼 우리는 사랑 안 하는 거 아닐까?"

"아니야, 잡았어."

"응?"

"내 꿈에서 이모랑 삼촌이랑 손도 잡고 뽀뽀도 했어. 그러니까 사랑하는 거야."

사랑하느냐고 묻더니 이젠 사랑을 한단다. 이 엉뚱하고 귀여운 꼬마 아가씨를 어쩌면 좋을까.

"가자."

"어디를?"

"우리 집에. 엄마가 삼촌이랑 이모랑 손잡고 오랬어요."

다정하게 포개져 있던 강현과 지안의 손을 떼놓더니 윤이 그 사이를 비집고 섰다. 한 손은 강현의 손을, 다른 손은 지안의 손을 잡고 윤이 방긋방긋 웃었다. 윤을 내려다보던 강현이 지안에게로 시선을 돌렸다. 사랑스러운 눈길로 윤을 내려다보고 있는 지안은, 넋이 나갔나.

손수 반죽해서 만든 칼국수를 든든하게 얻어먹고 굴까지 한 바구니 얻어 두 사람은 윤의 집을 나왔다. 속도 든든했고 마음도 든든해지는 점심이었다.

"가족 같은 가족이에요."

"무슨 말이에요?"

"부럽다고요."

바라보는 것만으로도 행복하고 사랑이 넘치는 가족이었다. 사전에 나온 가족의 정의를 넘어서는 진짜 가족의 모습을 지안은 처음 봤다. 낯설지만 부러웠고, 부러우면서 부끄러웠다. 왜 그렇게 살지 못했을까 하는 아쉬움에 가슴이 갑갑하기도 했다.

"나를 치유해 준 사람들이죠."

돈도 중요하고 남녀 간의 사랑도 중요하지만 그것보다 더 중요한 게 있다는 걸 알게 해준 사람들이었다. 가슴으로 낳은 딸을 목숨보다 더 아끼며 사랑하는 윤의 부모를 보면서 강현은 자신이 끌어안고 있는 상처가 얼마나 보잘것없는 것인가 깨닫고 많이 창피했었다. 마음의 준비 없이 만나게 된 윤이었지만 미영과 미영의 남편은 의심 없이 가슴으로 품었고 아픈 윤이를 위해 일상을 버리고 제주도로 내려왔다. 몇 번의 대수술을 이겨내고 한 달에 한 번 서울에 올라가 힘든 치료를 받으면서도 윤이는 울지 않는다고 했다. 웃으면서 괜찮다고, 이번엔 저번보다 덜 아프다고 아빠를, 그리고 엄마를 위로하는 아이였다. 그런 아이 앞에서 여자한테 버림받았다고 아파 죽겠다고 하는 건 엄살일 뿐이었다.

"왜 중독이 된다고 했는지 알 것 같아요."

"몇 단계예요?"

지안이 눈을 굴리며 곰곰이 생각했다.

"3단계요."

떠나기 싫다.

"큰일 났네요."

"그러게요."

하루면 떠날 거라고 생각했었다. 하루가 지나고 이틀이 지났을 때는 일주일만 더 있을 생각이었다. 이제 떠나기 싫어졌다.

"내가 했던 게 사랑이 아니었을까요?"

스스로에게 묻듯 지안은 나직이 읊조렸다.

"그건 서지안 씨가 제일 잘 알겠죠."

똑같은 생각을 했었고 자신에게도 똑같은 걸 물었던 강현이었다.

"저녁에 고구마 구워 먹읍시다."

"하루 종일 먹기만 하는 거 아니에요?"

"그랬나?"

"이러다 살찌겠어요."

"벌써 살쪘는데, 몰랐어요?"

지안이 눈을 가늘게 뜨고 강현을 흘겨봤다. 그러다 둘은 보기 좋게 입매를 늘어뜨려 웃었다. 웃는 게 자연스러워졌고, 얼굴에 ᅥ 크ᅵ느ᅵᆫ 나이 붉기, 세 개의 옷으로 2주를 넘게 버티게 됐다. 불편한 게 없고 거북한 게 없었다. 시긴닌 너 이삘 니니에 흐기가지 않았다. 아직도 가끔은 심장을 못으로 푸욱 찌르는 것처럼 아프기도 하고, 악몽도 꾸고, 멍하니 한숨을 쉬기도 하지만 정말 가끔이었다. 이러다 금세 중독 4단계에 접어들어 이곳을 떠나게 될까 봐 지안은 설핏 겁이 났다.

저녁이 되자 눈발이 다시 날리기 시작했다. 내리는 속도가 빠르진 않았지만 눈송이가 커 제법 쌓일 듯싶었다.

"먹어요."

오늘은 아침부터 저녁까지 세 끼를 전부 강현과 함께했다. 어색하진 않았지만 간간이 심장이 단단하게 굳어지는 것 같은 묘한 긴장감에 지안은 몇 번이나 심호흡을 했었다.

"탄 거 먹지 말고 안 탄 걸로 골라서 먹어요."

열심히 고기를 굽던 강현이 지안이 젓가락으로 들어 올린 고기 한 점을 보고 잔소리를 했다.

"그럼 안 타게 구웠어야죠."

"무지 뻔뻔한 거 알죠?"

"그게 내 매력이에요."

도도하게 고개를 돌리며 지안은 타지 않은 고기를 골라 입으로 가져갔다. 생전 먹지도 않던 삼겹살을 제주도에 와서 몇 번이나 먹었는지 모른다. 이러다 삼겹살에도 중독이 될 것 같아 걱정이다.

"근데 고구마가 익어요?"

고기를 굽기 전, 오른쪽에 피워둔 모닥불에 강현은 고구마를 호일로 감싸 집어넣었다.

"저렇게 구워 먹는 고구마가 얼마나 맛있는지 모르죠? 기다려 봐요, 세상에서 제일 맛있는 고구마를 먹게 해줄 테니까."

강현이 말하는 세상에서 제일 맛있는 고구마가 어떤 맛일지 지안은 벌써부터 입맛을 다셨다. 새 모이만큼 먹는다고 지선은 늘 타박이었다. 그렇다고 푹푹 퍼먹으면 또 교양 없이 먹는다고 한소리 했다. 엄마 대신 강현이 잔소리를 했지만 그게 싫지만은 않았다.

"그만 굽고 와서 먹어요."

내내 서서 고기만 굽는 강현이 슬슬 신경 쓰였다. 가만히 앉아서 넙죽넙죽 받아먹는 게 미안하기도 했다.

"내가 알아서 먹고 있으니까 먹기나 해요."

집게를 들고 고기를 뒤집는 강현을 지안은 물끄러미 쳐다봤다. 경계심을 풀고 사심 없이 바라본 강현은 멋있었다. 펜션에서 허드렛일을 하며 하루를 보내는 게 어울리지 않을 정도였다. 지금보다 더 활동적이고 더 근사한 일을 하지 않았을까 싶었다.

"나 뭐 하나만 물어도 돼요?"

수다스럽지 않은 지안이 오늘은 유독 말이 많았다. 이런 작은 변화가 강현은 반가웠다.

"두 개 물어도 돼요."

그래서 인심이라도 쓰듯 고개를 끄덕여 줬다.

"하던 일이 뭐예요?"

능숙하게 고기를 뒤집고 강현이 시선을 께디봤다.

"펜션 하기 전에 무슨 일 했었는지 궁금해요."

"무슨 일 했었을 것 같은데요?"

강현은 배우였다는 걸 지안에게 굳이 숨길 생각은 없었다. 단지 묻지도 않았는데 무슨 자랑이라도 하듯 그렇게 떠벌리고 싶지 않았다.

"모델?"

키가 컸고 몸매가 좋았다. 표정도 다양했고 그럴 때마다 분위기가 달랐다.

"예전에 백화점에 갔을 때 남성복 매장에 걸려 있던 사진 속 남자와 닮았어요."

지나가면서 본 거라 제대로 보지는 못했는데 사진 속에서 옅게 미소를 짓고 있는 게 인상 깊었다. 강현보다는 눈매가 더 서늘했던 것 같지만 전체적으로 이미지가 비슷하게 느껴졌다.

"TV는 그렇다 치고 영화도 안 봅니까?"

오늘은 왠지 못 알아보는 게 약간은 서운하다.

"보죠."

"그런데도 몰라요?"

"내가 알아야 되는 게 뭔데요?"

"한국 영화 말고 외국 영화만 보는 거 아니에요?"

"일부러 그러는 건 아닌데 오래된 영화 좋아해요. 그리고 영화보다는 그림이나 책 보는 게 더 좋아요."

엄마가 못 보게 해서 안 봤다는 말은 하지 못했다. 지선은 가난했던 것도, 연기를 했던 것도 다 부끄럽게 생각했다. 그중 자신이 배우였다는 과거는 지울 수만 있다면 지우고 싶어하는 일 중의 하나였다. 배우였기에 지금의 남편을 만났고 부족한 것 없이 누리며 살지만 그 시절을 창피해했다. 때문에 지안은 유치원에 가서 TV를 처음 봤다. 어려서부터 TV를 보지 않고 연예계 쪽에 관심을 두지 않다 보니 커서도 눈이 가지 않았다. 지선이 싫어하는 일 중에 지안이 유일하게 하지 않은 일이 그것이었다.

"혹시 진짜로 모델이나 배우, 뭐 그런 일 했어요?"

네, 그랬어요, 라고 대답해도 전혀 놀라지 않을 것 같은 무심한 눈길로 지안이 강현의 대답을 기다렸다. 하지만 그때, 전혀 기대하지 않았던 목소리가 들려왔다.

"서지안."

강현의 눈을 보며 그의 목소리를 기다리고 있던 지안은 자신의 이름이 불리는 곳을 향해 무심결에 고개를 돌렸다. 검은 코트를 입은 남자가 느리지 않은 속도로 지안에게로 걸어오고 있었다.

"오빠?"

어두워지는 지안의 얼굴을 보면서 강현도 입매를 단단히 굳혔다. 두 사람을 감싸고 있던 따사로운 기운이 순식간에 차갑게 얼어붙었다.

4.

작은 거실과 작은 침실, 그리고 작은 욕실이 전부인 작은 공간을 둘러보며 규안은 못마땅한 얼굴을 했다. 예상치 못한 등장이지만 그래도 오랜만에 보는 오빠가 지안은 싫지 않았다. 규안이 엄마 지선에게 어떤 존재인지 알게 된 후부터 지안은 오빠에게 늘미안한 마음을 갖고 살았다. 엄마를 대신해 미안하다 말해주고, 엄마를 대신해 웃어주고, 엄마를 대신해 집이 돼주고 싶었다.

"잘도 찾아냈네."

거실에 붙어 있는 주방으로 간 규안이 냉장고 문을 열어보고는지안을 무섭게 쳐다봤다. 다정하지 않은 오빠지만 그래도 자신에게만은 여러 얼굴을 보여주고 감정을 드러내 주는 게 지안은 고마웠다.

"짐 챙겨."

"아직은 안 가고 싶어."

아직도 새 것처럼 만질만질한 소파에 앉으며 지안이 고개를 저었다.

"못 찾은 걸로 해줘."

"호텔에서 자고 내일 아침 비행기로 올라가자."

방이 두 개였다면 여기서 대충 자자고 했을 테지만 그럴 수가 없었다.

"오빠."

"오빠인 건 알아?"

규안의 목소리가 커졌다.

"너까지 소외시키지 마."

"미안해."

"이안이도 네 새언니도 걱정 많이 해. 고집부리지 말고 일어나."

제주도에 내려오기 전, 규안은 지안을 찾았다는 걸 이안에게만 알렸다. 혹시라도 류 여사 귀에 들어가면 일이 시끄러워질 게 빤했다. 공연히 지안을 자극시켜 좋을 건 없었다.

"여기 있는 게 좋아. 편해."

"그게 다야?"

너무나 애틋했다. 사랑을 해보지 못했다면 그런 눈빛 읽지 못했겠지만 규안도 사랑이라는 걸 해본 사람이었다. 사랑까지는 아니더라도 서로를 보던 둘의 눈빛에는 분명 무언가가 있었다.

"네 인생, 참견할 생각 없어. 그런데 다시 상처받는 꼴은 못 봐."

웃으려고 했는데 느닷없이 눈물이 핑 돌았다. 무뚝뚝하지만 규안의 진심이 느껴졌다.

"오빠."

"말해."

"고마워."

생전 하지 않던 말이 지안의 입에서 튀어나왔다. 철이 일찍 든 지안은 그다지 웃는 법이 없었다. 그래도 자신에게만은 웃어주려고 하고, 한마디라도 살갑게 하려고 애썼다. 그래도 감정표현은 서툰 아이였는데 미안하다, 고맙다는 말이 술술, 자연스럽게 흘러나왔다.

"다른 말도 하고 싶은데 거기까지는 아직 무리야."

손등으로 눈물을 훔치며 지안이 씩씩하게 웃었다.

"죽여 버릴까?"

응? 하며 규안을 올려다보다 지안은 다시 한 번 웃었다. 그러고는 고개를 저었다.

"그럼 사람 구실 못하게 만들까?"

"아니."

"그럼 어디 멀리 쫓아버릴까?"

서울을 떠나오기 전, 대문 앞까지 배웅을 하던 규안의 아내인 은수는 지안을 만나면 아무것도 묻지 말고, 어떤 대답도 들으려 하지 말고 그냥 가만히 안아주라고 했었다. 그렇게 하겠다고 대답을 했지만 규안은 막상 지안을 보니 말이 늘어졌다.

"거지 만들어서?"

"그래."

"그랬다가 잘못 뉘우치고 사람 되면? 그냥 인간 아닌 채로 살게 돼."

규안이 코트를 벗고 식탁 의자를 끌어와 지안 앞에 앉았다.

"괜찮아?"

"괜찮아지고 있어."

"기특하네."

아픈 얼굴이며 어쩌나 걱정했었다, 바싹 말라 있으면 어쩌나 마음 졸였었다. 하지만 지안은 생각보다 밝았다. 아니, 집에서 보니 더 씩씩하고 좋아 보였다. 어느 날 갑자기 연애를 한다고 하던 지안은 서둘러 결혼까지 밀어붙였다. 예상했던 대로 류 여사는 반대했고 지안은 더 고집을 부렸다. 지안이 모르게 김태성이란 남자에 대해 알아보려고도 했었다. 하지만 그만뒀다. 성인이고 지안의 인생이었다. 혹 다친다고 해도 지안이 감수해야 하는 거라고 생각했다.

"미안하다."

규안이 뜬금없이 사과의 말을 전했다.

"내가 이렇게 된 거?"

"내 책임도 있어."

지안과 나란히 있을 때의 김태성은 다정한 눈빛을 하고 있었다. 그러나 지안의 뒤에서는 꿍꿍이가 있는 것 같은, 맑지 않은 눈빛이었다. 그게 내내 마음에 걸렸었다. 하지만 일이 바빴고, 결혼식을 하기 전까지 지안이나 김태성을 따로 만날 일이 자주 없어 무심하게 넘겼었다. 이안으로부터 지안이 사라졌다는 얘기를 들은 후에야 후회가 됐다.

"얼마 전까지는 그랬어. 어떻게든 그 책임이라는 굴레에서 빠져나오려고 안간힘을 썼었어. 그런데 그건 무슨 수를 써도 빠져나올 수 있는 게 아니더라고. 그래서 그냥 인정해 버렸어, 전부 내 책임이라고."

그리고 그건 사랑이 아니었다고 죽어라 부정하고 있는 중이다. 도피였고, 환상이었고, 어설픈 반항에서 비롯된 치기였다는 걸 인정하고 난도질당한 가슴에 스스로 소독을 하고 약을 바르며 치유해 나가고 있는 중이다.

"사랑에 빠졌던 시간만큼이나 이겨내는 속도도 굉장히 빠르지?"

지안이 가볍게 농담을 던졌다. 한결 여유롭게 편안해진 모습에 규안은 안도했다. 그러나 한편으로는 지안의 마음이 또다시 빠르게 누군가를 향해 흘러가고 있는 건 아닌가 노인네처럼 걱정이 앞섰다.

"나 못 찾은 걸로 해줘."

"내가 아니어도 금방 찾게 돼 있어."

"가도 내 발로 가. 그러니까 오늘은 못 찾은 걸로 해."

"전화부터 해. 걱정해서, 당장 해."

망설이던 지안이 방으로 들어가 핸드폰을 찾아서는 전원을 켰다. 현관문 닫히는 소리가 들리고 지안은 내키지 않는 얼굴로 지선에게 전화를 걸었다. 단조로운 신호음이 이어지고 지선의 차갑고 낮은 음성이 핸드폰 너머에서 흘러나왔다.

—어디니.

"잘 있어."

결혼식 이후 처음 듣는 목소리였다. 큰 기대를 한 건 아니지만 신호음만큼이나 단조로운 지선의 목소리에 지안은 허탈하게 웃었다.

—당장 집으로 와.

마끈을 올리지 않아도 지선의 목소리는 항상 강압적이었다. 부탁이 아니라 요구였고, 동의가 아니라 지시였다.

"엄마."

—사람 보내서 데리고 오기 전에 네 발로 오라고, 조용히.

"나 안 보고 싶어요?"

—뭐?

"내 걱정 많이 했어요?"

—딴소리하지 말고 당장 오라고.

"괜찮은지만 물어보지. 그랬으면 내일 첫 비행기로 올라갔을 텐데. 역시 엄마랑 나는 안 맞는다."

—소문나기 전에 당장 와.

당장만 벌써 세 번째다. 손톱이 박히게 주먹을 쥐고 이를 악물고 말하고 있을 지선의 모습이 눈에 훤했다. 왜 그렇게 남의 눈을 의식하고, 왜 그렇게 자신을 닦달하며, 왜 그렇게 불안에 떨면서 사는 걸까. 지금보다 더 행복하게 살 수도 있었을 텐데 대체 뭐가 그렇게 성에 안 차는 걸까.

"감기 조심해요."

—언제 올 거니?

"곧. 조만간 갈게."

아직 펜션을 나선 것도 아닌데 지안은 벌써 서울로 돌아가는 비행기 안에 있는 것처럼 섭섭하고 서운해졌다.

지안의 핸드폰 전원이 켜지는 소리를 듣고 규안은 밖으로 나왔다. 나무 아래 서서 담배를 피우고 있는 강현을 발견하고 그는 그쪽으로 걸음을 옮겼다. 그리고 강현과 나란히 서서 어둠에 휩싸인 바다를 내다봤다.

"숨어 있는 겁니까, 쉬고 있는 겁니까?"

처음엔 몰라봤다. 지안과 같이 일어난 강현을 불빛 안으로 들어가 똑바로 마주한 순간, 그때 알아봤다.

"지금은 쉬고 있는 중입니다."

짧게 스쳐 가던 규안의 눈빛에서 강현은 그가 자신을 알아봤다는 걸 눈치채고 있었다.

"그럼 언젠가는 다시 돌아간다는 뜻이군요."

강현의 입술 사이로 뜻 모를 웃음이 피식, 새어 나왔다.

"계속 여기에서 묵은 것 같은데, 맞습니까?"

카드를 사용한 내역은 없었지만 핸드폰 전원이 켜진 곳이 여기였다.

"아마 그럴 겁니다."

"꽤 친해진 모양입니다."

지안은 어떻게 보면 사회성이 부족하다고 할 수 있었다. 사람과의 관계를 만드는 데 시간이 오래 걸렸고 굳이 만들려고도 하지 않는 아이였다. 그런 지안이 그것도 남자와 낯선 곳에서 그렇게 해맑은 얼굴을 하고 있다는 건 놀라운 일이었다. 상처를 입었지만 그래도 언젠가는 지안이 좋은 남자를 만나 새로운 사랑을 하기 바랐다. 하지만 아직은 이르지 않을까. 그것도 한때 스캔들로 세상을 떠들썩하게 했던 배우 강현과. 동생에 대한 걱정으로 괜한 노파심이 생긴 거라고 규안은 그렇게 믿기로 했다.

"그렇게 보였다면 그런 거겠죠."

"원하는 대답은 아니군요."

규안은 재킷 안주머니에서 담배를 꺼내 입에 물었다. 금세 빨간 불꽃이 그의 입술 끝에서 화르르, 타올랐다.

"서울에서도 보는 사이는 아니길 바랍니다."

길게 연기를 뿜어내며 규안이 말했다.

"그건 저나 서지안 씨가 알아서 할 일이죠."

문득 지안이 이곳을 떠나 서울로 돌아간다면 기분이 어떨까, 강현은 진지하게 생각해 봤다. 대답은 하나였다.

그립다.

넓다고 느껴본 적 없는 [숨]이 휑할 것 같고, 같이 먹던 아침이 그리울 것 같고, 온종일 입을 닫고 사는 게 갑갑할 것 같다. 수다스럽지 않은 여자지만 툭툭 무덤덤하게 내뱉는 지안이 그리울 것 같고, 소리 내서 치아를 보이며 웃는 일이 잦지 않은 여자지만 그래도 문득문득 지안의 미소가 그리울 것 같다.

"제주도에 이렇게 눈이 많은 내린 건 처음인 것 같군요."

"운이 좋으시네요."

어깨를 나란히 하고 선 강현과 규안은 말없이 담배를 피우며 딴 생각에 빠져들었다.

지안이 지선과 통화를 끝내고 밖으로 나오자 규안은 문자 한 통을 남기고 이미 [숨]을 떠난 뒤였다.

「오래는 못 기다린다.」

이곳에서 지내는 시간도 얼마 남지 않았다.

"마셔요."

강현이 따끈한 커피를 지안에게 건넸다. 만지작거리던 핸드폰의 전원을 꺼 주머니에 넣고 그녀는 머그잔을 두 손으로 감싸 쥐었다. 따뜻한 온기가 온몸으로 퍼져 나가며 금방 언 몸을 데워줬다.

"호텔로 간 겁니까?"

"아마 그럴 거예요."

분명 지안의 오빠인데 엉뚱하게도 규안이 지안과 한 방에서 묵는다고 할까 봐 은근히 마음이 쓰였었다.

"서지안 씨는?"

지안이 강현에게 얼굴을 돌렸다.

"돌아가야겠죠."

아쉬움이 묻어나는 말투와 눈빛에도 강현은 아무 말을 하지 않았다.

"네."

보글보글, 물이 끓는 것처럼 가슴 깊은 곳에서 소리가 나고, 이렇게 같은 시간 속을 서성이듯 보내는 게 좋고, 아침에 눈 뜨는 게 기다려지고, 커피를 뽑으면서 콧노래가 나오고, 하루에 몇 번은 심장이 덜컹하기도 하지만, 이 모든 감정이 서지안이란 여자를 향해 흐르고 있는 것 같기는 한데, 분명 그런 것 같기는 한데 막상 꺼내놓으려니 입이 떨어지지 않는다. 사랑에, 그리고 사람에 한번 크게 데었더니 마음을 읽는 것도, 마음을 전하는 것도 쉽지가 않다. 왠지 더 신중해져야 할 것 같고, 숭숭식인 띔잉그티는 기이 인 이성이 조금 더 필요할 것 같다. 고작 설렌다고, 겨우 심장이 덜컹했다고 덥석 손을 잡기엔 걸리는 게 너무 많다. 이럴 때는 차라리 철없는 십대였으면 좋겠다. 좋으면 좋다고 하고, 싫으면 싫다고 하고, 헷갈리면 헷갈린다고 솔직하게 말해도 지금보다는 덜 우스운 어린 나이였으면 좋겠다.

"서울 가면, 생각날 것 같아요."

오랫동안 가슴앓이를 할 것도 같다. 잠이 안 올 것 같고, 하루가 지루하고 무기력할 것도 같다.

"중독됐으니까."

"큰일이다."

훗, 저도 모르게 웃음이 입술을 가르고 나왔다.

"윤강현 씨도 생각날 것 같은데 어쩌죠?"

생글생글, 예쁘게 웃으며 지안이 말했다.

"서울 가서 잘 데 없으면 서지안 씨 찾아가도 돼요?"

강현도 눈웃음을 치며 지안에게 말했다.

"네, 찾아와요."

"너무 성의 없이 대답하는 거 아니에요?"

"성의 있는 대답은 어떻게 하는 건데요?"

"여자 혼자 사는 집에 남자가 찾아가겠다는데 적어도 1초는 고민해야 되는 거 아니에요?"

"남자로 찾아올 거예요?"

직설적이고, 대담한 질문에 강현이 눈웃음을 거둬들였다. 이렇게 흔들어대면 충동은 이성을 잡아먹는다.

"남자로 찾아가면 여자로 받아주는 겁니까?"

머리카락을 헝클던 바람이 잠잠해졌다. 그런데 코끝은 찡하고 뺨은 얼얼해졌다. 심장 뛰는 소리까지 들릴 것 같은 적막감 속에서 지안은 침도 삼키지 못한 채 강현의 시선을 고스란히 받아내고 있었다. 무슨 말이라도 해야 했지만 어떤 말도 떠오르지 않았다.

"서지안 씨가 정색하면 무서운 거 알아요?"

바짝 얼어붙은 분위기를 강현이 농담으로 풀어버렸다.

"감기 들겠어요, 그만 들어가요."

바닥으로 떨어졌던 바람이 다시금 발목을 타고 서서히 불어오기 시작했다.

이른 시간에 일어난 강현은 해안가를 따라 조깅을 다녀왔다. 모처럼 찬바람을 맞으며 뛰었더니 가슴속까지 개운했다. 아무도 깨어 있지 않은 것 같은 새벽 시간, 가쁜 숨소리를 내며 뛰는 게 강현은 좋았다. 그렇게 1시간 가까이를 뛰다 보면 간밤에 꿨던 악몽까지도 전부 사라졌다.

턱까지 차오른 숨을 달래며 그는 정수기에서 차가운 물 한 잔을 받았다.

Rrrrrrrrr.

물 한 잔을 말끔히 비워내고 있는데 핸드폰이 울렸다. 갈라질 것처럼 아프던 가슴에서 편안한 숨이 나오기 시작했고 강현은 핸드폰을 들었다. 시간까지 있지 않은 상태에 그는 무례를 가소거렸다.

"네, 여보세요."

물을 마셨는데도 목소리가 잠겨 맑지가 않았다. 흠흠, 헛기침을 하며 그는 상대의 목소리를 기다렸다.

―나 제주도 왔어.

주은이었다.

―주소 좀 문자로 넣어줘, 찾아갈게.

너무 바빠 연락을 못하다 오랜만에 통화를 하는 가까운 친구처럼 주은은 편하게도 말을 이었다.

"여전히 무례하네, 유주은."

차갑게 실소를 터트리며 강현은 수건을 찾아 이마에 맺힌 땀을 닦아냈다.

—그렇다고 사람 많은 호텔에서 만날 수는 없잖아.

모르는 사람이 들으면 강현이 만나달라고 애원하는 것처럼 주은이 오히려 불편해했다.

—강현 씨.

"제주도까지 찾아와서 얼굴 보고 할 말이 뭔지 하나도 궁금하지 않으니까 전화로 해."

조금 전까지 상쾌했던 기분이 유주은의 전화 한 통으로 날아가 버렸다.

—들었잖아.

"뭘?"

—나 이혼하는 거.

"그래서?"

이혼을 한다고 해도, 또다시 결혼을 한다고 해도 아무 관심 없었다. 그저 빨리 이 전화를 끊고 맛있는 커피를 내리고 고소한 토스트를 굽고 싶을 뿐이었다.

—고 대표한테 전화하게 하지 마.

"싸가지도 여전하네."

—강현 씨.

"서귀포에 들어오면 다시 전화해."

—그러지 말고 주소 보내줘, 내가 찾아갈……

"내 공간에 당신이란 여자 들여놓기 싫어. 그러니까 사람들 많지 않은 곳 발견하면 전화해, 내가 찾아갈 테니까."

통화를 끝내고 핸드폰을 주머니에 넣는데 지안이 카페테리아로 들어왔다. 간밤에 잠을 제대로 못 잤는지 푸석푸석한 얼굴이었다.

"굿모닝은 아닌 것 같네요."

"커피 마셔서 그런지 잠을 못 잤어요."

뒤척이기도 많이 하고 거실로, 침실로 돌아다니기도 많이 했다. 규안이 다녀간 이유도 있었고 뚜렷한 이유는 모르지만 강현도 한 몫을 한 것 같기는 하다.

"기다려요, 빵 구워줄게요."

목에 두르고 있던 수건을 내려놓고 강현은 싱크대로 가 손부터 씻었다.

"조깅했어요?"

검은 트레이닝에 운동화까지 싯워 신은 킹 헌시 지쳤다는 낯빛었다. 하지만 트레이닝 하나로 이렇게 멋스러운 남자는 처음이라 속으로 감탄을 하지 않을 수 없었다.

"내일은 같이 뛸래요?"

"나는 걷는 게 좋아요."

아침 일찍 일어나 헉헉거리며 뛰는 건 취미 없었다. 그것보다는 느릿느릿 걷는 게 더 좋았다.

"뭐 필요한 거 없어요?"

강현의 물음에 지안은 고개를 저었다.

"없어요."

"이따 나갈 건데 필요한 거 생각나면 말해요, 사다 줄게요."

"같이 가면 안 돼요?"

지안이 눈을 반짝반짝 빛내며 강현에게로 상체를 기울였다. 시장 가는 엄마 따라나서려는 아이처럼 아주 신난 얼굴이었다.

"약속 있어요."

강현이 딱 잘라 거절했다. 머쓱해진 얼굴로 지안은 허리를 바로 세웠다.

"나갔다 와서 산책합시다."

"싫은데요."

노릇노릇하게 구워진 식빵을 접시에 담아 강현이 지안의 앞에 놔줬다. 식빵 한 조각을 집어 입에 물고 지안은 딴 데로 시선을 돌렸다.

"안 데리고 나간다고 삐친 겁니까?"

지안은 식빵만 열심히 우물거릴 뿐 눈도 맞추지 않고 대답도 하지 않았다.

"진짜 삐친 거예요?"

강현이 지안에게로 얼굴을 가까이 가져다 댔다. 다른 곳을 보고 있던 지안의 시야에 강현의 얼굴이 불쑥 들어와 버렸다. 지안이 얼른 얼굴을 뒤로 뺐다.

"상당히 귀여운데요?"

"이래도요?"

지안이 눈을 가늘게 뜨고 입술을 바짝 오므려 강현의 코앞에 들이밀었다. 못난이 얼굴을 하고 있는 지안을 강현은 진지한 눈길로 쳐다봤다. 아무런 대꾸가 없자 지안은 눈을 똑바로 뜨고 강현을 쳐다봤다. 어젯밤에 불었던 그 잔잔한 바람이 두 사람 사이를 또 비집고 들어왔다.

"오늘은 아침부터 햇살이 좋네요."

지안이 먼저 딴청을 부리며 재빨리 다른 곳으로 시선을 돌렸다.

아침을 먹고 지안과 귤을 까먹으며 겨울 햇살을 만끽하고 있을 때, 근처 바닷가라며 주은은 강현에게 전화를 해왔다. 왠지 지안을 혼자 버려두고 가는 것 같아 발길이 떨어지지 않았는데 마침 윤과 미영이 펜션으로 놀러 와 강현은 세 여자의 배웅까지 받으며 [숨]에서 멀어졌다.

주은이 말한, 사실 이름이 있는 바닷가가 아니라 한적한 도로가에 ﹏﹏에서 ﹏﹏ 지를 ﹏﹏고 바다를 구경할 수 있는 곳이라 찾아가기 애매한 곳이었다. 그래도 주변에 알 만한 펜션이 있어 강현은 기억을 더듬어가며 운전을 할 수 있었다. 근처 아무 바닷가라고는 했지만 상대가 어떻게 찾아올 것인지에 대해서는 아무런 관심 없이 그저 자신만 편하면 되는 곳을 약속 장소로 정한 주은이 강현은 어이없었다. 충동적이고 즉흥적이고 매사 자기중심적이었던 주은이 그때는 왜 그렇게 좋았을까. 사랑을 하던 그 순간에는 그런 이기적인 모습이 마냥 귀엽고 천진하게만 보였었는데 사랑이 끝난 지금은 그냥 이기적으로만 느껴졌다.

안전한 곳에 차를 세워놓고 강현은 담배를 꺼내 입에 물었다. 멀지 않은 곳에 주인이 누구일지 짐작이 가는 빨간색 고급 외제차가 정차돼 있었다. 사람들 눈에 띄는 건 원치 않으면서 지니고 있는 것들은 전부 평범하지 않은 것들이다. 사소한 것에서조차 드러나는 유주은의 이중성에 강현은 낮게 웃으며 담배 연기를 바람에 실려 보냈다.

"타."

차 가까이 가자 창문이 스르르, 열리고 커다랗고 색이 짙은 선글라스를 낀 주은이 삐죽 얼굴을 내밀었다.

"시간 아까워, 할 말 있으면 얼른 하고 가."

강현은 주은과 눈도 맞추지 않았다. 입술을 살짝 깨물며 주은이 마지못해 차 문을 열고 내렸다. 입에 물고 있는 담배가 거의 끝을 향해 타들어갈 때쯤, 강현의 옆에 주은이 섰다. 4년 만이었다.

"좋아 보인다."

눈길도 주지 않고 바다만 바라보고 있는 강현을 보며 주은은 부드럽게 입술을 늘어뜨려 웃었다. 가장 예쁜 얼굴을 하고 강현이 돌아봐 줄 때까지 주은은 끈질기게 기다렸다. 하지만 강현은 담배를 다 피우고, 불씨를 꺼트려 담배꽁초를 주머니 속에 넣은 후에도 끝까지 고개를 돌리지 않았다. 강현이 돌아봐 줄 때까지 기다리고 싶었지만 그러기에 주은은 마음이 다급했다.

"강현 씨 생각 많이 했어."

빤하지 않은 말을 기대했다.

"그리고 후회 많이 했어."

이번에도 역시나 속이 훤히 보이는 빤한 말. 이런 빤한 말에 속아 넘어갈 거라고 생각할 정도로 유주은에게 윤강현은 쉽고 얕은 남자였나 보다.

"안 어울리게 서론이 기네."

강현이 주은을 돌아봤다. 서늘한 웃음이 그의 입가에 걸려 있었다.

"본론이나 말해."

쓰고 있던 선글라스를 벗으며 주은이 강현의 눈동자를 바라봤다.

"도와줘."

궁핍한 거라고는 눈을 씻고 찾아봐도 없는 것 같은 뻔뻔한 표정의 주은을 보며 강현은 속이 쓰렸다. 당당했고 자신감이 넘치는 여자였지 이렇게까지 수치심을 모르는 여자는 아니었다. 이기적이기는 했어도 바다은 아니었다

"이혼할 거야. 이혼하고 당신한테 놀아갈 테니까 빋아줘."

혼자인 건 죽어도 싫다. 무시를 당하고 멸시를 당하며 인간보다 못하게 살아도, 그래도 혼자는 싫다. 둘이라는 게 어떤 느낌인지, 내 사람이 있다는 게 얼마나 속을 든든하게 채워주는 건지 알아버렸다. 강현이 그걸 처음 맛보게 해줬고 김석준이 거기에 빠져들게 해줬다. 그래서 좀 더 치명적인 유혹이었던 김석준을 택했다. 좀 더 안정적이고, 좀 더 가진 게 많고, 좀 더 누릴 수 있게 해줄 것 같아 윤강현을 버리고 김석준에게 갔다. 세상 앞에 떳떳이 같이 밥을 먹을 사람이 있고, 같이 얘기를 할 사람이 있고, 돌아갈 집이 있다는 게 좋았다. 비록 가족으로 인정받지 못했지만 세상은 유주은이 대한그룹 사람이라는 걸 알아주니까, 남편인 김석준은 인정해 줬으니까 상관없었다. 그런데 유일한 내 편이었던 김석준이 손을 놓으려고 한다. 이대로 나가떨어져 아무도 없는 지옥 속으로

혼자 기어들어 갈 수는 없다. 이제는 혼자서는 살 수가 없다. 더는 혼자이고 싶지 않다.

"최선을 다해 살았어. 내가 할 수 없는 것까지 해가면서 나는 며느리로, 아내로, 그리고 배우로 살았어."

좁혀지지 않는 의식의 차이, 참을 수 없는 조롱과 멸시. 아직 더 참아낼 수 있는데, 죽어도 참겠다는데 김석준이 더는 못 참겠단다. 아니, 참기 싫어졌단다. 고작 4년 만에.

"나한테 오면 어떤 최선을 다할 건데?"

강현의 물음에 주은이 살포시 희망을 품었다.

"당신을 위해서 살게. 당신을 위해서만 살게."

보통 이런 말을 할 때는 바짓가랑이까지는 아니더라도 손이라도 잡으며 간절한 눈빛을 해야 하는 건데 주은은 역시나 당당하다.

"유주은 당신이 나만을 위해서 살겠다고?"

"살 수 있어. 아니, 살고 싶어."

"그런데 어쩌지? 나는 이제 당신이란 여자한테 아무런 감정이 없는데."

"화나서 이러는 거 알아. 내가 어려서 그랬어. 미안해, 잘못했어."

"그러게, 그때는 당신도 나도 참 어렸지. 그러니까 당신 같은 여자를 사랑했겠지, 내가."

화가 날 거라고 생각했다. 그런데 화도 나지 않는다. 배신하고 떠난 옛 연인과 아름다운 풍경을 앞에 두고 이런 막장 대사를 주고받고 있다는 게 웃기기만 하다. 70년대 신파도 아니고 이 무슨 유치한 장면일까.

"나 때문에 이러고 있는 거잖아. 나 못 잊어서 이러고 사는 거잖아."

확신에 찬 주은의 말에 강현은 좀 더 길게 입술 끝을 올려 웃었다.

"망상이 지나치네. 당신이 뭐 그렇게 대단한 여자라고 내가 당신 때문에 이러고 살아? 한물갔어, 유주은."

이 정도 수모는 얼마든지 참아낼 수 있다는 듯 주은은 차분했다.

"당신이 화 풀 때까지 기다릴게."

주은의 손이 강현의 손에 닿았다. 강현은 벌레가 달라붙은 것처럼 본능적으로 단박에 그 손을 쳐냈다.

"강현 씨."

상처받은 얼굴로 주은이 입술을 깨물었다. 못되고 인간적이지 않은 주은이지만 연기자로서는 꽤 괜찮았다. 연기도 제법 잘했고 센스도 있었다. 감독이 원하는 게 뭔지, 작가가 요구하는 게 뭔지 한 번 들으면 즉각 알아채는 순발력이 뛰어난 배우였다. 그러니 지금 유주은이 짓고 있는 저 표정도 다 연기였다. 연기가 아니라고 해도 강현은 유주은의 진심까지 읽어줄 만큼 너그럽고 싶지 않았다.

"광고에서는 괜찮아 보이던데 실물은 영 아니다. 나 쫓아다니면서 쓸데없는 짓 하지 말고 얼굴이나 좀 신경 써. 그래서 계속 배우 하겠어?"

"나 아프라고 일부러 그러는 거 알아."

"맞아, 아프라고 일부러 그러는 거야. 근데 재미없다."

똑같이 갚아줄 수 있다면 그렇게 해주고 싶다는 생각을 하기도 했었다. 심장이 난도질당하고 창자가 짓물러 고름이 흘러내리는 고통을 유주은도 겪게 하고 싶었다. 하지만 이젠 그런 복수심은 남아 있지 않았다.

"네 목소리 듣는 건 짜증나고 네 얼굴을 보는 건 역겨워. 그러니까 다시는 내 인생에 끼어들려고 하지 말고, 네 거지 같은 인생에 끌어들이려고도 하지 마."

수백억을 준다고 해도 유주은과는 한 카메라 안에 서는 것조차 하기 싫었다. 미련을 끊어냈다고 쿨하게 친구처럼 보는 것, 그건 쿨한 게 아니라 멍청한 거다.

"깨끗한 제주 물 흐리지 말고 조용히 돌아가."

강현이 주은에게서 돌아섰다. 깃털처럼 가벼운 발걸음으로 걸음을 내딛는데 주은이 달려와 그의 소맷자락을 잡았다.

"정말 이대로 나 보낼 거야? 후회 안 할 자신 있어?"

만약 버림받은 지 겨우 일주일이 지난 거라면, 아니, 한 달이 지난 거라면 후회를 하겠지. 모진 말을 하고 집으로 돌아와 왜 그랬을까 자책하며 유주은을 잡으러 공항으로 달려갔을지도 모른다. 그러나 4년이 흘렀고 유주은과 살이 닿아도, 유주은과 눈빛을 주고받고 있어도 아무 느낌이 없다. 떨림은커녕 화도 나지 않는다. 미지근한 물을 마시는 것처럼 밍밍하기만 하다.

"같이 서울로 돌아가자."

강현이 배우로서의 컴백을 준비하는 동안 김석준과의 이혼을 조용히 마무리 지으면 된다. 그리고 강현은 다시 4년 전의 인기를 되찾고 4년 전 짝사랑했던 인기배우 유주은과 가슴 절절한 사랑을 시작하는 거다. 사람들이 둘의 사랑을 예쁘게만 봐주지 않겠지만 그건 문제 될 게 없었다. 사람들의 시선을 의식한 대한그룹이 며느리인 주은을 모델로 하고 있는 화장품 광고를 제외하고는 최근 새롭게 계약하거나 촬영한 광고가 없었다. 나름대로 활발하게 활동한다고 여겼지만 광고 출연도 줄고 영화 섭외도 줄고 대중들은 배우 유주은을 조금씩 잊어가고 있었다. 대한그룹 사람으로 산다면 그깟 광고나 영화는 인 씬이로 그린이다. 미이이이 이제 대한그룹 사람으로 사는 날도 머지않았으니 부지런히 그냥 배우가 아니라 인기배우 유주은으로 돌아갈 준비를 해야 한다. 스캔들도 좋고, 거짓 루머도 좋다. 일단 사람들 입에 오르내리며 대중의 관심을 받는 게 급선무였다. 그러기 위해서는 강현이 필요했다. 강현이라면 파급효과는 클 테고 루머가 사실이 된다면 혼자가 될까 봐 불안해하지 않아도 되니까 일석이조다. 그렇다고 강현을 이용만 하려는 건 아니었다. 강현에 대한 미련이 남아 있고 그게 사랑인 것 같으니까 더 배우 강현이 절실히 필요할 뿐이다.

"컴백한다고 하면 시나리오는 줄줄이 들어올 거야. 당신은 마음에 드는 시나리오 골라서 영화 찍을 준비하고 그러는 동안 나는 깨끗하게 마무리 지을게. 그리고 우리 새 출발 하자."

주은의 눈에서 살기가 번쩍, 하고 빛났다.

"구제불능이구나. 아니면 머리가 너무 지나치게 좋은 건가?"

"무슨 뜻이야?"

"다른 사람에게는 후자일지 모르겠지만 나한테는 다 보여."

주은이 입술을 앙 다물었다.

"너 따위한테 휘둘릴 정도로 속없는 놈이 아니야, 내가."

"내가 뭘 휘두른다고 그래?"

"가."

"강현 씨."

강현은 손목을 들어 시간을 확인했다. 유주은과 같이 있은 지 벌써 26분이나 흘렀다.

"불우이웃 도왔다고 생각할 테니까 조용히 가라."

"계속 여기서 찌질하게 살겠다는 거야?"

탐욕으로 빛났던 예전 유주은의 눈빛이 되살아났다.

"찌질?"

"배우가 연기 안 하고 이런 시골에 처박혀 있는 게 찌질한 거 아니야?"

부드럽고 감성적인 연기를 주로 했지만 인간 윤강현은 남자 중에 남자였다. 지기 싫어하고, 소유욕 강하고, 도전해 오는 것에 대해 겁이 없는 그런 남자였다.

"나 때문에 이러는 거 아니면 서울로 돌아가."

강현이 주은에게로 바싹 다가왔다.

"그러게, 조만간 서울로 가야겠다."

주은은 속으로 안도의 숨을 내쉬며 앙칼진 표정을 계속 이어나 갔다.

"근데 내가 서울로 돌아가면 너한테 좋을 건 없을 거 같다."

뭘 원하는 건지, 무슨 속셈인지 빤히 다 보인다. 그러니 순순히 당하며 유주은이 바라는 대로 움직여 줄 생각은 눈곱만큼도 없다.

미영과 윤이 돌아가고 지안은 홀로 [숨]을 지키고 있었다. 방에 들어가 책을 읽은 게 30분, 그러다 카페테리아에서 커피 한잔을 마시며 멍하니 밖을 내다본 게 10여 분. 정원에 나와 잔디 위를 걷기도 하고, 나무 아래 벤치에 앉아 바다를 바라보기도 했지만 시간은 더디게만 흘러갔다.

"후우."

입술 사이로 나온 한숨이 무겁게 바닥으로 떨어졌다. 지안은 가만히 발아래를 내려다보고 있다가 방에서부터 주머니에 넣고 나온 핸드폰을 꺼내 전원을 켰다. 전원이 켜지자 문자 몇 개가 줄줄이 들어왔다. 그것들을 일일이 확인하고 부재중 전화도 체크했다. 특별한 건 없었다. 스팸 문자 몇 개와 이안이 보낸 문자 4개, 그리고 규안의 아내이자 지안에게는 새언니인 은수가 보낸 문자 1개가 전부였다.

"그러고 보니까 번호도 모르네."

불현듯 강현의 핸드폰 번호도 모르고 있다는 게 떠올랐다. [숨]은 예약을 하고 온 게 아니니 당연히 번호를 몰랐고 강현과는 거의 매일 얼굴을 맞대고 붙어 있었으니 전화를 할 일이 없었다. 만약 이대로 강현과 헤어진다면 다시 [숨]을 찾아오지 않는 이상 만나는 건 무리였다. 그 생각을 하니 갑자기 가슴 한 켠이 서늘하게 식었다. 하지만 언제까지 숨어 있는 것처럼 이곳에 머물 수는 없었다. 어렴풋이 느껴지는 떨림 한 자락에 기대 현실을 무시하며 마냥 죽치고 앉아 놀기만 할 수도 없는 노릇이다. 어쩌면 떠나지 않고 귀찮게 주위를 맴도는 자신을 강현이 부담스러워할 수도 있었다. 더구나 평온을 되찾은 데서 오는 일상적인 떨림일 수도 있는 거고, 이성적 감정 변화가 아니라 단순히 제한된 공간이 주는 안일함에서 비롯된 미묘한 감정의 떨림일 수도 있는 거였다. 그러니 아무것도 아닐 수 있는 거에 괜한 의미를 두며 뭉개고 있는 걸 수도 있었다.

"안 추워요?"

딴생각에 빠져 있던 지안은 강현의 목소리에 화들짝 놀라 고개를 들었다.

"언제 왔어요?"

"방금이요. 무슨 생각을 하기에 차가 들어오는 것도 몰라요?"

양손에 무거운 짐을 들고 강현이 지안에게로 저벅저벅 걸어왔다.

"그건 다 뭐예요?"

"파티합시다."

"갑자기 무슨 파티?"

핸드폰을 주머니에 넣고 지안이 자리에서 일어났다.

"술도 마시고 고기도 먹고 노래도 부르고."

"둘이요?"

"네, 서지안 씨랑 나랑 단둘이."

단둘이라는 말이 지안은 왠지 특별하게 들렸다.

"근데 누구 만난다더니 장 보러 간 거였어요?"

"누구도 만났고 장도 봤고."

강현을 따라 지안은 카페테리아로 들어갔다. 삭막하고 싸늘하기만 했던 카페테리아가 강현이 들어오자 금방 따뜻하게 데워졌다.

"혼자 뭐 했어요?"

뭐 했나 씨 뭐 뭐, 뭐기 머고 싶은지를 묻고, 혼자 뭐 했는지를 묻는 게 전혀 어색하지 않았다. 이런 게 어색하지 않나는 건 빼께 얼마나 가까워졌다는 걸까.

"책도 읽고 생각도 하고."

"무슨 생각 했는데요?"

강현은 마트에서 사온 것들을 주섬주섬 꺼내 테이블 위에 올려놓았다.

"언제 서울로 돌아갈까, 가면 뭘 하면서 지낼까, 뭐 그런 생각이요."

돌아간다는 말에 강현이 놀라지 않을까 지안은 내심 기대를 했지만 그는 무덤덤하게 고개를 끄덕이기만 했다.

"그래서 언제 돌아갈 건데요?"

"이번 주 안으로 갈까 해요."

"같이 갈래요?"

파 한 단을 집어 돌아서면서 강현이 그렇게 물었다.

"네?"

"나도 서울 갈까 그러는데 같이 가자고요. 혼자보다는 둘이 덜 심심하지 않겠어요?"

순전히 지안 때문은 아니었다. 언젠가는 돌아갈 생각이었다. 그런데 유주은이 그 언젠가를 빠르게, 그리고 확실히 정해줬다. 찌질하다는 말에 발끈해서가 아니라 이제는 카메라 앞에 서도 될 것 같았다. 아니, 카메라 앞에 서고 싶어졌다.

"장난으로 하는 말이에요, 진심으로 하는 말이에요?"

얼굴을 보여주지 않으니, 뭐 얼굴을 보여준다고 해도 속을 읽을 수는 없겠지만, 강현의 말이 어떤 의미를 담고 있는지 도통 알 수가 없다.

"삼 일 후에 갑시다."

강현이 허리에 앞치마를 두르며 지안에게로 돌아섰다.

"정말 서울 가려고요?"

"가고 싶어졌어요."

"왜냐고 물어도 돼요?"

기대하지 않는 눈빛으로, 떨리지 않는 마음으로 지안이 물었다.

"말했잖아요, 가고 싶어졌다고. 그리고 외로워질 것 같아서요."

뜻 모를 미소를 지으며 강현이 지안을 바라봤다. 얽히기 시작한 눈빛 속에서 지안과 강현은 각자 무언가를 찾느라 바빴다.

오붓한 둘만의 파티는 밤이 늦도록 끝나지 않았다. 술은 달았고 달빛은 샛노랗게 늘어졌다.

"혹시 그 사람 기다립니까?"

바닥을 드러내기 시작한 술병을 들어 강현이 지안의 잔을 채워줬다.

"누구요?"

"서지안 씨 버리고 간 그 사람이요."

아니겠지만, 아니라고 믿고 싶지만 확인은 해둘 필요가 있지 않을까. 시작이라는 건 발을 맞춰야 하는 거고, 장애물 같은 건 미리 치워둬야 하는 거니까. 서지안이란 여자와 진짜 친구가 되거나 진짜 연애를 하거나 어찌 됐든 시작은 깨끗해야 하는 거니까.

"기다린데 꼬메요?"

지안이 정색을 하며 물었다.

"안 기다린다는 뜻이에요?"

"기다려요."

종이컵에 든 쓴 술을 지안은 표정 하나 일그러뜨리지 않고 단숨에 비워냈다.

"언젠가 내 앞에 나타나기를 기다려요."

"나타나면?"

"죽여 버려야죠."

주은의 눈에 비쳤던 살기와는 전혀 다른 느낌의 살기가 방금 전지안의 눈에서 사사삭, 피어올랐다.

"나는 착하지 못해서 이해하고 용서하는 거 못해요. 그 사람 잡겠다고 시간과 돈을 쓰지는 않겠지만 나타난다면 그 자리에서 죽여 버릴 거예요. 누군가 대신 잡아다 줘도 좋고요."

"무서운 여자였네, 서지안 씨."

지안이 씨익, 무섭게 웃었다. 하지만 강현의 눈에는 하나도 무서워 보이지가 않았다.

"나 서울 가서 잘 데 없으면 서지안 씨 집에서 재워줄 거예요?"

"잘 데도 없으면서 가겠다는 거였어요?"

"잘 데가 없으면, 이라고 했잖아요."

"그게 그 말이죠."

지안은 두 손으로 술잔을 들고 강현에게 내밀었다. 가볍게 눈을 흘기던 그가 마지막 한 잔을 지안의 잔에 따라줬다.

"근데 서울 가서 뭐 해요?"

"뭘 뭐 해요?"

"할 일이 있으니까 가는 거 아니에요?"

"모델이나 해볼까 해요."

미간에 주름을 잡으며 지안이 강현을 쳐다봤다.

"왜 그렇게 봐요?"

"진짜 모델이에요?"

배우예요, 말을 하려니 공연히 자존심이 상한다. 지금도 밖에 나가면 알아보고 달려오는 사람이 한둘이 아닌데 어떻게 지안은 바로 코앞에서 생생하게 봐놓고 아직까지 못 알아볼 수 있는 걸까.

"모델 일은 가끔 했어요, 가끔."

본업이 연기하는 배우지 모델은 아니었으니까 순 거짓말은 아니다.

"연애는 못하겠다."

지안이 아쉽다는 듯 그러나 장난하듯 말했다.

"어째서?"

"우리 엄마가 제일 싫어하는 사람이 카메라 앞에 서는 사람이 거든요."

"그래서 TV 안 보고 살았어요?"

"어려서는."

"그럼 커서는?"

"TV에 재미를 붙이시엔 네게 너무 커버린 거쥬."

싱긋, 지안이 웃었다.

"근데 서지안 씨 나랑 연애하고 싶어요?"

눈을 크게 뜨고 지안이 강현만 뚫어져라 쳐다봤다.

"좀 전에 그랬잖아요, 연애는 못하겠다고."

특유의 시크한 표정을 지으며 고개를 저었지만 지안의 귓불은 이미 벌겋게 달아올라 있었다. 빨개진 귓불에 강현은 묘하게도 마음이 놓였다.

"마지막 잔인데 건배나 합시다."

"뭘 위해서요?"

가만히 생각을 하던 강현은 쓰윽, 한쪽 입술 끝을 올리며 말했다.

"우리가 함께할 서울을 위해서."

우리, 그리고 함께. 강현의 말에 담긴 의미가 뭘까 지안은 건배

를 하며 곰곰이 생각했다. 그리고 이제 곧 안녕을 고할 [숨]을 그
녀는 천천히 둘러보며 곳곳을 마음에 담았다. 어쩌면 다시는 못
만날지도 모를 아름다운 대정읍 하모리의 눈부신 풍경을, 눈웃음
이 너무나 고운 윤이를, 닮고 싶을 만큼 마음이 선한 미영 씨를.
눈길이 가고, 마음이 가고, 발길이 머무는 윤강현 씨를.

5.

환하게 불이 켜진 집 앞에서 지안은 잠시 어리둥절한 표정을 지었다. 하지만 이내 아무도 없는 집에 불을 켜놓은 게 지선일 거란 생각을 하고는 픽, 웃어버렸다. 다정하게 손을 잡고 신혼여행에서 돌아오면 이 크고 예쁜 집에서 행복하게 살 줄 알았던 때가 있었다. 작은 아파트를 고집하던 지안과 달리 김태성은 마당이 딸린 2층 단독주택이 좋을 것 같다고 흘리듯 그러나 여러 번 말을 했었고, 김태성이 탐탁치는 않았지만 그래도 류지선의 딸이 살 집인데 아무 데서나 살게 할 수는 없다며 지선은 꽤나 고급 주택을 사서 내부 인테리어까지 해 신혼집을 꾸며줬다. 그러고 보면 김태성도 얼마간은 결혼생활을 하려고 했던 게 아닐까 싶기도 하다. 하긴 그래야 챙겨도 더 많은 것을 챙길 수 있었을 텐데 갑자기 마음이 변한 이유가 뭘까 궁금하기는 하다.

지안은 인상적인 빨간색 대문의 비밀번호를 누르고 안으로 들어갔다. 머리 위로 불이 켜졌다. 지안은 반가운 얼굴로 불빛을 올려다보고 깨끗하게 단장된 계단을 밟고 올라섰다. 담이 높을 뿐이지 집 자체는 지대가 그다지 높지 않아 계단을 몇 개 밟고 올라서자 바로 정원이었다. 처음 이 집을 보러 왔을 때 김태성은 몇 번이나 감탄사를 연발했는지 모른다. 그 모습이 참 순수해 보여서 좋았던 지안이었다. 많은 걸 주고 싶었고 많은 걸 누리게 해주고 싶었다.

띠리리.

지안은 지체 없이 정원을 지나 곧장 현관문을 열었다. 밖에서 본 것보다 안은 더 환하게 밝았다. 그림을 비추고 있는 작은 간접 조명까지도 전부 다 켜져 있었다. 가구며 바닥까지 반짝반짝 광이 났다. 몇 주나 주인을 잃었던 집 같지 않게 말끔하게 정리된 모습에 지안은 감탄을 하지 않을 수 없었다. 모르긴 몰라도 지선은 적어도 이틀에 한 번은 도우미를 불러 청소를 하고 환기를 시켰을 거다.

"전기세 엄청 나오겠네."

말은 그렇게 했지만 어두운 집보다는 나았다. 아직 한 번도 잠을 자지 않아 낯설기만 한데 불빛 하나 없이 어둡기만 했다면 선뜻 들어서지 못했을 것 같았다.

Rrrrrrrrr.

거실 끝자락에서 멀뚱히 서 있기만 하던 지안은 갑자기 들려오는 벨소리에 소스라치게 놀라 어깨를 움찔했다. 놀란 가슴을 쓸어내리고 그녀는 서둘러 핸드폰을 주머니에서 꺼냈다. 저장되어 있지 않은 번호, 그러나 그 번호가 누구의 것인지 지안은 이미 외워버렸다.

"여보세요."

비행기에서 내려 강현이 제일 먼저 한 일은 지안에게 핸드폰 번호를 알려준 거였다. 제주도에서처럼 꺼놓고 있지 말라는 강현의 말에 지안은 어깨를 으쓱하고 말았지만 택시에 타자마자 핸드폰 전원부터 켰다.

—잘 도착했어요?

"방금 집에 들어왔어요. 윤상현 씨는요?"

친한 형네 집에서 머물 거라던 강현은 지안을 먼저 택시에 태워 보내고 그 뒤에 있던 택시를 탔다.

—나도 잘 도착했어요.

"이제 목도리 풀었나 봐요."

목도리를 칭칭 두르고 모자까지 푹 눌러쓴 강현은 서울에 도착해 헤어질 때까지도 목도리나 모자를 벗지 않았다. 답답하지 않느냐, 혹시 사기 치고 도망 다니는 중이었느냐, 아니면 제주도보다 서울이 추워서 그러는 거냐 등 지안은 내내 강현을 이상한 눈길로 바라봤었다.

—집이 아주 따뜻해서 목도리는 더 이상 안 해도 되겠더라고요.

강현의 웃음기 섞인 목소리를 들으면서 지안은 거실 중앙까지 걸음을 옮겼다. 손에 들고 있던 핸드백을 소파에 툭, 던져 놓고 그녀는 천천히 집 안을 둘러봤다. 공사를 하기 전과 하고 난 후의 모습이 상당히 많이 달라져 있었다. 대체 이 집에 얼마를 쏟아부은 걸까.

—혼자예요?

"네."

—식구들은요?

"집에 있겠죠."

김태성과 같이 살려고 했던 집에서 앞으로 혼자 살 거란 얘기를 지안은 강현에게 하지 않았다. 그런 시시콜콜한 것까지 말하기엔 아직 강현과의 거리가 애매했다.

—집이라면서요?

"네, 서지안의 집."

아, 하고 강현이 무슨 말인지 알겠다는 뜻을 내비쳤다.

—어때요?

"뭐가요?"

—일상으로 되돌아온 기분.

결혼을 준비하기 전이라면 아침 6시에 일어나 씻고 7시에 아침을 먹은 다음 할 일 없이 빈둥거리다 지선의 성화에 못 이겨 별 볼일 없는 외출을 하거나 아버지 회사에서 주최하는 파티나 모임에 참석하는 게 일상이라면 일상이었다. 한마디로 딱히 일상이라고 할 게 없었다. 그나마 규칙적인 거라면 1주일에 한 번은 미혼모 시설을 방문하는 거였다. 미혼모들이 사회에 나가 일을 할 수 있도록 취업 교육이나 기타 다른 교육을 받을 때 그들을 대신해 아이

들을 돌보는 일이었는데 회사를 다니는 사람들에 비하면 하나도 힘들지 않은 일이었다. 오히려 방긋방긋 티 없이 맑게 웃는 아이들에게서 몸에 켜켜이 달라붙어 있는 세상의 먼지들을 조금이나마 떼어낼 수 있었다.

"윤강현 씨는 꿈이 뭐였어요?"

화이트 컬러의 소파에 앉은 지안은 테이블 위에 두 다리를 길게 올려놓았다. 바닥부터 천장까지 이어진 커다란 통유리에 소파에 앉아 있는 자신의 모습이 비쳤다. 핸드폰을 귀에 대고 자연스럽게 입매를 늘어뜨리고 있는 모습이 낯설었다. 강현이 말한 대로 일상으로 돌아왔는데 오히려 생경한 곳으로 온 것처럼 어색하기만 했 ॥ ॥॥ ॥॥ ॥॥ ॥॥ ॥॥॥ ॥॥ ॥॥ ॥॥ ॥॥ ॥॥॥, ॥॥ ॥॥॥, 웃는 모양새도 바뀌었다. 일상으로의 복귀가 아니라 일상으로의 적응이 필요한 시간인 것 같아 지안은 문득 심란해졌다.

─나는 대통령이 되고 싶었어요.

어릴 적 누구나 한번은 꿈꿔본 대통령. 국민들 앞에서 손을 흔들며 미소 짓고 있는 강현을 상상하니 제법 어울리는 듯싶었다.

─서지안 씨는 꿈이 뭐였어요?

"나는 빵가게 사장님이 되고 싶었어요."

매일 얼굴을 맞대고 있던 강현과 전화 통화를 하고 있다는 게 신기하다. 그리고 목소리만 듣고, 또 들려주니 이상하게도 전보다 더 솔직해지는 듯하다.

─빵가게?

의외라는 듯 강현이 말끝을 올렸다.

"아침마다 맛있는 빵 냄새와 향긋한 커피 향이 넘치는 작고 아담한 빵가게를 하고 싶었어요."

소박하게 살고 싶었다. 좋아하는 빵도 실컷 먹고 사람들과 부대끼면서 그냥 평범하게 살고 싶었다. 고등학교 1학년 때, 엄마에게 받은 용돈을 모아 몰래 제빵 학원에 등록한 적도 있었다. 하지만 겨우 수업 두 번을 듣고 끝이었다. 어떻게 알았는지 지선이 학교 앞으로 찾아와 학원으로 가는 걸 막았다. 이안이나 규안처럼 공부를 잘하는 것도 아니었고, 피아노나 첼로엔 소질이 없었고, 그나마 어려서부터 꾸준히 배워오던 그림이 할 줄 아는 것 중 가장 나았다. 그래서 결국 미대에 진학했고 어영부영 대학을 졸업했다. 참 한심한 인생이 아닐 수 없다.

—꿈치고는 너무 소박한 거 아니에요?

"그러게요. 그런데 그 소박한 꿈을 나는 왜 이루지 못했을까요."

비죽비죽, 아픈 웃음이 입술 사이로 터져 나왔다.

—내일은 뭐 해요?

"글쎄요."

지선이 방해하지 않는다면 제주도에서와 비슷한 평온함을 이어가겠지.

"왜요?"

—저녁에 놀자고요.

"뭐 하고 놀 건데요?"

—그건 만나서 생각합시다.

훗, 짧게 웃어주고 지안은 강현과의 통화를 끝냈다. 낯설지만 이제 정을 붙이고 살아야 하는 집이기에 지안은 바닥이며, 벽에 걸린 그림이며, 조명 하나하나까지 전부 눈에 담아냈다.

이사를 했다고 하더니 진원의 사무실은 전보다 훨씬 근사했다. 가정집이 즐비한 곳에, 마찬가지로 가정집을 사무실로 개조해 겉으로 보기에는 일반 주택과 다를 바 없지만 안은 현대식으로 잘 꾸며진 회사나 다름없었다.

"무슨 변덕이야?"

지금 바로 집에 사무실로 오겠다는 강현의 전화에 진원은 볼까지 꼬집으며 사실인지 아닌지를 확인했다. 실나, 이런가느 시선은 발아래 대문 근처만 서성였다. 그리고 거짓말처럼 강현이 나타났다. 대문을 열고 들어서는 강현을 보고 진원은 또다시 볼을 꼬집었다. 빠르게 걸어 들어오던 강현이 사무실 바로 앞에서 핸드폰을 꺼내더니 이내 한 걸음도 떼지 않는 걸 보고 진원은 애가 타서 죽을 지경이었다. 그렇다고 형 체면에 버선발로 뛰어나가는 건 어쩐지 자존심이 상해 혀를 깨물며 강현을 기다렸다.

"일하자, 형."

맥주 캔을 강현 앞에 내려놓고 소파에 엉덩이를 붙이려던 진원은 제 귀를 의심하며 엉거주춤 서 있었다.

"너 지금 뭐라고 했냐?"

"늙어서 귀가 잘 안 들려?"

"장난치지 말고."

"해야겠어, 영화."

털썩, 주저앉듯 진원이 소파에 앉았다.

"무슨 일이야?"

좋다고 얼싸안을 줄 알았는데 진원은 그저 심각한 표정으로 물었다.

"하자고 조를 때는 언제고 무슨 일이냐고 묻는 건 뭐야?"

"그러니까 하자고 조를 때는 들은 척도 안 하더니 갑자기 무슨 일이냐고."

강현은 긴 팔을 뻗어 맥주 캔을 집어 들었다. 손바닥을 적시는 차가움에 피곤함이 가셨다.

"너 설마……."

"설마 뭐?"

"유주은 때문이야?"

주은에게 연락을 받은 후로 진원은 강현에게 몇 번이나 전화를 하고 싶었지만 참았다. 어쨌든 두 사람의 문제였고 그걸 해결하는 것도 강현의 몫이었다. 더는 엮이지 말라는 말을 여러 번 했고 강현도 엮일 의사가 없음을 밝혔으니 더는 관여하지 않는 게 맞다고 생각했다. 만약 강현이 도움을 요청한다면 만사 다 제쳐 두고 제주도로 내려갈 생각이었지만 그러지 않았다. 그래서 알아서 잘 해결했으리라 믿었다.

"이혼하고 오면 어떻게 해보겠다, 뭐 그런 생각인 거야?"

"어, 뭐 어떻게 해볼까 그래."

"윤강현."

성난 표정으로 진원은 무섭게 강현을 노려봤다.

"내 앞으로 들어온 시나리오 있지?"

"너 진짜 뭐 하자는 건데?"

느긋하게 소파에 몸을 기대고 강현은 맥주를 벌컥벌컥 시원하게도 들이켰다.

"형."

"왜?"

"나는 왜, 어째서 유주은한테 빠졌던 걸까?"

"눈이 삔 놈이었으니까 그렇지."

같이 일을 해본 적도 없고 개인적으로 만날 일도 없었을 때라 진원도 처음 주은을 봤을 때는 대중들과 같은 시선이었니. 힘들었던 개인사에도 불구하고 꿋꿋하고 꼬인 것 없이 밝고, 마음이 선한, 그런 여자인 줄 알았다. 강현과 영화를 찍을 때까지만 해도, 아니, 그 영화가 끝나고 둘이 연애를 시작했을 때만 해도 그 이미지는 변함없었다. 하지만 강현이 없는 자리에서 주은은 예의가 없고 심하게 자기중심적이었다. 같이 일하는 스태프들을 배려하지 않았고 오로지 자신만이 세상의 중심이라는 듯 행동했다. 자신보다 조금이라도 더 가졌거나, 더 높은 위치에 있는 사람 앞에서는 철저히 브라운관 속 유주은이었지만 자신보다 못하다고 생각되는 사람 앞에서는 그냥 속물이었다. 그러니 잘나가는 배우 강현에게 추한 모습을 보여줬을 리가 없었다.

"그때 좀 말리지."

"눈도 삐고 귀도 멀었는데 내 말이 먹혔겠어?"

"그러고 보면 형은 그때 진짜 유주은 싫어했다."

"나는 지금도 싫다."

결혼하기 전만큼은 아니지만 그래도 유주은의 이미지는 크게 달라지지 않았다.

"나도 이젠 유주은이 끔찍하게 싫다."

맥주 캔을 테이블에 올려놓으며 강현이 진원을 향해 상체를 기울였다.

"내가 원래 그렇게 착한 놈은 아니잖아?"

"그건 그렇지."

"그래서 두 번이나 밟히는 건 못 참겠더라고."

진원은 강현의 말뜻을 파악하느라 눈에 힘을 주고 있었다.

"유주은이 이혼하고 올 때까지 나보고 차근차근 컴백 준비를 하래."

"준비하면?"

"나랑 짠, 하고 나타나자는 거겠지."

"이혼의 이유가 너한테 있다는 걸 알리겠다는 거야? 그래서 너랑 같이 죽겠다고?"

"이혼의 이유는 다른 데서 찾겠지. 더구나 재벌가에서 그런 쓰레기 같은 이유를 세상에 알리도록 가만두겠어?"

사실이라고 해도 절대 세상에 내놓지 않을 일이다. 이혼 사유 중 제일 흔한 성격 차이를 내놓거나 세상이 다 알고 있는 극과극의 집안 환경 차이를 이유로 내놓을 게 빤했다. 그런데 그렇게 빤하게만 흘러가면 재미가 없을 테고, 대중들에겐 하루 주전부리 정도밖에 안 될 테니까 오래도록 우려먹을 수 있는 스캔들이 필요하다.

"그럼 뭘 어쩌겠다는 건데?"

"나를 이용해서 이슈가 되겠다는 거겠지."

아닌 척했지만 주은의 시커먼 속이 너무나 훤히 들여다보였다.

"대체 무슨 말인지 하나도 모르겠다."

"이혼을 하고 오겠다잖아. 그리고 나는 컴백을 준비하고. 그것도 아주 천천히."

진원이 빠르게 머리를 굴렸다.

"그런데 이혼은 이혼대로 깔끔하게 처리하고, 그 후에 살길은 너를 이용해서 모색하겠다?"

"그렇게 간단한 걸 왜 못 알아들어? 나이 들더니 감도 죽었구나."

"그게 유주은 마음대로 그렇게 된대? 사람들이 다 그렇게 순수하게만 받아들여 줄 거라고 생각하는 거야?"

"사람들한테 죽어라 찔리고, 씹히고, 그러다 그 선한 얼굴로 눈물 한 방울 또르르 흘리면서 토크쇼 나와서 주절주절하면 끝."

복잡하고 어려운 것 같은 세상이지만 아이러니하게도 허탈할 정도로 단순한 세상이기도 하다. 남자는 여자의 눈물에 약하고, 대중은 연예인의 거짓 토크에 잘 속아 넘어간다. 스캔들이 터진 순간에는 힘들고 후폭풍이 거세게 몰아치겠지만 언젠가는 폭풍도 잠잠해지게 마련이다. 그러면 그 순간 유주은은 이미 대중 속에 있게 된다.

"무모하고 어리석은 발상인데 그게 먹힐 것도 같다. 진짜 유주
은답다, 유주은다워."

정상의 사고를 하는 사람으로서는 절대 할 수 없는 생각. 세상
이 유주은을 중심으로 돌아간다고 믿는 유주은만이 할 수 있는 생
각이다.

"시나리오 좀 갖다줘."

"억지로 하는 연기는 여섯 살 꼬마도 알아보는 법이다."

"하고 싶어졌어."

"유주은 때문이 아니고?"

앞으로 기울이고 있던 상체를 바로 세우고 강현은 씨익, 웃었
다.

"뭐냐, 그 미소는?"

"놀자는데 옛정을 생각해서 한 번은 놀아줘야 되지 않겠어?"

그런데 이 순간 유주은보다는 서지안의 얼굴이 떠오르는 건 무
슨 까닭일까.

"형."

"또 뭐?"

"대한민국에 스무 살 넘은 아가씨가 나를 모를 수 있다는 게 가
능한 일일까?"

"뭐?"

"나를 모르더라고, 어떤 여자가."

일부러 그런 건 아니지만 서지안에게 거짓말을 하고 있는 셈이
고, 이러다 다른 사람을 통해 알게 되면 기분이 좋지 않을 것 같

고, 그렇다고 제 입으로 나 배우예요, 하기는 왠지 쪽팔리고. 차라리 직접 보여주는 게 낫지 않을까 싶어 갑자기 마음이 조급해지기 시작했다.

"너 하루만 늦게 왔어도 한물가는 거였어."

진원이 일어나더니 책상으로 걸어갔다. 서랍을 열어 대본을 꺼내 들고 그가 강현에게 보란 듯이 흔들어댔다.

"누구 건데?"

"어떤 여자가 너를 못 알아봤다고?"

"감독이 누구냐니까?"

요ㅎ하게 우으며 진원이 다시 강현의 앞으로 돌아왔다. 두툼한 대본을 진원은 테이블 위에 턱 하니 올려놨다.

"네가 4년이나 제주도에서 썩는 동안 심장 녹아내리게 근사한 놈들이 몇이나 이 바닥에 들어왔는지 알아? 아주 이 바닥을 휘젓고 다닌다, 휘젓고 다녀. 그러니까 4년이나 쉰 너는 스무 살 젊은 아가씨들한테는 그냥 아저씨일 뿐인 거야. 네 세상이 멈췄다고 대중들의 세상도 멈췄다고 생각하지 마라. 세상은, 그리고 대중들은 빛의 속도로 변하고 있어."

진원은 있는 대로 강현을 놀려댔다. 그러거나 말거나 강현은 어느새 대본을 집어 들고 한 장 한 장 읽어 내려가고 있었다.

새벽 3시가 넘어서 겨우 잠이 든 지안은 밖에서 들리는 소란스러운 소리에 잠이 깨버렸다. 블라인드가 쳐진 침실은 아직 밤인 것처럼 어두웠다. 지안은 손을 더듬어 핸드폰을 찾아 시간을 확인했다.

8시 36분.

채 9시도 안 된 이른 시간이었다. 짜증스러운 얼굴로 이불을 걷고 일어나 지안은 슬리퍼를 질질 끌며 방문을 열었다.

"서지안!"

쩽, 하고 날카로운 목소리가 지안의 고막을 찢었다.

"아무리 딸 집이지만 연락도 없이 찾아오기엔 너무 이른 시간 아니에요?"

당연히 지선이 찾아올 줄 알았다. 하지만 이렇게 당장, 이렇게나 이른 시간에 마주하게 될 줄은 몰랐다.

"너 어떻게 된 거야?"

입술을 부르르 떨며 지선이 지안에게로 빠르게 다가왔다. 지선과 함께 등장했을 거라고 짐작되는 낯선 아주머니가 지안을 힐끔거렸다.

"언제 왔어?"

"어제."

"어제? 어제 왔다고?"

목소리를 낮추고 지선이 지안을 몰아붙이기 시작했다. 지안은 여전히 한쪽에 멀뚱히 서 있는 아주머니에게 무표정한 얼굴로 인사를 하고는 저벅저벅 걸어 소파로 가 앉았다.

"아줌마는 일 봐요."

"네, 사모님."

"아, 2층부터 청소해요."

해가 뜨기도 전인데 지선은 얼굴을 반이나 가리는 검은 선글라스를 쓰고 도우미 아주머니에게 우아한 손짓으로 일을 지시했다. 그러고는 도우미가 2층으로 올라간 걸 확인하고 곧장 지안에게로 다가왔다.

"일어나."

"왜요?"

"추해, 가서 씻고 나와."

"귀찮아."

아직 잠도 덜 깼고 잘 수만 있다면 침대로 돌아가고 싶은 심정이었다.

"좋은 말로 할 때 일어나."

손으로 눈을 비비며 겨우 잠을 쫓아내고 지안은 지선을 몇 주 만에 똑바로 쳐다봤다.

"류 여사님 그동안 좀 늙었네?"

"까불지 말고 가서 씻어."

"여기 내 집이야, 엄마. 내 집에서 왜 엄마가 이래라저래라 그래? 그리고 내일부터는 아줌마 데리고 오지 마요."

"내가 사준 집이야."

"어쨌든 사서 준 집이잖아. 그럼 내 집이지."

눈깔사탕만 한 다이아몬드 반지를 낀 지선의 손이 화를 이기지 못해 허벅지 옆에서 바들바들 떨리고 있었다. 2층에 도우미 아주머니가 없었다면 지선은 이미 폭발했을 거다.

"뭘 잘했다고 싸가지 없이 굴어!"

억박지르는 목소리, 그러나 여전히 크지 않은 음성. 그리고 지안 역시 익숙하다는 듯 크게 동요하지 않았다.

"잘못했어요."

"잘못했어?"

"그런 놈한테 걸려서 이 꼴 된 거 미안하다고요. 그런데 엄마, 이럴 때는 그냥 좀 안아주면서 괜찮다고 해주면 안 돼? 그게 그렇게 어려워?"

빤히 지선을 보면서 지안은 무덤덤한 얼굴로 물었다. 간절함이나 애틋함은 지안에게도 없었다.

"너 때문에 나나 네 아버지는 얼굴도 못 들고 살게 생겼어. 그런데 일을 이 지경으로 만들어놓고 연락도 없이 2주 넘게 숨어 있다 나타나서는 안아달라고? 괜찮다고 말해달라고?"

"그러게, 큰일이네."

하나도 큰일처럼 느껴지지 않는 말간 얼굴로 어깃장을 놓는 말만 골라서 하는 지안 때문에 지선은 속이 뒤집어졌다.

"당분간 돌아다니지 말고 여기 처박혀 있어."

"나 어차피 별로 갈 데도 없어."

지안은 아직 다 달아나지 않은 잠을 자기 위해 소파에 길게 드러누웠다.

"근데 어떻게 수습할 건데?"

비밀결혼식을 올린 것도 아니고 결혼식에 왔던 사람들이 다 김태성의 얼굴을 봤을 텐데 대체 엄마는 이 일을 어떻게 수습할 생각인 걸까.

"다시 결혼해야지."

무거운 눈꺼풀을 들어 올려 지안이 지선을 쳐다봤다.

"누구랑?"

"대단한 집안 대단한 아들이랑."

이혼이 죄도 아니고, 더구나 지안은 이혼이 아니라 첫날밤도 치르기 전에 헤어진 거니 이혼한 것보다는 낫다는 게 지선의 생각이었다. 사실 그렇게라도 우기지 않으면 이 일을 수습할 방법이 없었다.

"아침부터 술 마셨어?"

"꺄?"

"어떤 정신 나간 대단한 집에서 나한테 대단한 아들을 줘?"

"네 아버지도 있고, 네 언니네 시댁도 있는데 그깟 결혼식 한 번 한 거 아무것도 아니야. 누구도 함부로 하지 못하는 그런 집안이랑 다시 사돈 맺으면 되니까 당분간 조용하나 지내."

"내가 그렇게 충격을 준 거예요?"

지선이 곱게 마스카라한 눈을 사납게 치켜떴다.

"우리 엄마 제정신 아니네."

벌써 제주도가 그립다. 바다도 없고, 새파란 하늘도 없고, 자유도 없는 서울이 벌써부터 목을 졸라온다.

아무 생각 없이 늘어지게 자려고 했던 지안의 계획은 지선의 등장으로 물거품이 되고 말았다. 지선은 죄스러움이라고는 눈 씻고 찾아봐도 없는 싸가지 막내딸에게 질려 일찌감치 집으로 돌아갔다. 지안은 지선이 돌아가고 나서야 너무 못되게만 굴었나 싶어 미안한 마음이 들기는 했지만 그래도 한바탕 싸가지 없이 군 덕분에 지선이 제집 드나들 듯 마음대로 집을 찾아오지는 않을 것 같아 마음이 놓이기는 했다.

잠은 깼고, 밥은 냉장고에 채워진 것들을 꺼내 대충 해결했고, 시간은 이제 겨우 오전 11시가 조금 넘었다. 소파에 가부좌를 틀고 앉아 지안은 뭘 하며 하루를 보낼 것인가에 대해 곰곰이 생각했다. 항상 혼자 나가서 놀았는데 왠지 오늘은 내키지가 않았다. 그렇다고 불러내 같이 놀 친구가 있는 것도 아니고…….

테이블 위에 올려놓은 핸드폰을 빠끔히 쳐다보다 지안은 포옥, 숨을 내쉬었다. 그러고는 고작 언니인 이안의 번호를 눌렀다.

—지안아!

신호가 얼마 가지도 않았는데 이안은 황급히 전화를 받았다.

"핸드폰 노려보면서 내 전화만 기다렸어?"

—별일 없는 거야?

이렇게 여리고 착한 사람이 어떻게 사랑도 없는 결혼을 했을까.

"오늘 뭐 해?"

—응?

"심심해, 놀아주라."

—서울 왔어? 온 거야?

"어제 왔어. 내가 갈까, 언니가 나올래?"

이안이 결혼을 한 지 2년이 넘었지만 지안은 한 번도 언니의 집을 방문한 적이 없었다. 처음엔 이안만큼이나 형부인 현새가 편하지 않아서였고 후엔 딱히 집을 찾아갈 특별한 이유가 없었다. 일이 있으면 대부분 이안이 친정으로 오거나 밖에서 따로 만나는 게 보통이었다.

—집으로 올래?

"아니, 언니가 나와라. 근처로 갈게."

꽉 막힌 공간보다는 사람 구경도 할 수 있는 밖이 좋을 것 같았다. 몇 년 만에 돌아온 것처럼 이 어색한 서울에 얼른 적응하는 게 당장 해야 할 일일 것 같아 지안은 크게 심호흡을 했다.

"추운데 미리 나오지 말고 전화하면 나와."

—알았어.

통화를 끝내고 지안은 드레스 룸으로 들어가 속옷과 복복사는부터 찾았다. 옷이나 집 안 정리를 하지 않았지만 분명 곳곳에 지선의 입김이 닿았을 테니 어림짐작으로도 어디에 뭐가 있을지 알 것 같았다.

지안은 눈에 익은 옷들을 둘러보며 드레스 룸의 가장 안쪽으로 들어갔다. 화려하고 값비싼 명품 옷들이 눈에 잘 보이는 곳에 걸려 있고 한쪽 벽면엔 가방들이 칸칸이 진열돼 있었다. 그중 몇 개는 생전 처음 보는 것들도 있었다.

"류 여사님 쇼핑 좀 하셨나 보네."

먼지가 뽀얗게 앉을 때까지 지안이 한 번도 들지 않을 가능성이 큰 가방들이었다. 다 지선의 취향이었고 지선이 사다 놓은 것들이었다.

"여기는 어쩐 일로 비워두셨대?"

거울과 거울 사이가 아무것도 걸려 있지 않고 텅 비어 있었다. 아무래도 지선이 며칠 안에 새로운 것들을 사다 채워놓을 것 같아 지안은 부르르, 몸을 떨었다. 다시는 오지 않겠다고 불같이 화를 내고 돌아갔지만 지선이 말한 다시는, 이 절대 영원히, 가 아니라는 걸 지안은 모르지 않았다. 그래도 당분간은 조용히 지낼 수 있을 것 같아 그것만으로도 당장은 만족스러웠다.

드레스 룸에 있는 서랍들 중 가장 방 안쪽에 있는 서랍 앞에서 지안은 허리를 굽혔다. 그녀의 예상대로라면 지선은 분명 속옷을 이곳에 뒀을 거다.

"빙고."

역시나 보기만 해도 부드러운 실크의 촉감이 느껴지는 새 속옷들이 서랍을 가득 채우고 있었다. 그중 가장 무난한 하얀색의 실크 속옷을 세트로 꺼낸 후 그녀는 위에 서랍을 열어 목욕가운을 찾았다. 하지만 위에 서랍에도, 그 위에 서랍에도 목욕가운은 없었다. 욕실에 걸어두었나 싶어 속옷만 들고 돌아서던 지안은 혹시 몰라 맞은편에 있는 서랍도 열어봤다. 점잖은 무채색의 색들로만 채워진 서랍. 지안은 한동안 그것들의 정체가 뭔지 몰라 멍하니 허리만 굽히고 있었다. 그러다 반듯하게 서랍을 채우고 있는 것들 중 하나를 꺼내 들었다. 사르르, 녹는 눈처럼 보드라운 촉감의 그것이 지안의 손 안에서 후드득 펼쳐졌다. 집는 순간 설마, 싶었는데 역시나 맞았다. 뒤통수 맞는 일이 없었다면 이 속옷의 주인은 김태성이었을 거다. 끝까지 싫다면서 다정히 바라봐 주지 않으면서 속옷까지 챙겨 정리해 준 지선이 지안은 놀라웠다. 내 자식으로 품고 싶었던 부모의 마음이었을까, 속옷 하나도 전부 명품으로 도배하고 싶었던 돈 많은 사모님의 허영심이었을까. 그래, 전자일 리가 없다. 만약 그랬다면 지선은 이 결혼이 사기였다는 걸 안 순간 서랍 속에 든 것들을 전부 불 질러 버렸을 거다. 사다 넣어놓고 치우는 걸 잊었다는 건 그것들을 살 때 부모의 마음 같은 건 없었다는 뜻이다.

지안은 들고 있던 속옷을 던지듯 내려놓고 서랍을 발로 툭 쳐서 밀어 넣었다. 빠른 걸음으로 드레스 룸을 나와 지안은 욕실로 들어갔다. 세면대 물을 틀고 고개를 들어 거울을 봤다. 머리칼은 엉망으로 ~~헝클어져서 깔끔해 보이지가~~ 않았다. 살도 좀 붙은 것 같고 안색도 더 좋아진 것처럼 보였다.

"예쁘다. 예쁘다, 서지안."

주문을 외우듯 지안은 자신의 얼굴을 보며 그렇게 중얼거렸다. 그리고 씨익, 웃으면서 되살아나려는 우울함을 떨쳐 버렸다.

이안이 살고 있는 곳과 지안의 집은 그리 멀지 않은 곳에 있었다. 택시를 탈까 하던 지안은 천천히 걸어가 보자 싶어 코트 자락을 휘날리며 바람 부는 서울 길을 느긋하게 걸었다. 걸어서 1시간이나 걸리는 거리였지만 걸을 만했다. 막히는 것처럼 갑갑했던 목으로 서울의 찬바람을 집어넣으니 숨 쉬는 것도 괜찮아졌다. 서울에서 태어나 서울에서 지금껏 살았는데 몇 주 떠나 있었다고 답답하다고 하는 자신이 여간 우습지 않았다.

지안은 큰길가에 위치한 커피숍 문을 열고 들어가 밖이 잘 보이는 창가에 자리를 잡고 앉았다. 이안에게 전화를 걸면서 그녀는 코트를 벗어 의자에 반쯤 걸쳐 뒀다.

—왔어?

"어."

커피숍 이름을 대자 이안은 금방 어딘지 안다고 했다.

—알았어, 지금 나갈게.

"마실 거 시켜놓을까?"

—그럼 좋지.

"따뜻한 걸로?"

—따뜻하고 달콤한 걸로.

입덧이 심한 편은 아니라더니 다행이다.

"알았어, 따뜻하고 달콤한 걸로 내가 알아서 시켜놓을게. 근데 걸어나오는 건 아니지?"

—네 형부가 차 내줬어.

네 형부, 라고 말하면서 이안이 수줍게 픽, 웃었다. 형부 소리는 지안에게도 어색하기만 했다.

—운전해 주시는 분도 있으니까 걱정하지 마.

"여왕마마 다 됐네?"

—금방 갈게, 기다리고 있어.

"도망 안 가, 천천히 와."

전화를 끊고 마실 걸 주문하려고 자리에서 일어나는데 지안의 핸드폰에 문자가 들어왔다.

「뭐 해요?」

강현이 보내온 문자였다. 지안은 저도 모르게 입매를 늘어뜨리며 카운터로 걸어갔다.

「놀러 나왔어요. 그러는 윤강현 씨는 뭐 해요?」

답을 기다리며 그녀는 까만 칠판에 빼곡하게 써진 메뉴들을 눈으로 훑었다. 그리고 따뜻한 커피와 이안에게 줄 따뜻하고 달콤한 초콜릿을 주문했다.

「오랜만에 독서 중이에요. 너무 많이 놀지 마요.」

「왜요?」

「저녁에 나랑 놀기로 했잖아요. 지쳐서 안 논다고 하기 없기예요.」

무한 문자에 지안은 빙그레 웃었다. 그런 지안을 카운터를 지키고 있는 앳된 여직원이 생글거리며 은 얼른 웃음기를 거두고 자리로 돌아왔다.

「주소 좀 보내줘요.」

얼마 안 있어 강현에게서 문자가 또 들어왔다.

「집으로 오려고요?」

「지금 정색하고 있죠? 뭡니까, 재워준다더니!」

강현이 미간을 좁히고 있을 모습이 눈에 보이듯 선했다. 지안은 큭큭, 웃으며 답장을 보냈다.

「강남구 논현동…….」

주소를 보내고 전송 버튼을 누르는데 누군가 테이블을 똑똑, 두드렸다. 가늘고 긴 손가락을 따라 지안은 고개를 들었다.

"누구야?"

울 것 같은 얼굴로 이안이 애써 웃으며 물었다.

"오랜만에 보니까 반갑네?"

지안은 딴소리를 하며 슬그머니 핸드폰을 가방에 넣었다. 이안은 맞은편 자리에 앉으며 지안을 흘겨봤다.

"나 들어오는 것도 모르고 계속 웃으면서 문자하던데?"

차에서 내리기도 전에 창가 자리에 앉아 있는 지안을 보고 이안은 눈물이 핑 돌았다. 거울을 꺼내 얼굴이 괜찮은지 확인하고 웃는 연습까지 하다 차에서 내렸다. 가까스로 버티고 있을지도 모르는데 괜히 청승맞게 우는 모습이나 보이고 싶지는 않았다. 웃으면서 기분 좋은 얘기만 하고 싶었다. 그런데 커피숍 문을 열고 들어와서 본 지안은 핸드폰을 들여다보며 부지런히 손가락을 움직이고 있었다. 그리고 미소를 짓고 있었다. 몇 년 만에 처음 보는, 어쩌면 태어나 처음 보는 미소였다.

"그냥 친구야."

스스럼없이 친구라는 말이 입에서 튀어나왔다. 평생 한 번도 친구를 가져본 적 없는데 친구라는 단어가 너무나 친숙하게 흘러나와 정작 지안이 더 놀랐다.

"친구?"

"어, 제주도 친구."

"제주도에서 친구 사귀었어?"

싱긋, 웃는 지안을 보면서 이안은 가슴을 쓸어내렸다.

"얼굴 좋아 보인다."

"잘 먹고, 잘 자고, 잘 놀다 왔어."

빈말이 아닌 것 같았다. 서울을 떠날 때보다, 아니, 곱게 신부화장을 했을 때보다 지금의 지안이 더 예쁘게 빛났다.

"우리 조카도 잘 크고 있지?"

아직 채 부르지도 않은 납작한 배를 이안은 쓰다듬으며 고개를 끄덕였다. 부르르, 테이블 위에 있던 진동 벨이 울리고 지안은 주문한 음료를 찾기 위해 자리에서 일어났다. 굽 높은 하이힐을 신고 카운터로 걸어가는 지안을 이안은 다정한 눈길로 바라봤다.

어려서부터 엄마가 시키는 일은 죽어도 하지 않으려고 했던 반항아였고 하루가 멀다 하고 엄마와 부딪히고 싸우고 했지만 지선은 기상 뼈니 됐어 건 지아이었다, 성격이야 정반대였지만 외모는 젊은 시절 지선을 똑 닮았다. 눈에 씌세 네쁘고 은 하시 뷰이도 군살 하나 없이 매끈했다. 예쁜 얼굴에 자기추장이 강한 지안이 이안은 부러웠던 적도 있었다. 막내로서의 특권까지 갖고 있는 것 같아 잠깐이었지만 부러움을 넘어 시기를 하기도 했었다. 하지만 결혼을 하고 사랑을 하게 되면서, 그래서 온전한 가정을 이루게 된 지금은 여전히 겉돌며 외롭고 위태롭게만 보이는 지안이 가슴 저미게 걱정됐다.

"너 정말 좋아 보인다."

따끈한 초콜릿이 든 하얀 머그잔을 앞에 놔주는 지안에게 이안은 진심으로 말했다.

"어, 나쁘지 않아."

진공청소기로 빨아들이고 걸레로 빡빡 닦아낸 것처럼 말끔하지는 않지만 적어도 자다 일어나 눈물 흘리지 않고, 자책하며 스스로를 벼랑 끝으로 내몰지 않고, 밥도 잘 먹고, 웃기도 하고 그러니 나쁘지는 않다.

"엄마는?"

머그잔을 두 손으로 감싸 입으로 가져다며 이안이 넌지시 물었다.

"아침에 봤어."

현관문을 열고 들어섰을 때의 지선의 표정이 떠올라 지안은 씁쓸하게 웃었다.

"참, 나 내 집으로 들어갔어."

"어?"

"내 신혼집."

이안이 머그잔을 내려놓고 금세 어두운 표정을 지었다.

"내 앞으로 된 내 집이잖아. 우습게 끝나기는 했지만 독립을 하긴 했으니까 당연히 내 집으로 돌아오는 게 맞잖아."

"그래도……."

"어, 좀 넓기는 해."

그 말을 하려던 게 아닌데 지안은 능청스럽게 딴소리를 늘어놓았다. 근심 어린 표정으로 이안은 지안의 얼굴만 빤히 쳐다봤다.

"우리 조카가 세상으로 나오기 전에 얼른 돈부터 벌어야겠다."

"취직하려고?"

"해보려고."

제주도에서 무슨 생각을 한 건지 지안은 조금 달라진 느낌이었다. 씩씩해진 것 같기도 하고, 밝아진 것 같기도 했다. 하지만 제 상처를 끄집어내서 보여주지 않으니 상처가 아물었는지, 덧난 건지 알 수가 없어 이안은 마음이 무거웠다.

"필요한 거 있으면 나한테 말해."

"어, 필요한 거 있으면."

"다음엔 집으로 오고."

지안이 언니의 집을 마음대로 편하게 드나들지 않는 이유를 이안도 어렴풋이 알고 있었다. 지선이 계획해 준 대로 등 떠밀리듯 한 결혼에 대해 지안은 이안에게 한동안 골이 나 있었다. 바보 같다고도 했고, 신경질이 난다고도 했었다. 그리고 하나밖에 없는 게…게이 …해진 기회가 없기도 했다.

"지안아."

"왜?"

커피를 홀짝이던 지안이 커다란 눈을 동그랗게 뜨고 이안을 쳐다봤다.

"나 좋아."

"뭐가?"

"사는 게 좋다고. 그 사람이랑 사는 거 좋아. 아니, 행복해."

말투만으로도, 눈빛만으로도, 손짓만으로도 알 것 같았다. 엄마가 될 준비를 하고 있는 이안은 지안의 눈에도 마냥 행복해 보였다.

"지금 사기결혼당한 동생 앞에서 행복하다고 자랑하는 거야?"

괜히 지안이 입을 씰룩거리며 이안에게 눈을 흘겼다.

"어, 자랑하는 거야. 그러니까 너도 마음 닫지 말고 기다려."

지안이 다시는 누군가를 좋아하지 않겠다고 말할까 봐 이안은 그게 두려웠다. 언젠가, 어딘가에서 운명의 상대가 나타날 거라는 걸 지안이 알았으면 하고 바랐다.

"운명이 있다고 믿어?"

담백한 얼굴로 지안이 이안에게 물었다.

"그럼 믿지."

이안이 단호하게 고개를 끄덕였다. 운명은 반드시 있다고, 그 운명이 앞에 나타날 때까지 기다리라고, 그렇게 말하듯 이안은 지안을 보면서 웃어줬다.

밀린 수다를 떠느라 늦은 점심을 먹고 또 커피숍에 들어가 수다를 떨고 그러다 저녁까지 먹고 지안은 이안의 차를 타고 집으로 돌아왔다. 좋은 차에 기사까지 내어준 현새 덕분에 지안은 편하게 집까지 올 수 있었다.

"오늘 너무 무리한 거 아니야?"

집 앞에 다 와서 지안은 뒤늦게 이안이 걱정됐다.

"하루 종일 앉아서 수다만 떨었는데 무리는 무슨."

"그래도 좀 걱정된다."

"그렇게 걱정되면 다음엔 집으로 와."

집으로 오라는 소리를 이안은 벌써 몇 번이나 했는지 모른다.

"집 앞에 누구 있는 것 같은데?"

앞을 내다보던 이안이 눈을 가늘게 떴다.

"누구?"

이안을 따라 지안도 앞을 내다봤다. 대문 앞에 누군가 등을 기대고 서 있었다.

"아는 사람이야?"

목을 길게 빼고 보던 지안이 짧게 웃었다.

"어, 아는 사람이야."

강현이었다. 주소를 보내달라고 하더니 직접 찾아온 모양이었다. 반갑기도 했고 괜히 딴짓하다 이안에게 걸린 것 같아 쑥스럽기도 해 지안은 차에서 선뜻 내리지 못했다.

"저 사람 혹시……."

차가 대문 아래서 다가가 서자 창밖을 보고 있던 이안이 고개를 갸웃거렸다.

"강현?"

그러더니 이안은 강현의 이름을 서슴없이 뱉어냈다. 이안을 돌아보며 지안이 놀란 눈을 했다.

"언니가 어떻게 저 사람을 알아?"

"그러는 너는 저 사람 어떻게 알아?"

대문을 조금 지나 차가 정차했다.

"말해, 어떻게 아는지."

지안이 표정을 가다듬고 다시금 이안에게 물었다.

"배우잖아, 영화배우."

"뭐?"

되물으면서 지안은 머릿속이 하얘졌다.

"영화배우 강현이라고."

"영화배우?"

"무슨 스캔들인가 뭔가 때문에 한동안 안 보이기는 했는데 분명히 강현 맞아."

성을 빼기는 했지만 이름은 분명 맞았다. 영화를 좋아하던 이안은 혼자서도 종종 영화를 보러 가곤 했었다. 가끔 영화 잡지를 사 들고 와서 지선 몰래 보기도 했었다. 고등학교에 들어가기 전에는 농담처럼 배우가 되고 싶다고도 했던 이안이었다. 자신과 달리 영화는 물론 영화배우에도 적잖은 관심이 있던 이안이니 잘못 봤을 리는 없었다.

"내리지 말고 가."

"저 사람을 네가 어떻게 아는 건데?"

"다음에 얘기할게, 오늘은 그냥 가주라."

입을 다물고 지안은 가슴을 들썩여 숨을 내쉬었다. 그리고 차에서 내렸다. 이안의 차가 유턴을 해 집에서부터 멀어질 때까지 지안은 자리를 지켰다. 지안이 차에서 내리는 걸 봤으면서도 강현도 지안에게 다가오지 않았다. 차가 완전히 시야에서 사라지고 지안은 강현에게로, 강현은 지안에게로 걸어왔다.

"늦었네요?"

강현이 웃으며 지안에게 말을 해왔다.

"진짜 왔네요?"

지안도 웃으며 강현에게 말을 했다. 길 한가운데서 두 사람이 만났다. 어제 헤어져 하루 만에 만난 건데, 그사이 엄청난 일이 있었던 것도 아닌데 이상하게 반갑고 가슴이 뛰었다.

"왜 이렇게 반갑죠?"

강현의 말에 지안이 가볍게 웃었다.

"저녁 먹었어요?"

"네."

"난 서지안 씨랑 같이 먹으려고 안 먹었는데."

"같이 먹자고 안 했잖아요."

언제 온다는 것도 말하지 않았다. 그리고 배우라는 것도.

"그래서 안 먹을 거예요?"

강현이 엄지손가락을 뒤로 까딱까딱하며 대문 앞을 가리켰다. 지안은 옆으로 고개를 쏙 내밀고 대문 쪽을 쳐다봤다. 하얀 봉지가 대문 앞에 있었다.

"뭐예요?"

"야식의 꽃, 족발."

지안의 미간에 주름이 잡혔다.

"설마 못 먹어요?"

"먹어본 적이 없어서 못 먹는지는 모르겠어요."

이번엔 강현의 미간에 주름이 잡혔다.

"혹시 성에 갇혀 살았어요?"

"몰랐는데 정말 나는 성에 갇혀서 살았나 봐요."

쌉쌀하고, 서운하고, 신기하기도 하고, 또 허탈하기도 하다. 대체 지금까지 뭘 하고 살았던 걸까.

"들어가요."

지안이 대문 앞으로 터덜터덜 걸어가 문을 열었다. 뒤에서 하얀 봉지를 챙겨 든 강현이 그녀의 뒤를 따랐다.

"여기서 먹읍시다."

대문을 닫고 강현이 돌계단 위에 앉았다.

"여기서요?"

"오늘은 여기까지만 들어갈게요."

한 계단 위에 있던 지안이 난감한 표정으로 강현을 내려다봤다.

"들어가서 편한 옷으로 갈아입고 나와요. 웬만하면 편하고 아주 따뜻한 옷으로."

강현은 하얀 봉지를 열어 안에서 일회용 그릇들을 주섬주섬 꺼내놓기 시작했다.

"나 뭐 하나만 물어도 돼요?"

코트 주머니에 손을 넣고 지안은 덤덤한 얼굴로 강현을 쳐다봤다.

"뭔데요?"

"윤강현 씨, 영화배우예요?"

봉지 안에서 나무젓가락을 꺼내던 강현이 그대로 멈칫, 해버렸다.

"우리 언니가 윤강현 씨가 영화배우 강현이래요. 맞아요?"

배우라는 직업에 관심이 있지는 않지만 그렇다고 색안경을 쓰고 보거나 딱히 싫어하는 건 아니었다. 하지만 강현이 배우일 거라고는 생각해 본 적이 없었다. 모델 일을 했다는 말도 가벼운 농담으로 들었지 진심으로는 듣지 않았다.

"싫어요?"

강현이 계단 위에 서 있는 지안을 보며 물었다.

"내가 배우인 거, 서지안 씨는 싫어요?"

속인 게 아니라 묻지 않아서 말하지 않은 거였다. 배우인 걸 숨길 생각도 없었고, 배우인 게 부끄럽지도 않았다. 영화가 결정되면 지안에게 자랑하듯 당당하게 말할 생각이었다. 배우인 걸 다른 사람을 통해 들었다는 게 미안한 거지 영화배우가 직업인 게 미안하지는 않았다.

"잘 모르겠어요."

놀랐고 여러모로 복잡해지기는 했다. 하지만 강현의 직업이 배우라는 걸 싫어할 수 있는 자격이 자신에게 있는 건지에 대해서는 정말 잘 모르겠다.

6.

「당신이 있는 그곳이 바로, 낙원.
우리가 함께하는 그것이 바로, 낙원.」

잘 모르겠어요, 라는 말을 한 후 지안은 그 부분에 대해서는 더이상 묻지 않았다. 안에 들어가 따뜻하고 편한 옷으로 갈아입고 나와 처음으로 족발을 먹으며 그저 어제와 다를 것 없는 모습만을 보였다.

"맛이 어때요?"

오물오물, 야무지게 먹는 그녀에게 강현이 흐뭇하게 웃으며 물었다.

"맛있어요."

"또 먹고 싶음 말해요, 언제든지 사다 줄게요."

불이 꺼져 있을 때보다 몇 배는 더 크고 넓어 보이는 집. 이렇게 커다란 집에 지안이 혼자 지내고 있다는 게 강현은 걱정스러웠다.

제주도를 떠나오면서 지안에 대한 걱정이 늘었다. 분명 서울은 서지안이 살던 곳이고, 그녀의 가족이 있고, 일상이 있는데 왜 아무도 없는 객지에 내보내는 것처럼 마음이 쓰이는 건지 알 수가 없다.

"또 먹고 싶을 것 같긴 하네요."

쫀득쫀득하고 은은하게 입안에서 퍼지는 한약 비슷한 향이 제법 지안의 입에 맞았다. 그냥 고기를 구워 먹는 것과는 또 다른 맛이 있어 오늘 같은 쌀쌀한 밤이나 술 한잔이 그리울 때 생각이 날 것 같았다.

"서지안 씨 위험한 여자네요."

"왜요?"

"제주도도, 숨도, 족발도 너무 쉽게 빠지잖아요."

지안은 히죽 웃으며 강현의 말을 부정하지 않았다.

"그리고 나도."

강현이 장난처럼 한마디를 덧붙였다.

"누가 그래요, 내가 윤강현 씨한테 빠졌다고?"

비계가 적당히 붙은 족발 한 점을 젓가락으로 들면서 지안은 떨떠름한 표정을 지었다.

"나한테 안 빠졌다고요?"

믿을 수 없다는 듯 상당히 의아해하는 듯한 표정에 지안은 눈썹을 삐죽 세웠다.

"사실은 깊이 빠졌는데 빠진 걸 모르는 건 아니고?"

"그럴 수도."

정색을 할 줄 알았는데 지안은 순순히 인정하듯 어깨를 살포시 올렸다 내렸다.

"하루의 시간을 줄 테니까 잘 생각해 봐요."

"해봐서 빠진 거면 어쩌려고요?"

"어쩌긴요, 연애하는 거지."

진심이 담기지 않은 형식적인 끄덕임으로 대충 대화를 마무리하고 지안은 젓가락을 움직였다.

"연애해 봤어요?"

"했으니까 결혼도 했죠."

남의 얘기처럼 지안은 무심하게 말했다.

"그건 가짜였으니까 무효로 합시다."

상처받은 사람을 위로를 하는 방법은 여러 가지가 있다. 안아주며 같이 눈물을 흘리거나 괜찮을 거라고 말해주는 방법이 있고, 아무 일도 없었던 것처럼 혹은 아무 일도 아닌 것처럼 아주 사소한 일로 여기며 휘리릭, 넘겨 버리는 방법이 있다. 만약 강현이 얼굴을 볼 때마다 괜찮을 거라고, 금방 잊을 수 있을 거라고 말했더라면 그와 지금처럼 족발을 먹으며 수다를 떨고 있지는 못할 거다. 길을 가다 누군가와 어깨를 부딪쳤을 때처럼, 사람 많은 버스에서 누군가의 발을 밟았을 때처럼, 그래서 사소한 일이고 크게 다치지 않은 일인 것처럼, 그렇게 누구나 겪을 수 있는 일인 것처럼 대수롭지 않게 넘겨주는 강현에게서 진짜 위로를 받는다.

"진짜 사랑 안 해봤죠?"

"윤강현 씨는 진짜 사랑 해봤어요?"

배우라는 걸 알았으니 인터넷에 강현이란 이름을 치면 진짜뿐만 아니라 가짜까지도 줄줄이 사탕으로 나올 게 뻔하다. 그러니 누군가에게 또 전해 듣기 전에 직접 말해주는 게 맞는 것 같다.

"몇 번 해봤어요, 나는."

덜 익어서 풋내가 나는 사랑도 해봤고, 짧았지만 온 마음을 다했던 사랑도 해봤고, 푹 빠져서 상대의 진짜 얼굴이 무엇인지 모를 정도로 정신 못 차리는 사랑도 해봤다.

"마지막 사랑이 좀 스펙터클했죠."

다정하게 손을 잡고 밤거리를 거니는 장면이 신문에 실렸고 그 기사로 인해 4년의 비밀연애는 끝이 났다. 인정하고 싶었고 축하받고 싶었다. 열애설에 대한 인정뿐만 아니라 결혼 계획에 대해서도 입을 열 생각이었다. 하지만 기자회견에 대한 공문을 각 신문사와 잡지, 그리고 방송사에 뿌리기 직전, 상상하지도 못했던 기사가 터져 버렸다. 사람들 앞에서 내 여자라고 말하고 싶었던 여자가 다른 남자의 손을 잡고 수줍게 웃으며 결혼 발표를 했다. 단순히 열애가 아닌 결혼이었다. 정신을 차리는 데 하루가 걸렸다. 그러나 그 하루 동안 사랑도, 세상도 모두 등을 돌려 버렸다.

"바보였네요, 윤강현 씨도."

재미있는 얘기를 하듯 그렇게 덤덤히 옛 이야기를 꺼내놓은 강현에게 지안은 말갛게 웃으며 위로의 말을 건넸다.

"순수했던 거죠."

"순수해도 너무 순수했었네요."

놀리는 거였지만 비웃는 건 아니니 괜찮았다. 가식적인 위로보다 차라리 이렇게 웃어주는 게 나았다.

"제주도보다 서울에서 더 오래 살았는데 왜 여기가 더 낯선 걸까요?"

강현의 말끝에서 제주도에 대한 아련함이 묻어났다.

"거기가 더 편했나 보죠."

지안의 말이 정답이었다.

"그럼 나는 왜 서지안 씨한테 내 순수했던 사랑에 대해 주절주절 떠드는 걸까요?"

살던 곳으로 되돌아왔지만 편하지가 않다. 단 하루 만에 쉴 곳을 찾게 되고, 기댈 누군가를 두리번거리게 된다.

"내가 편해요?"

젓가락에 묻은 양념장을 지안은 입에 넣고 쪼옥 빨면서 눈을 굴렸다.

"편하고 좋아요, 서지안 씨가."

"내가 왜 좋아요?"

좋아한다는 말에 가슴이 뛰어 덥석 마음을 열어줬고 그래서 상처를 입었다. 그런데 또 좋아한다는 말에 주책없이 가슴이 뛰려고 한다.

"싫은 건 이유가 있겠지만 좋은 건 이유 같은 거 없는 게 아닐까요? 그래도 굳이 이유를 대라고 한다면, 예뻐서 좋고, 편해서 좋고, 쉽지 않아서 좋고, 만만하지 않아서 좋고, 유일하게 내 앞에 있는 여자라 좋아요."

"이유 같은 거 없다더니 무지 많네요."

이럴 때는 얼굴을 붉히면서 부끄러워해야 하는데, 분명 부끄러운 건 맞는데 오히려 눈이 더 초롱초롱해진다.

"예쁜 것도, 편한 것도, 쉽지 않은 것도 그게 다 서지안 씨라서 좋은 거예요."

고백을 하자 마음먹고 온 건 아니었다. 지안의 집을 찾아올 때까지만 해도 서지안이 여자로 참 좋다, 라는 생각은 하지도 않았었다. 그런데 지안이 배우예요, 라고 물을 때 가슴이 철렁했다. 그리고 싫으냐고 물었을 때 싫지 않다고 대답해 주길 바랐다. 새로운 시작을 할 수 있다면, 그게 지금이라면 서지안이란 여자와 하고 싶어서.

"상당히 급작스러운 거 알죠?"

"급작스럽긴 하지만 어느 정도 예상은 하고 있었던 거 아니었어요?"

사랑까지는 아니더라도 호감이 있지 않았다면 어떤 남자가 손님으로 온 여자와 장을 보고 밥을 해먹고 같이 산책을 하고 했을까.

"나 서지안 씨한테 다가가는 중인 거, 몰랐어요?"

전혀 몰랐다는 듯한 표정으로 지안이 고개를 저었다.

"눈치가 없는 거예요, 나한테 마음이 없는 거예요?"

"눈치가 없는 거라고 하죠."

"그럼 마음은 있는 거예요?"

지안은 너덜너덜해진 마음에 다른 사람을 들여놓을 수 있는 건지에 대해, 그래도 되는 건지에 대해 진지하게 생각해 본 적이 없었다. 그것보다는 이를 악물고 마음을 비워내는 게 시급했다. 하지만 대놓고 마음이 없는 거냐고 묻는 강현을 보자 속에서 누군가가 고개를 절레절레 흔들어댔다.

"있기는 한 것 같아요. 그런데 이런 내가 정상인 걸까요?"

"나 같은 남자한테 마음이 없다는 게 비정상이에요."

입술을 가지런히 모으고 지안이 슬쩍 웃었다.

"말 나온 김에 연애할래요?"

"마음이 있긴 한 것 같다고 했지 그게 사랑이라고는 안 했는데요."

성급하고 짓궂지만 강현의 눈빛에 지안은 설레었다.

"사랑한 다음에 연애하는 사람도 있어요? 연애를 하다 사랑을 하는 거죠."

"사랑하는 감정을 느끼기 시작해야 연애를 시작하는 거 아니에요?"

연애는 젬병이라 아는 게 없지만 지안이 생각하는 연애의 이론은 그랬다. 실패에 대한 두려움으로 사랑에 겁을 내는 건 아니지만 신중해지고는 싶었다.

"그래서 거절이에요?"

"보류예요."

스윽, 입술 끝을 올리는 강현을 보고 지안도 따라 웃었다.

발 빠른 진원 덕에 강현은 서울에 올라온 지 며칠 만에 새 집도 구하고 마음에 드는 시나리오까지 찾았다. 하지만 아직 계약을 하기 전이라 여유를 갖고 들어오는 시나리오들을 훑어보고 있었다. 그리고 소문이 빠른 곳이라 슬슬 특종을 잡기 위해 진원의 회사로 문의 전화를 해오거나 회사 근처를 서성이는 기자들이 늘기 시작했다. 강현이 오랜만에 소속사에 모습을 드러냈다는 것도 특종이기는 했지만 다들 그보다 좀 더 확실한 걸 원하는 듯싶었다. 그래도 인터넷이나 신문상에는 배우 강현에 대한 기사가 심심치 않게 올라오고 있는 중이었다.

"네 형수가 저녁에 와서 밥 먹으란다."

"다음에."

"찍는 것도 없으면서 무슨 사무가 그렇게 바빠?"

하루에 한 번씩 사무실에 나오기는 했지만 얼굴만 쓱 보이고 시나리오를 챙겨서 곧바로 돌아가기 일쑤였다. 같이 술 한잔을 하지도 못했고 밥 한 끼 먹지도 못했다.

"그러게, 좀 바쁘네."

"어디 살림 차렸냐?"

새로 들어온 시나리오를 들춰 보던 강현이 픽, 웃음을 터트렸다.

"소속사 대표라는 사람 입에서 나온 말치고는 심히 위험한 거 아닌가?"

"위험한 거 알면 컴백할 때까지 몸 좀 사려."

"예능은 안 한다."

"언제는 했냐?"

"영화에 대한 거 아니면 인터뷰도 사절."

"그래, 간만에 신비주의 한번 해보지 뭐."

진원은 이미 곳곳에서 들어오는 인터뷰 요청을 제 선에서 거절하고 있는 중이었다. 자칫 영화보다 배우 강현이 4년 만에 컴백을 한다는 사실에 더 많은 관심이 쏠릴까 봐 강현은 일체 인터뷰를 하지 않겠다고 진즉부터 말해왔다.

"소개는 시켜줄 거지?"

"뭘?"

"뭘이 아니라 누구겠지."

강현이 시나리오에서 시선을 떼 진원에게로 넘겼다.

"표정 보니까 진짜 누가 있기는 한가 보네."

"늙더니 말이 많아지셨네요, 고진원 사장님."

"나한테까지 숨기겠다고?"

섭섭함을 토로하며 진원이 상체를 바짝 세웠다.

"다치게 하기 싫어."

휙휙, 시나리오를 대충 넘겨보던 강현이 좀 더 적극적인 자세로 읽기 시작했다. 잔잔한 사랑 이야기지만 흡입력이 좋아 괜찮은 작품이 될 것 같아 마음이 흔들렸다.

"다치게 하기 싫으면 잘 숨겨."

진원의 말에 강현이 다시금 눈을 들었다.

"갑자기 미안해지네."

"뭐가?"

"숨기는 것보다는 자랑하고 싶은 사람이거든. 아직 뭘 시작한 것도 아닌데 숨기라는 말을 들으니까 괜히 미안하네."

"그럼 빨리 자랑할 수 있게 만들던지."

"그래도 되겠어?"

"타격이 아주 없지는 않겠지만 너 옛날만큼 여자들한테 안 먹혀."

"독설이 느셨네."

"누가 속 썩여서 입이 좀 더러워졌거든."

그래도 웃으면서 얼굴을 보고 얘기할 수 있어서 진원은 좋기만 했다. 이제 다 털어내고 말짱해진 것 같아서 그것도 더없이 좋았다.

족발을 사왔던 강현은 다음날 보쌈을 사왔고 그다음 날은 치신과 생맥주를 포장해 왔다. 메뉴는 매일 바뀌었지만 장소는 한결같이 돌계단 위였다.

"혹시 나 살찌워서 어디 섬에 팔아넘길 작정이에요?"

치킨에 이어 오늘은 생크림 케이크였다.

"찌긴 쪄요?"

일부러 살을 찌우려고 먹을 걸 사 들고 오는 건 아니지만 그래도 지안이 조금이라도 살이 붙으면 더 예쁠 것 같기는 하다.

"발가락이 쪘어요."

강현의 눈이 금세 지안의 발쪽으로 내려갔다. 지안은 신발을 신었음에도 본능적으로 발을 뒤로 뺐다. 엉뚱한 지안의 모습에 강현이 눈웃음을 지었다.

"근데 초는 왜요?"

상자에서 케이크를 꺼낸 강현은 초 하나를 꽂았다.

"지안 씨한테 축하받으려고요."

"생일이에요?"

"검색 안 했어요?"

"무슨 검색이요?"

"나에 대해서."

감히 배우 강현에 대해 검색도 안 해봤느냐, 뭐 그런 질책하는 눈빛이었다. 지안은 코를 찡긋했다.

"인터넷에 치면 내 생일 나오니까 알아둬요."

"말해주기 쑥스러워요?"

하얀 생크림 케이크 위에 꼿꼿하게 선 초가 환하게 불을 밝혔다. 바람은 시리고 세상은 어두웠지만 둘이 있는 공간만큼은 따뜻하고 밝았다.

"나는 그냥 윤강현 씨에 대해서만 알아갈래요."

강현이 배우라는 사실을 단번에 꿀꺽, 소화시킨 건 아니었다. 인터넷으로 강현의 이름을 치고 이름 옆에 따라붙는 여러 개의 수식어와 단어들을 보면서 심란했고 이질감이 들어 마음이 들썩였다. 그가 말한 스펙터클했던 사랑의 주인공이 누구였는지도 대충 짐작하게 됐다. 하지만 그게 걸림돌이 되지는 않았다. 그저 혼란스러웠을 뿐이었다. 하루가 지나고, 이틀이 지나자 혼란스러웠던 것들이 잠잠해지기 시작했고 배우 강현은 그저 제주도 [숨] 펜션의 사장 윤강현으로만 보였다.

"배우 강현은 관심 없어요."

"11월 10일이에요, 내 생일."

생일을 알려주고, 기쁜 일이 있으면 제일 먼저 알려주고 싶고, 다치지 않았으면 좋겠고, 맛있는 걸 먹이고 싶고, 같이 있는 시간이 마냥 좋기만 하고. 이렇게 좋아하다 보면 어느 순간 사랑도 시작하겠지. 어쩌면 벌써 시작됐는지도 모르겠다.

"그럼 오늘은 아니네요?"

"영화하기로 했어요."

불을 밝히고 있는 초를 지그시 바라보고 있던 지안이 고개를 들었다. 지안의 얼굴 위에서 그림자가 춤을 췄다.

"헷갈리겠다."

"뭐가요!"

"영화를 하기로 한 사람은 배우 강현이잖아요. 아예 관심을 끌 수는 없겠어요."

"배우 강현도 나고 서지안 씨가 아는 펜션 사장도 나니까 그냥 편하게 생각해요."

"내가 생각하는 것보다 훨씬 대단한 사람인 거죠?"

"인기가 많은 걸 대단하다고 하면, 뭐 조금 대단한 사람이긴 하겠네요."

"연예계는 겸손 같은 건 안 키우나 봐요."

강현이 한쪽 어깨를 올렸다 내리며 으스댔다. 둘이 이런저런 얘기를 하는 사이 기다랗던 초는 이미 반이나 녹아 없어졌다.

"얼른 이것부터 끕시다."

"축하해요."

싱긋, 웃어주는 지안을 보며 강현이 후, 촛불을 껐다. 데뷔를 하는 것도 아닌데 케이크에 촛불을 끄고 축하까지 해보기는 처음이었다.

"아까부터 어두웠는데 촛불이 꺼지니까 더 어두워진 것 같지 않아요?"

"그런가?"

"잠깐만 기다려요."

지안은 일어나더니 계단을 뛰어 올라갔다. 그리고 한참 후, 무언가를 한 아름 끌어안고 나타났다.

"그게 뭐예요?"

"우리 엄마 취미 생활이요."

거실, 주방, 침실, 그리고 욕실까지 지선은 향초를 곳곳에 놔뒀다. 덕분에 불을 켜지 않아도 은은한 향기가 집 안 전체에 고루 퍼져 있었다.

"줘봐요."

적당한 간격을 두고 사방에 향초를 놓는 지안에게 강현이 손을 내밀었다. 지안은 품고 있던 향초를 강현에게 건넸다. 둘이 앉아 있는 곳 주변으로 강현은 향초를 내려놨다. 둥근 원이 그려지고 강현은 초마다 불을 붙였다. 어둠이 내려앉았던 세상이 밝은 빛으로 물들었다. 형광등 불빛보다 밝지만 햇살만큼이나 따뜻한 불빛이었다.

"이래서 좋아하나 보네요."

촛불만으로 분위기가 완전히 달라졌다. 차가운 돌계단에 온기가 도는 듯했다.

"서지안 씨 어머니는 소녀 같으신가 봐요."

불현듯 강현이 지선을 알 수도 있겠다는 생각이 들었다. 지금도 간혹 인터뷰를 요청해 오는 곳이 있고 같이 있으면 알아보며 다가오는 사람들도 있었다. 전해 들은 게 다지만 상당한 인기가 있었던 배우라고 했다.

"소녀스럽지는 않아요."

굳이 지선의 얘기를 꺼내고 싶지 않아졌다. 불륜은 아니었지만 나이 차이가 많이 나는 지선과 아버지 서도명이 결혼을 한다고 했을 때 다들 좋지 않은 시선을 보냈다고 했다. 그리고 지금도 지선이 본처를 밀어내고 힌ᄀ인 ᄉᆔ비달 ᄈᆑ한 거러고 숬ᄉ세비ᄂ 사념들이 있었다. 예전에 지선과 같이 백화점에 갔다가 지안은 화장실에서 중년 여자들이 떠드는 말을 듣고 낯이 뜨거워졌던 적이 있었다.

"근데 영화 시작하면 이제 바빠지겠네요?"

지안은 강현이 준비해 온 나무젓가락으로 케이크 한 귀퉁이를 잘라 입으로 가져갔다. 오랜만에 먹어보는 케이크는 씹기도 전에 입안에서 사르르, 녹아내렸다.

"아무래도 지금보다는 그렇겠죠."

지방 촬영도 있을 거고, 그러면 며칠씩 서울에 올라오지 못할 수도 있다. 지금처럼 거의 매일 밤 만나는 건 현실적으로 불가능하다.

"그래도 당장 시작하는 건 아니니까 그전에 실컷 놉시다."

"매일 밤 이렇게 먹으면서?"

살찐다고 투덜거리면서도 지안은 쉴 새 없이 케이크를 입으로 가져갔다.

"좀 묻히고 먹어요."

선뜻 이해되지 않는 말에 지안이 응? 하고 되물었다. 그러자 강현은 손가락으로 생크림을 묻혀 지안의 코에 콕, 찍었다.

"뭐 하는 거예요?"

"드라마 같은 거 안 보는 건 알겠는데 그래도 이럴 때는 입술이나 그 근처에 묻히고 먹는 거예요."

"더럽게."

지안은 얼른 손으로 코에 묻은 생크림을 닦아냈다.

"다음엔 내가 닦아줄 테니까 입술 근처에 묻혀요."

강현이 웃으면서 케이크를 입에 넣었다.

"따라 하는 게 자존심 상하기는 하지만 그렇게라도 합시다."

"뭘 해요?"

"입맞춤."

강현의 입술 끝에 걸린 야릇함에 까칠한 지안도 어쩔 수 없이 얼굴을 붉히고 말았다. 하지만 다행히도 노랗게 흔들리는 불빛 덕분에 강현에게 들키지는 않았다.

"혼자 막 앞서 가고 있는 거 알죠?"

"우리 지금 연애하고 있는 거 아니었어요?"

"아닌데요."

새치름하게 시선을 내리고 엄한 케이크만 젓가락으로 찔러대는 지안에게 강현은 장난스럽게 계속 물었다.

"그럼 우리가 하고 있는 게 뭔데요?"

"노는 거잖아요."

"누가 그래요, 우리가 노는 거라고?"

"윤강현 씨가 그랬잖아요, 놀자고."

도도하게만 들리던 지안의 목소리가 설핏 흔들렸다.

"나는 그냥 놀기만 한 거 아니었는데?"

"우리 그동안 그냥 놀기만 한 거 맞거든요?"

강현의 얼굴이 불쑥, 지안의 코앞까지 다가왔다.

"유혹했어요, 나는 서지안 씨를."

뺨에 닿던 자가운 바람이 순식간에 후끈하게 날아올랐나. 지안은 차마 눈길을 돌리지 못하고 떨리는 마음으로 강현의 시선을 받아냈다.

다시는 안 올 것 같았던 지선이 며칠 만에 지안의 집을 찾았다. 이번엔 혼자가 아니라 이안과 함께였다. 그래도 이안과 같이 있을 때는 지선이나 지안은 사납게 날을 세우고 서로를 할퀴지 않았다. 그저 약간 다정하지 않고 아주 약간 성격 차이를 빚는 모녀일 뿐이었다.

"엄마는 임신한 딸 데리고 쇼핑이 가고 싶어?"

지안은 세상에서 제일 하기 싫은 게 쇼핑이었다. 그것도 지선과 하는.

"적당히 움직여야 건강한 아이를 낳는 거야. 내가 엄마한테 가자고 조른 거니까 괜히 심통 부리지 마."

가족 모두가 큰일을 겪었지만 아직 한자리에 모여 서로를 안아 줄 시간을 갖지 못했다. 당사자인 지안이 가장 아프겠지만 지켜보기만 할 뿐 아무것도 해줄 게 없었던 식구들도 힘들기는 마찬가지였다. 지선은 지선대로 지인들을 상대로 일을 수습해야 했고, 나머지 식구들은 저마다 지안이 더는 다치지 않게 보호하며 마음고생을 했다. 다 같이 모여 밥이라도 먹으며 훌훌 털어버리자고 하면 좋겠지만 그러기엔 시간이 애매하게 흘렀고 낫고 있는 지안을 들쑤시는 것 같아 그다지 바람직한 일은 아니었다. 전처럼 싸우더라도 자주 얼굴을 보고 같이 시간을 보내다 보면 정말 아프기 전의 시간으로 돌아갈 수 있지 않을까 싶어 이안은 내내 마음을 쓰고 있었다. 사실 얼마 전에 봤던 강현에 대해 묻고 싶은 게 한두 가지가 아니어서 지안과 점심이라도 할까 했었지만 먼저 말을 해주기 전까지 기다리는 게 맞을 것 같아 꾹 참는 중이기도 했다.

"뭐 살 건데?"

하늘색의 보드라운 감촉이 좋은 코트를 꺼내 입은 지안은 잡히는 대로 아무 가방이나 손에 들었다.

"안목하고는."

화가 풀리지 않은 얼굴로 소파에 앉아 차를 마시고 있던 지선이 드레스 룸에서 나오는 지안을 보고는 끌끌 혀를 찼다.

"오른쪽 위에서 세 번째 칸에 있는 검은 가방으로 바꿔 들고 나와."

코트 단추를 여미던 지안이 귀찮다는 듯 코끝을 찡긋거렸다.

"오른쪽 뭐라고요?"

출발도 하기 전에 전쟁이 터질까 봐 이안이 얼른 두 사람 사이에 끼어들었다.

"위에서 세 번째 칸에 있는 검은 가방."

지선은 지안을 쳐다보지도 않고 우아한 손짓으로 찻잔을 테이블에 내려놓았다. 이안은 환하게 웃으며 지안이 들고 있는 가방을 낚아채듯 뺏어 들고 드레스 룸으로 들어갔다.

"엄마도 참 피곤하게 사시네요."

"너만큼이야 하겠니?"

그래도 이불 뒤집어쓰고 누워 꼼짝도 안 하는 바보짓까지는 하지 않이 다행이다. 그렇게 더 상식이고, 그렇게 더 똑땀을 부리고, 조금만 더 애교스러우면 얼마나 좋을까.

"엄마, 이거 맞지?"

지선은 옆에 있는 핸드백을 들고는 역시나 우아하게 다리를 펴고 일어났다. 이안은 안도의 숨을 내쉬며 들고 나온 가방을 지안의 손에 쥐어주며 신호라도 보내듯 눈을 찡긋했다.

"아케이드에 연락해서 사람 부르는 거 좋아하면서 굳이 싫다는 사람 데리고 쇼핑 가는 저의가 뭐야?"

먼저 현관문을 열고 나간 지선의 뒤에서 지안은 중얼중얼 볼멘소리를 해댔다. 이안은 그런 동생의 옆구리를 손으로 쿡, 찌르며 평화를 부탁했다.

"진짜 쇼핑해도 돼?"

"일하는 것도 아닌데 뭐."

"난 진짜 쇼핑은 취미 없어."

"나도 그랬어. 근데 나이가 들어서 그런지 슬슬 재미있어지려고 해."

"난 미리 사양할게, 하고 싶으면 형부랑 해."

쿡쿡, 웃으면서 이안이 지안의 팔짱을 꼈다. 정원을 지나 대문 밖으로 나오자 지선은 이미 차에 타고 있었다. 이안이 뒷자리 문을 열고 지안에게 타라는 눈짓을 했지만 지안은 앞자리 조수석에 날름 올라탔다.

평일 낮 시간인데도 백화점을 찾은 여자들은 꽤나 많았다. 하나씩 쇼핑백들을 손에 들고 여자들은 무리를 지어 다니며 뭐 좋은 게 없나 이리저리 찾아 돌아다녔다. 깔깔깔, 웃는 소리에 주변에까지 다 들릴 정도로 시끄럽게 떠들어대는 수다에 지안은 벌써부터 머리가 아파왔다.

"어디 가는 거야?"

지선은 백화점에 오면 늘 가는 VIP 라운지가 있는 곳이 아닌 다른 곳을 향했다. 백화점을 좋아하지만 지선은 사람들과 섞여 쇼핑하는 건 별로 즐기지 않았다. 매번 VIP 라운지에서 차를 마시며 매니저가 매장에 들어온 신상품들을 가지고 오기를 기다렸다. 아니면 호텔 아케이드 매장에 연락해 백화점에 입점돼 있지 않은 명품 브랜드의 신상품을 집으로 가져오도록 했다. 쇼핑을 좋아하는 지선이지만 물건을 사는 걸 좋아하지 사기 위해 발품을 팔며 여기저기를 돌아다니는 건 질색했다. 품위 있는 척 앉아 사람을 부리는 게 마치 돈 자랑하는 졸부처럼 보여 지안은 지선과 백화점에 오는 걸 꺼렸다. 별것도 아닌 그깟 돈 좀 있다고 세상을 밟고 서 있는 것처럼 으스대는 게 부끄러웠고 가끔은 그 무리에 섞여 있다는 게 무리 밖에 있는 사람들에게 미안하기도 했다.

"너는 이모가 돼서 곧 태어날 조카를 위해 양말 한 짝도 안 사주니?"

지선은 시선도 주지 않으며 지안에게 싸늘하게 말했다.

"그래서 아기 용품 사러 가는 거라고?"

이안이 싱긋 웃으며 고개를 끄덕였다.

"언제는 할머니 되는 거 싫다더니?"

얼마 전까지도 늙는 게 싫다면서 이안의 생신을 만나기 싫은 듯한 지선이었다. 그런데 아직 배도 안 불렀는데 아기 용품을 사겠다고 백화점을 찾은 지선이 지안은 웃기면서도 살짝 귀여웠다.

세 사람만 타고 있던 엘리베이터 문이 열리고 두 명의 여자가 호들갑스럽게 떠들며 엘리베이터에 올랐다. 지안은 혹시 여자들과 부딪칠까 싶어 슬쩍 이안을 옆으로 밀었고 지선은 슬그머니 딸들 뒤로 빠졌다. 금세 엘리베이터 안은 두 여자의 수다로 시끄러워졌다.

"이혼하는 거 아니었어?"

"재벌가에서 이혼을 그렇게 쉽게 하겠어?"

국가 기밀을 얘기하듯 둘이 얼굴을 바짝 붙이고 소곤거렸지만 목소리가 작지는 않았다.

"그래도 할 것 같았는데."

"모르지, 잘 지내는 척하다 어느 날 갈라설지도."

"만약에 이혼하면 다시 강현한테 가는 거 아니야?"

강현? 흔한 이름인가 보다 하며 지안은 대수롭지 않게 생각했다.

"강현이 미쳤냐, 자기 버리고 재벌집으로 시집간 여자를 다시 받아주게?"

"못 잊었으니까 영화도 안 찍고 지금까지 숨어서 지내는 거 아니야? 원래 여자보다 남자들 순정이 더 지랄 같은 거야."

"하긴 그럴 수도 있겠다. 오늘 보니까 유주은 예쁘기는 진짜 예쁘다. 남자들이 아주 환장하게 생겼어."

엘리베이터가 멈추고 여자들은 깔깔깔, 경박스러운 웃음을 남기며 사라졌다.

"천박하기는."

뒤쪽에서 사람들의 시선을 피해 서 있던 지선이 못마땅하다는 얼굴로 방금 엘리베이터에서 내린 여자들을 향해 표독스럽게 말했다. 검은 선글라스를 쓰고 있어 지선의 눈빛이 보이지는 않았지만 분명 여자들에게 경멸 어린 시선을 보냈으리라.

"뭘 천박하기까지."

이안은 지안의 눈치를 살피며 부드러운 어조로 말했다. 방금 엘리베이터에서 내린 여자들이 말한 강현이 지안과 어떤 관계인지 모르는 상태에서 섣불리 다른 말을 하기는 어려웠다. 하지만 지안의 굳어진 표정으로 단순히 그냥 아는 사이는 아니지 않을까, 이안은 조심스럽게 넘겨짚었다.

아기용품을 파는 층에 내리자 지선은 선글라스까지 벗고 쇼핑에 열중했다. 들떠 보이기도 하고 신나 보이기도 하는 모습에서 그녀가 말과는 달리 이안의 아이를 얼마나 기다리는지 엿볼 수 있었다.

"안 어울리기는 하지만 보기는 좋네."

하얀 레이스가 달린 원피스를 손에 들고 이리저리 살펴보면서 지안이 흘리듯 말했다.

"잘 어울리는데 뭐."

이안은 오늘의 외출이 퍽이나 마음에 드는지 연신 웃는 얼굴이었다.

"언니 닮은 아이 나오면 좋겠다."

마음이 곱고 따뜻하고 꼬인 구석이 없는 이안의 성격이 지안은 늘 부러웠다. 엄마의 억지에도 싫다는 소리 못하고 고개를 끄덕일 때면 답답하고 안타까운 마음에 버럭 소리를 지르기는 했지만 정작 이안은 평온하기만 했었다. 그래도 이안이 있었기에 부딪치고 싸워도 아직까지 가족이란 울타리 안에 모두들 발을 들여놓고 있는 게 아닐까 싶다. 그리고 이젠 규안의 처인 은수까지 합세해 어떻게든 진짜 가족으로 거듭나게 하기 위해 안간힘을 쓰기도 했다.

"너 닮아야 예쁘지."

"나 닮아서 성질 더러우면 어쩌려고 그런 소리를 해?"

"맞다, 깜박했다."

이안이 능청스럽게 손으로 입을 가리며 지안을 놀렸다.

"조심해, 내가 밤마다 나 닮으라고 하늘에 대고 빌지도 몰라."

지안의 악의 없는 농담에 이안이 놀란 척을 했다. 둘의 다정한 모습을 힐끔거리며 지선도 티 나지 않게 슬쩍 입술 끝을 올렸다 내렸다.

"좀 전에 본 것까지 전부 포장해 줘요."

물건을 계산하는 유리 진열대 위에 지선이 골라놓은 것들이 그야말로 수북하게 쌓여 있었다. 절반만 사도 된다고 지선을 말리고 싶었지만 이안은 입을 꾹 다물었다. 옆에 있는 지안은 고개를 절레절레 흔들며 지선을 경이로운 시선으로 쳐다봤다.

"우리 엄마지만 진짜 못 말리겠다."

"말리지 마, 지금 엄마 기분 좋아."

오늘처럼 해가 반짝 뜬 것처럼 지선의 기분이 화창한 것도 오랜만이다. 이럴 때는 가만히 지선이 하자는 대로 따르는 게 평화를 유지하는 방법이었다.

"라운지에 올려다 놔줘요."

지선은 손에 들고 있던 선글라스를 다시 썼다. 매장 점원은 상냥하게 웃으며 네, 라고 대답하고는 다른 직원에게 손짓을 했다.

"가자."

꼿꼿하게 고개를 들고 지선이 매장을 나갔다. 지안과 이안은 점원들에게 예의를 차려 인사를 하고 지선을 따랐다.

"올라가서 차 한잔하자."

그러겠다고 대답을 하지도 않았는데 지선은 이미 VIP 라운지를 향해 걷고 있었다.

"차는 집에 가서 마시지?"

잠자코 있던 지안이 피곤하다는 투로 말했다.

"벌써 가자고?"

"더 사려고요?"

선글라스 너머로 지선의 어이없다는 듯한 눈빛이 지안을 향했다.

"엄마는 언니가 애를 다섯은 임신한 줄 아는 거 아니야?"

"뭐?"

황금색의 엘리베이터 문이 세 여자 앞에서 활짝 열렸다. 셋은 자연스럽게 같은 발을 내딛으며 엘리베이터에 올랐다.

"너무 과하게 산다고 오늘 태어나기도 않은 이끼를 위해 남바가 얼마나 쓴 줄 알아?"

"네 돈 쓰는 것도 아닌데 잔소리는."

"엄마는 그게 문제야, 뭐든 돈으로만 하려는 거."

지안의 입바른 소리에 지선이 매섭게 고개를 돌렸다.

"너는 그게 문제야."

"내가 뭐?"

"미운 짓만 골라서 한다는 거."

그래도 날아온 말은 그다지 매섭지 않았다. 그러고 보니 오늘 어쩐지 기가 한풀은 꺾인 것 같은 지선이다.

엘리베이터 문이 열리고 지선이 먼저 내렸다.

"나는 화장실 좀 갔다 갈게."

이안은 지선과 라운지로 들어가고 지안은 옆으로 돌아 화장실로 향했다. 커피를 마시거나 잠을 자도 될 만큼 고급스럽고 깨끗한 화장실에 들어서면서 지안은 나직이 한숨부터 내쉬었다. 크게 기분 상한 일도 없고 불편할 일도 없었는데 묘하게 가슴이 갑갑했다. 뭔가 불안한 것 같기도 하고 걱정스러운 것 같기도 한, 가슴이 이상하게 두근거렸다.

"후우."

일부러 길게 심호흡을 하고 지안은 제일 안쪽 화장실 문을 열고 들어갔다. 잠시 후, 누군가 들어왔는지 경쾌한 하이힐 소리가 들렸다.

촤악.

물을 내리고 지안은 문을 열고 나왔다. 늘씬한 뒤태를 자랑하며 어떤 여자가 거울 앞에서 화장을 고치고 있었다. 립스틱을 덧바르는 여자를 지나쳐 지안은 세면대 물을 틀고 손을 닦았다. 뺨에서 느껴지는 시선에 종이 타월로 젖은 손을 닦던 지안은 옆으로 슬쩍 얼굴을 돌렸다. 그리고 거울 속 여자와 눈이 마주쳤다. 진하지 않지만 눈부터 입술, 그리고 피부까지 전부 완벽한 메이크업을 한 여자였다. 메이크업을 하지 않았어도 눈에 띄는 미인이었을 것 같았다. 작지 않은 키에 볼륨감이 느껴지는 날씬한 몸매. 이런 여자를 보고 미인이라고 하는 건가 보다.

'예쁘네.'

여자가 싱긋, 눈인사를 건네왔다. 지안도 고개를 까딱해 인사를 했다. 종이 타월을 쓰레기통에 넣으며 고개를 돌리려는데 여자가 지안에게 말을 걸었다.

"류 여사님 따님이죠?"

지선을 알고 있다는 듯 여자는 여전히 거울 속 제 모습을 들여다보며 느긋하게 말했다.

"아까 엘리베이터에서 같이 내리는 거 봤어요."

지안은 아무런 대답도 하지 않았다.

"전에 연말 자선 파티에서 한번 봤는데, 기억 안 나요?"

시큰둥한 표정으로 입을 다물고 있는 지안에게 여자는 못마땅하다는 투로 물었다.

"네, 기억이 안 나네요."

사실 파티에 끌려갔던 거 기억나지만 그곳에서 뭘 먹고, 뭘 했으며, 누구를 만났는지 따위는 전혀 기억에 없는 지안이었다.

"그때도 그러더니 진짜 나를 모르나 보네?"

혼잣말을 하듯 은근슬쩍 말끝을 잘라먹는 여자가 지안은 짜증스럽기만 했다. 지안은 미련 없이 뒤돌아서서 화장실을 나왔다. 밖으로 나온 지안은 곧장 지선과 이안이 기다리고 있는 라운지로 걸어갔다.

"지안아."

이안이 살며시 손을 들어 지안을 불렀다. 라운지에는 비교적 사람이 많지 않았다. 그나마 아는 척을 해야 할 사람이 없어 덜 피곤할 것 같았다.

지안이 소파에 앉자 정숙하게 유니폼을 입은 직원이 다가왔다.

"뭐 마실래?"

이안이 먼저 지안에게 물었다.

"그냥 차가운 물 한 잔만 주세요."

"네, 알겠습니다."

예쁜 미소를 지으며 직원이 고개까지 숙여 인사를 했다. 지안은 이런 게 불편했다. 아무것도 아닌 자신이 부모 잘 만나 뭔가 대단한 사람인 것 같은 대우를 받는 게 거북스럽고 낯간지러웠다.

"어?"

갑자기 이안이 입구 쪽을 보더니 눈을 크게 떴다.

"왜?"

"아니, 아니야."

지안이 이안의 시선이 향해 있는 곳으로 고개를 돌리려고 하자 이안은 황급히 손을 내저었다.

"뭔데?"

고집스럽게 지안이 고개를 돌렸다. 그리고 아까 화장실에서 본 여자와 다시금 눈이 마주쳤다. 명품 백을 손에 든 여자가 이안과 지안이 앉아 있는 곳으로 천천히 걸어왔다.

"안녕하셨어요, 여사님."

가까이 다가온 여자가 지선에게 인사를 했다. 지선은 가만히 입술을 늘려 여자의 인사를 받았다. 연말 파티에서 봤다는 말이 거짓말은 아니었나 보다.

"오랜만에 뵙는 것 같아요."

"그러게, 오랜만에 보네."

어느 정도의 친분이 있는지 지선은 스스럼없이 말을 놨다. 그사이 직원은 지안의 앞에 시원한 물 한 잔을 갖다줬다. 여자의 시선이 지안에게 닿았다 떨어졌다.

"따님들하고 쇼핑도 나오시고, 보기 좋아요."

애교스러운 말투지만 그다지 부담스럽지 않고, 지선의 비위를 맞추려는 듯 계속 웃고 있지만 간사하게 느껴지지 않았다. 사람을 상대할 줄 아는 사람인 것 같다.

"우리 큰애랑은 인사 나눴던 것 같고."

"네. 안녕하세요, 오랜만이에요."

"네, 안녕하세요."

이안과 여자가 웃으며 인사를 주고받았다.

"여기는 우리 작은딸."

인사를 해야 하는 데이밍인 볏 같아 지안은 굳은 멋 모금 마시고 잔을 테이블에 내려놓았다.

"이쪽은 대한그룹 며느리 유주은 씨."

유주은……. 대한그룹 며느리라는 타이틀보다 여자의 이름이 낯설지 않았다. 지안은 기억을 더듬으며 주은에게 정식으로 인사를 했다.

"우린 아까 화장실에서 봤죠?"

지안이 인사한 대로 주은도 고개를 까딱하며 화장실에서 이미 봤던 사이임을 강조하듯 말했다.

"네, 그랬던 것 같네요."

살포시 웃기는 했지만 호의적이거나 자신의 신분에 크게 놀라지 않는 듯한 지안의 태도가 주은은 몹시 거슬렸다. 하지만 괜한 잡음을 만들어서 좋을 게 없다는 걸 알고 속마음과는 다르게 화사하게 웃었다.

"주은 씨는 혼자 나왔나 봐?"

"네, 그이랑 같이 오고 싶은데 워낙 바쁜 사람이라서요. 근데 그냥 이름 부르세요. 모르는 사이도 아니고 저한테는 하늘 같은 선배님이신데 주은 씨라고 하니까 괜히 민망하네요."

은퇴를 했지만 여전히 대중의 관심을 받고 있는 지선이었다. 미모도 그대로였고 서 회장이 재혼이기는 해도 여전히 탈 없이 잘살고 있는 지선이 주은은 부러웠다. 돈과 명예까지 두루 갖춘 집안에 시집가 배우일 때보다 더 화려하게 살고 있는 지선이 한때는 주은의 롤 모델이기도 했다.

"그 바닥 떠난 지가 언젠데 선배는 무슨."

순간 지안의 눈빛이 깜박, 불을 밝혔다.

"언제 시간 한번 내주세요, 제가 식사 대접할게요."

주은의 말에 지선은 대답 없이 짧은 미소만 지었다 말았다.

"그럼."

가볍게 인사를 하고 주은이 돌아섰다. 그러다 이내 생각난 게 있는 듯 다시 몸을 돌렸다.

"참, 깜박했네요. 얼마 전에 결혼하셨죠?"

순간 지선을 비롯해 지안과 이안의 얼굴까지 굳어졌다.

"초대를 해주셨더라면 직접 가서 축하를 했을 텐데. 늦었지만 결혼 축하해요."

지안은 금세 침착함을 되찾고 주은의 축하에 간단히 고개를 끄덕였다.

"다음에 또 봐요."

주은은 지안과 이안에게 차례로 인사를 하고 라운지 내에 있는 룸으로 들어갔다. 지선은 태연한 척 핸드백에서 핸드폰을 꺼냈고 이안은 지안에게 너그러이 웃어줬다. 그러다 얼마 후.

"괜찮지?"

이안이 어색한 표정으로 지안을 응시하며 작게 속삭여 물었다.

"뭐가?"

"아니, 기분 괜찮으냐고."

집 앞에 있던 강현을 한눈에 알아봤던 이안이었다. 그러니 방금 얘기를 나눈 유주우이란 여자가 누구인지 이안이 모를 리가 없었다. 자신만 모르는 것 같은 강현의 과거가 지안은 신경 쓰이지 않았다. 신경을 쓸 필요도 없다고 여겼다. 하지만 강현의 떨리는 유혹을 받은 다음날, 지안은 컴퓨터 앞에 앉아 강현의 이름을 다시한 번 천천히 쳐봤다. 그리고 그 이름 옆에 있던 한 여자의 이름을 보고 움찔했던 게 사실이었다. 처음에 봤을 때보다 이상하게도 강현의 옆에 있는 그 여자의 이름이 더 진해진 것 같은 기분마저 들었다. 그런데 자신을 잠시나마 움찔하게 했던 그 여자를 방금 눈으로 보고 얘기까지 나눴다. 기분이 괜찮지가 않다.

"좋지는 않네."

지안은 어깨를 들썩이며 물 잔으로 손을 뻗었다. 치아에 고춧가루가 낀 것 같은 약간의 불쾌함. 그래, 딱 그 정도의 불쾌함이었다.

오늘도 어김없이 강현은 먹을거리를 사 들고 지안의 집을 찾아왔다. 그래도 오늘은 돌계단이 아닌 정원에 있는 벤치까지 들어오는, 일종의 관계적 발전도 있었다.

"생각보다 속도가 빠르네요."

강현이 사온 세상에서 제일 맛있는 떡볶이를 먹으면서 지안은 얼얼한 입을 손부채질까지 해가며 달랬다.

"무슨 속도요?"

"계단에서 좀 더 머물 줄 알았거든요."

아, 하며 강현이 히죽 웃었다.

"날씨 따뜻해지면 다시 나오죠 뭐."

"추워요?"

"그럼 안 추워요, 한겨울인데?"

상당히 춥다는 듯 강현이 몸을 으스스 떠는 시늉을 했다.

"들어갈래요?"

지안은 젓가락을 내려놓고 진심으로 물었다.

"그런 진심은 들키는 게 아니에요, 서지안 씨."

"어떤 진심이요?"

바람이 지안의 머리카락을 헝클고 사라졌다. 머리카락을 쓸어 넘기려고 하는 지안의 손을 강현이 잡았다. 그러고는 다른 손으로 지안의 머리카락을 귀 뒤로 넘겨줬다. 귀에 닿은 강현의 손길에 지안은 순진한 아이처럼 얼어붙었다.

"또 들켰다."

경직된 얼굴로 지안이 눈을 들었다.

"겨우 이런 걸로 떨면 어떡합니까, 사람 애타게."

그윽하게 바라봐 주는 강현의 눈 속에 샛노란 달빛이 걸려 있었다. 한겨울이지만 추위가 느껴지지 않는 따뜻한 온기에 지안은 배시시 웃어버렸다.

"이런 순간엔 웃는 게 아니라 눈을 감아야 되는 거예요."

제주도에서보다 강현은 달아졌다. 입에 넣기도 전에 녹아 없어질 것 같은 새하얀 솜사탕처럼 눈빛마저도 달기만 하다.

"물든 거예요, 원래 그런 거예요?"

귓불이 빨개진 채로 지안이 물었다.

"너무 달아졌어요."

"내가요?"

강현은 제 가슴팍을 손가락으로 가리키며 못 믿겠다는 표정을 지어 보였다. 지안은 입술을 삐죽 내밀고 강현을 얄밉게 흘겨봤다.

"그런 표정 지으면 여기가 막 간지러운 거 알아요?"

이번엔 강현의 손가락이 심장 근처를 가리켰다. 제주도에서보다 지안은 귀여워졌다. 평온이 깨지면 어쩌나, 상처가 덧나면 어쩌나 걱정했던 게 전부 기우라고 말하는 것처럼 지안은 온화했다. 그리고 많이 귀여워졌다. 혀 짧은 소리를 하며 애교를 부리지도 않고, 날름날름 안기며 사람 애간장을 녹이는 것도 아닌데 너무 귀엽다. 몸을 꼬며 귀여운 척을 하는 다른 여자들보다 입술을 삐죽 내밀며 눈을 흘기는 모습이 사랑스럽기까지 했다.

"그리고 이렇게 하고 싶은 것도 알아요?"

말을 하면서 강현이 스윽, 지안에게로 얼굴을 바짝 들이댔다. 강현의 검은 눈동자만 보이고 강현의 뜨거운 숨결만 느껴지는 심하게 짧은 거리였다. 호흡의 흐름을 놓치면 그대로 강현의 얼굴에 달아오른 숨을 훅 토해낼 것 같아 지안은 입을 꾹 다물고 코로 겨우 숨을 내쉬었다. 하지만 멀어질 생각이 없는지 강현은 입술 끝을 잡아 올리며 짓궂게 지안을 쳐다봤다. 지안은 속으로 하나, 둘, 셋을 세고 강현을 밀어내야겠다고 마음먹었다.

하나, 둘, 셋⋯⋯.

벤치를 짚고 있던 손을 들기도 전에, 강현의 입술이 지안의 입술을 눌러 버렸다. 내쉬던 숨이 다시금 목구멍으로 기어들어 가고 지안은 저도 모르게 눈을 질끈 감아버렸다. 지안의 손에도, 감은 눈에도 바짝 힘이 들어갔다. 감싸 안듯 포개진 입술은 그 이상의 움직임을 보이지 않았다. 굳게 닫힌 입술을 비집고 들어오겠다고 하면 어쩌나 싶었던 지안은 강현의 잠잠함에 슬그머니 실눈을 떴다. 그리고 강현의 까만 눈동자와 틈 없이 마주쳤다.

"넘어온 겁니다, 내 유혹에."

지안의 입술 위에서 강현의 입술이 움직였다. 지안은 입안에 가득 차오른 숨을 살며시 삼키고 강현의 눈을 보며 옅게 웃었다.

7.

「당신이 있는 그곳이 바로, 낙원.
우리가 함께하는 그것이 바로, 낙원.」

춥다던 강현은 아예 벤치에 드러누워 밤하늘을 감상했다. 팔베
개를 하고 누워 하늘을 보는 강현을 따라 지안도 얼굴을 들었다.
바람이 건드리고 간 나뭇잎이 바스락 소리를 낼 뿐 세상은 고요하
기만 했다. [숨]에서 바다를 보며 멈춘 시간 속에 있던 그때처럼
강현과 지안은 지친 마음을 달래며 그렇게 나름의 치유를 하고 있
었다. 애틋한 입맞춤 한 번으로 강현도, 그리고 지안도 서로에게
몇 걸음이나 성큼 다가선 기분이었다.

"혼자 자는 거 무섭지 않아요?"

한참을 밤하늘 구경에 빠져 있던 강현이 지안에게 넌지시 물었
다. 커다란 집에 지안을 혼자 두고 갈 때마다 마음이 서걱거렸다.
저 너른 집에서 혼자 뭘 하며 시간을 보낼까. 밤에 무섭지는 않을

까, 아침에 눈 뜨면서 외롭다는 생각부터 하는 건 아닐까, 이런저런 생각으로 집에 돌아가서도 한동안은 마음이 편치 않았다.

"가끔 바람이 세게 불 때?"

"바람 불면 무서워요?"

"바람이 무서운 게 아니라 창문에 뭔가가 부딪치는 소리가 들리면 누가 두드리는 것 같아서 섬뜩해질 때가 있더라고요."

흐음, 하고 강현이 길게 숨을 내쉬었다.

"걱정돼요?"

"무서우면 언제든지 전화해요, 바로 달려올 테니까."

지안이 무섭다고 울먹이며 전화를 하는 일이 결코 없을 거라는 건 알지만 그래도 그래 주길 바라는 마음이 컸다. 마음이라는 건 생각보다 우스운 놈이었다. 한 번 열리기가 어렵지 미세하게 틈이 벌어지면 활짝 열리는 건 찰나였다. 미처 인지하기도 전에 마음은 멋대로 제 영역을 전부 열어 보이며 상대에게도 마음을 달라 보채고 있다. 지금 강현의 마음이 그랬다. 지안이 좋다, 라고 인정을 하고 나니 브레이크 없이 달리기 시작했다. 대본을 보다가도 어느 순간 핸드폰을 들여다보며 지안은 지금 뭘 하고 있을까 생각하게 되고, 운전을 하다가도 불쑥 지안이 생각났다. 그리고 지안을 보고 있으면 마음은 체면이나 자존심 따위는 저 멀리 집어던지고 마냥 좋아서 헤벌쭉 웃고 있다.

"나 그 사람 봤어요."

강현을 보내놓고 혼자 컴퓨터 앞에 앉아 유주은이란 이름을 검색하는 것보다는, 강현을 보내놓고 혼자 덩그러니 어두운 방 안에 앉아 그의 과거를 멋대로 상상하는 것보다는 솔직해지는 게 나을 것 같다.

"누구요?"

"유주은 씨요."

어느새 입 밖으로 이름을 꺼내놓는 게 어색하지 않을 정도로 그 여자의 이름을 깔끔하게 외워 버렸다.

"어땠어요?"

강현은 당황해서 어쩔 줄 몰라 하지 않았다. 강현이 그러지 않을 거라는 건 짐작하고 또 바라기도 했다.

"예뻤어요?"

자신보다 세 살이나 많은 서른의 여자인데노 노태치ㅂ 묘녈 ㅐ큼 젊었고 활기찼다. 표정이나 몸짓에서 자신감이 그녀의 미모를 더해주는 듯하기도 했다.

"질투했어요?"

잠깐이라도 지안이 그랬으면 싶어진다. 지안이 유주은을 만났다는 사실에는 그다지 관심이 없었다. TV나 잡지를 통해서, 아니면 다른 사람을 통해서 얼마든지 만나거나 유주은이란 여자에 대해 전해 들을 수 있다는 건 진즉부터 알고 있었다. 그것보다는 지안이 흔들리지 않기를, 꼿꼿함 속에서 조금이나마 질투를 해주기를, 밖에서 휘몰아치는 바람은 아랑곳하지 않고 자신만 바라봐 주길 바라고 또 바랐다.

"살짝 불쾌했어요."

"그거 질투죠?"

강현이 누운 채로 지안을 보며 입꼬리를 씰룩거렸다.

"내가 왜 윤강현 씨 유혹에 넘어간 걸까요?"

언제, 어떻게 넘어간 걸까. 제주도에서 처음 본 그때부터 마음이 틈을 보이고 있었던 걸까. 빨간 노을이 파란 바다를 물들이던 것처럼 그렇게 서서히 윤강현이란 남자에게 물이 들고 있었던 걸까. 낙원 같은 제주도를 떠나면서 덥석 마음이 윤강현에게 쏠렸고, 덥석 윤강현의 손을 잡아버렸다. 살던 곳이고, 살아가야 할 곳인데 잠시 머물렀던 제주도보다 낯설고, 두렵고, 숨 막히는 서울에서 어느 순간, 정말 어느 날 갑자기 오롯이 윤강현에게 기대고 싶어졌다. 그리고 기대고 싶어졌구나, 하는 마음을 인정하고 보니 이미 마음은 그에게 기대고 있는 중이었다.

"나 같은 남자가 이렇게 유혹을 하는데 안 넘어오는 게 이상한 거 아니에요?"

강현의 말에 반박을 하지는 않았지만 지안은 새치름하게 눈을 뜨며 입술을 앙다물었다. 귀엽게 토라진 모습에 강현의 입술 사이로 천진한 웃음이 실실 새어 나왔다.

"서지안 씨가 더 예뻐요. 다른 사람 눈에는 어떨지 모르겠지만 내 눈에는 서지안 씨가 훨씬 더 예뻐요."

"언제까지요?"

"나한테 등 돌리지 않는 한 영원히."

배우 강현과 유주은의 스캔들 진실이 과연 무엇인지 정확히 들은 바가 없지만 지안은 그가 받은 상처가 무엇인지 짐작할 수 있었다.

"나는 속이는 짓은 안 해요. 배신 같은 것도 안 해요. 언제까지 윤강현 씨한테 빠져서 허우적거릴지는 모르겠지만 적어도 먼저 등 돌리고 아무렇지 않은 척 상처 주는 비열한 짓은 죽어도 안 해요."

"죽어도?"

"좀 과격했나?"

지안이 멋쩍은 듯 씨익 웃었다. 찰랑이는 지안의 머리카락을 강현이 손끝으로 건드렸다.

"아직도 여기가 아파요?"

시인 눈 의 가슴이 심장을 짚었다.

"전혀."

1초의 망설임도 없이 강현이 단호하게 대답했다.

"그럼 됐어요."

강현은 가만히 지안의 목덜미를 손으로 감쌌다. 천천히 손에 힘을 주며 그녀의 머리를 자신에게 향하도록 내려오게 했다. 까만 밤하늘에 드문드문 박혀 있는 별들이 지안의 눈에도 들어 있는 듯했다. 지안의 보드라운 입술이 강현의 입술 위로 사뿐히 내려왔다. 입술이 포개지고 서로의 숨결이 교차했다.

현새가 출장을 가면서 이안을 지안에게 맡기듯 떠넘기고 갔다. 단 하룻밤이었지만 약속 없이 찾아온 이안을 지안은 부담스러운 눈길로 바라봤다.

"갈까?"

이안이 서운하다는 표정으로 마음에도 없는 소리를 했다.

"갈 수 있겠어?"

지안도 마음에 없는 소리를 하며 공연히 이안을 놀렸다.

"둘이 언제부터 죽고 못 사는 사이가 된 거야?"

지안은 이안의 가방을 거실로 옮기며 키득거렸다. 겨우 부산으로 출장을 간다면서, 그것도 달랑 하루면서 짐을 바리바리 싸온 이안이나 혼자 있을 아내가 걱정된다고 평소 웃는 얼굴 한번 보여주지 않던 무뚝뚝한 형부가 손까지 잡으며 잘 부탁한다는 말을 세 번이나 했다는 게 지안은 재미있고 기가 막혔다. 시작도 별났지만 진행 과정은 더 별난 이안의 부부가 앞으로 어떤 새로운 변화를 또 보여줄지 사뭇 기대가 되기도 했다.

"넌 혼자 지내는 거 무섭지 않아?"

강현이 했던 말을 이안도 했다.

"혼자가 왜 무서워?"

소파에 쿠션을 놓아주며 지안은 이안이 편히 앉도록 신경 썼다.

"혼자니까."

"혼자는 자유로운 거지 무서운 게 아닙니다, 사모님."

지안이 살펴준 자리에 조심스럽게 엉덩이를 붙이고 앉으며 이안은 눈을 동그랗게 떴다.

"그래서 무섭지는 않고 자유롭기만 해?"

"어, 좋아."

"데이트도 마음대로 하고?"

현새가 없는 집에 덩그러니 혼자 있는 것도 싫었지만 그것보다는 지안과 얘기를 하고 싶은 마음이 더 컸던 이안이었다.

"우리 언니 생각보다 참을성 좋네?"

"참느라고 혼났어."

"우유 줄까?"

"어, 따뜻하게."

지안은 주방으로 들어가 냉장고에서 우유를 꺼내 컵에 따랐다. 따뜻하게 데우기 위해 전자레인지를 돌리면서 간단히 먹을 수 있게 과일도 꺼냈다. 와인 한잔이 마시고 싶었지만 이안을 위해 참기로 하고 물을 끓여 녹차를 우려 찻잔에 담아냈다.

"저녁은?"

쟁반을 들고 주방에서 나오는 지안을 보고 이안이 물었다.

"대충 먹었어."

거의 매일 저녁 강현이 사다 나르는 음식을 먹어야 해서 지안은 언제부턴가 저녁은 간단히 우유 한 잔만 마시는 걸로 끝냈다.

"언니는?"

"나는 먹었지."

하얀 우유와 초록의 녹차가 나뭇결이 살아 있는 모던한 테이블 위에 올려졌다. 이안은 우유가 든 유리컵을 두 손으로 들고 호, 불며 한 모금 마셨다. 하지만 눈은 지안에게 못 박혀 있었다.

"좋은 사람이야."

이안의 시선에 지안은 먼저 그렇게 고백 비슷하게 마음을 꺼내 놓았다. 이안은 컵에서 입을 떼고 지안을 똑바로 응시했다. 그리고 물었다.

"진심인 거야?"

얼마 전까지는 헷갈리기도 했었다. 강현의 마음보다 자신의 마음을 읽을 수가 없었다. 겁이 나기도 했고, 다가가고 싶기도 했다. 입을 맞추며 봤던 강현의 눈빛에서, 그 눈빛 안에 담긴 자신의 모습에서 확신이 생겼다. 뒷걸음질보다는 다가가는 게 맞다는 걸, 좋아한다는 걸, 그에게 사랑받고 싶다는 걸 알아버렸다.

"응."

다른 말은 필요치 않았다. 진심인 거냐는 물음에 응, 이란 간결하고 명확한 대답이면 되는 거다.

"그 사람도?"

"응."

상처를 안고 숨어들 듯 찾아간 제주도를 떠나온 사람이다. 손을 잡아줬고, 눈 안에 담아줬다. 장난처럼 말했지만 마음은 진실하다는 걸 눈빛으로, 손짓으로, 그리고 몸짓으로 보여준 사람이다.

"감당할 수 있겠어?"

"뭘?"

"그 사람 배우야. 너는 잘 모르겠지만 유명한 사람이야. 그 사람이 아침으로 뭘 먹었는지, 누구와 먹었는지도 전부 뉴스가 되는 사람이라고."

"그 정도로 유명한 사람이야?"

지안이 잠깐 눈썹을 삐죽하게 세웠다 내렸다.

"네가 그 사람이랑 만난다는 게 알려지면 너에 대한 것까지 전부 알려지는 거라고."

결혼을 했던 것도, 그게 사기였다는 것도. 사람들은 지안을 실오라기 하나 남기지 않고 까발리기 위해 달려들 거고, 멋대로 각색하며 지안의 인생을 헤집을 게 분명했다. 억측이 난무하고 지안의 인생 전체가 사람들에 의해 엉망으로 헝클어질 게 빤했다. 둘의 사랑을 아름답게만 봐줄 사람이 세상엔 그리 많지 않을 거다. 아무리 둘이 굳건히 손을 잡고 서 있어도 사방에서 흔들어대면 흔들릴 거고, 그러면 다리가 휘청하고 쓰러질 수도 있었다. 겨우 마음 추스르고 일어선 지안이 타인에 의해 만신창이가 돼 쓰러지는 걸 이안은 두고 볼 수가 없었다.

"그래서, 지금처럼 살 수 없게 될지도 몰라."

지금처럼 살 수 없게 될지 모른다는 말에 지안은 가슴 한가운데가 아려왔다.

"언니."

"어."

"나는 그 사람이랑 있으면 마음이 편해. 그 사람이랑 있을 때면 세상이 낙원 같아. 그 사람이랑 있으면 내가 점점 착해져."

제주도에서만이 편안하다고 여겼다. [숨]에서만 숨을 쉴 수 있고 [숨]만이 낙원이라고 생각했다. 그러나 강현이 있는 서울은, 강현과 같이 있는 그 순간은 그냥 낙원이었다.

Rrrrrrrrr.

방에 놓아둔 지안의 핸드폰에서 잔잔한 음악 소리가 흘러나왔다. 벨소리를 듣는 순간 지안의 얼굴이 환해졌다.

"잠깐만."

방으로 뛰어가듯 빠르게 걸어가는 지안을 보면서 이안은 참았던 숨을 몰아쉬었다. 사랑에 빠졌다는 걸 의심할 수가 없겠다.

"여보세요."

─5분 있으면 도착해요.

"알았어요."

손님이 있다는 걸 말해야 하나 말아야 하나 지안은 몇 초 동안 고민했다.

"근데 언니가 와 있어요."

─지금?

"불편, 하겠죠?"

─나는 서지안 씨랑 둘이만 있는 게 좋은데.

"둘만 있으면 뭐 하려고요?"

침대 끄트머리에 걸터앉으면서 지안은 배시시 웃었다.

─서지안 씨가 무엇을 상상하든 그 이상.

"나 상상력 좋은데?"

─그래도 무조건 그 이상.

제주도에 있을 때도 넉살이 좋기는 했지만 강현은 날이 갈수록 짓궂고 달아졌다.

"어디쯤 왔어요?"

─대문 앞에 도착. 들어갈까요, 지안 씨가 나올래요?

"내가 나갈게요."

─나 보여주고 싶지 않아요?

"왜요?"

—나 막 자랑하고 싶은 남자 아닌가?

"겸손, 뭐 이런 건 안 키워요?"

—그딴 걸 왜 키워요?

강현의 뻔뻔함에 지안은 고개를 저었다. 그러면서도 지안의 얼굴은 마냥 행복하기만 했다.

—초인종, 누를까요?

"누를 수 있겠어요?"

밖으로 나가기 위해 지안은 침대 위에 미리 내놓은 코트를 집어 들었다. 한 손을 코트에 끼워 넣는데…….

딩동

초인종 소리가 들렸다.

"설마 진짜 눌렀어요?"

뚝.

강현이 전화를 끊었다. 당황한 지안은 일단 코트를 벗었다. 그리고 방을 나가려는 순간 이안이 인터폰에 대고 누구세요, 라고 묻는 말이 들려왔다. 잠깐, 이라고 외치고 싶었지만 이안이 한 발 더 빨랐다.

"정말 배우 강현인 거지?"

이안은 얼떨떨한 표정으로 인터폰과 지안을 번갈아 쳐다봤다. 문이 열렸다.

극장에서만 봤던 배우 강현이 이안 앞에 있었다. 이안은 차분한 표정으로 앉아 있었지만 아까부터 깍지를 낀 채로 부동자세였다.

인사를 나눌 때만 해도 괜찮았는데 너무 가까운 거리에서 얼굴을 보고 있자니 절로 긴장이 됐다. 하지만 정작 강현에게선 여유가 느껴졌다.

"설마 이것도 처음 먹어보는 건 아니죠?"

강현은 매니저를 시켜 왕십리에서 포장을 해온 곱창볶음을 펼쳐 놓았다. 식을까 봐 차에 히터까지 틀어놓고 부지런히 달려왔더니 아직 온기가 남아 있었다.

"처음인데요."

지안은 벌써 젓가락을 입에 물고 호기심 가득한 눈을 하고 있다.

"대체 서지안 씨는 뭘 먹고 산 겁니까?"

"이슬?"

지안의 어울리지 않는 농담에 강현이 치아까지 보이며 웃어 재꼈다. 둘의 모습을 보면서 이안은 가슴이 뭉클해졌다. 진짜 둘만 있는 세상인 것처럼 보였다. 유령이 된 것 같았지만 전혀 기분이 상하지 않았다. 행복해서 어쩔 줄 몰라 하는 지안이, 스타가 아니라 한 여자만 바라보는 사랑에 빠진 평범한 남자의 모습을 하고 있는 강현이 이안을 벅차게 만들었다. 무미건조하게 사랑해, 라고 말하던 몇 달 전과는 확연히 다른 지안이었다. 처음으로 사랑한다는 말을 하던 그때와는 눈빛부터가 달랐다. 사랑을 하는 게 아니라 사랑을 하고 싶었던 거였는지도 모르겠다. 사랑에 빠졌다고 믿고 싶어 자신을 속이고 달래고 세뇌시켰던 건지도 모르겠다. 원래 인간이란 간사함이 뼛속까지 차 있는 종족이라 새로운 걸 손에 쥐고 마음에 담으면 전에 갖고 있던 것들은 전부 가짜였고 거짓이었다고 믿어버리지만, 그래서 이번이 진짜라고 믿어버리지만 어쨌든 이안의 눈에는 지안의 지금이 진짜고 정말 같았다.

"같이 드시죠."

"네? 아, 네."

"임신 중에 이런 거 먹어도 돼?"

"한번 먹어보지 뭐."

"미인들은 이런 거 안 먹는 겁니까?"

강현이 의아하다는 투로 지안에게 물었다. 그러나 표정만큼은 진지하기 그지없다.

"우리 지안이 미인이죠?"

난데없이, 이안이 불쑥 그렇게 물었다. 지안은 얼굴을 붉혔고 강현은 인정한다는 듯 그윽하게 웃으며 말했다.

"제 눈에만 미인인 줄 알았는데 아닌가 보네요."

이안은 매운 곱창볶음을 입에 넣고는 한참을 음미하듯 씹었다. 매운지 차가운 물을 찾았지만 금세 젓가락을 또 들었다.

"지안이가 신비주의예요, 언니인 나한테까지도."

항상 마지막에 와서야 그동안의 일을, 혹은 마음을 한 뭉텅이로 꺼내놓는 아이였다. 기분이 어땠는지, 뭐가 힘들었는지, 뭐가 설레었는지 말해주면 좋은데 지안은 언제나 결론만 얘기했다. 제 딴에는 그래도 언니라고 하지 않을 얘기를 해주는 거겠지만 언니인 이안의 입장에서는 늘 목마르고 궁금했다. 간혹 서운하기도 했다. 자신만큼 지안이 수다스럽지 않은 게 안타깝기도 했었다.

"근데 지안이가 처음으로 얘기해 줬어요."

"무슨 얘기를 하려고 이래?"

지안이 불안한 눈으로 이안을 쳐다봤다. 술에 취한 사람처럼 이안은 지금 취중진담을 할 작정인 듯 보였다.

"지안이랑 뭘 하고 싶으신 건지 물어도 될까요?"

맛있는 부분을 골라 지안의 앞으로 놔주던 강현이 젓가락을 내려놓고 이안을 쳐다봤다.

"뭘 하고 싶은지는 지안 씨와 차차 얘기를 해야 하는 부분이고."

강현이 지안에게로 고개를 돌려 살며시 웃어줬다.

"뭘 하든 서지안 씨랑 하고 싶습니다."

같이 밥을 먹고, 같이 하늘을 보고, 같이 웃고, 같이 울고. 뭘 하든지 지안과 함께라면 다 좋을 것 같았다. 뭔가를 시작하는 것처럼 가슴이 부풀고 흥분됐다. 그리고 그 중심엔 언제나 서지안이 존재했다. 어쩌면 지안이 아니라 자신이 서지안의 유혹에 넘어가 허우적거리고 있는 건지도 모르겠다.

"지안이가 어떤 상처를 갖고 있는지 아세요?"

"네."

"저는 그게 걱정돼요. 강현 씨 때문에 지안이가 갖고 있는 지극히 개인적인 상처가 세상에 드러나고 사람들이 그걸로 지안이한테 또 다른 상처를 줄까 봐 너무 걱정돼요."

이안이 어떤 마음으로 묻는 건지 알기 때문에 지안은 가만히 입을 다물고 있었다. 자신의 실수로 자신뿐만 아니라 가족 모두가 힘들었을 테니 싸가지 없이 나서서 내 일이니 상관하지 말아라, 할 수는 없었다. 이안의 관심이 못마땅하기보다는 고맙고 또 미안했다.

"언니."

하지만 그렇다고 강현의 뒤에 숨어 오돌오돌 떨고만 있을 생각은 없었다. 강현이 손을 내밀어준 게 아니라 같이 손을 맞잡은 거니까.

"상처는 누구나 받는 거야. 받으면 누구나 아픈 거고. 나 때문에 이 사람도 많이 힘들 거야. 그러니까 나만 위로하지 마."

눈는 새 싰이 밀 0 내뺐었지마 지안의 눈빛은 다정했다. 그런 지안을 이안은 복잡한 심경으로 쳐다봤다. 많이 단단해신 것 같이 대견하기도 하고, 상처에 무덤덤해진 게 안쓰럽기도 했다.

"이렇게 예쁜데 어떻게 빠지지 않을 수가 있겠어요?"

무겁게 가라앉은 분위기를 강현이 유머러스하게 넘기려고 했다.

"나한테 빠졌어요? 그거 위험한데?"

곱창 하나를 젓가락으로 콕 집어 지안은 보란 듯이 입에 넣었다. 앙증맞게 움직이는 입술을 강현이 넋을 놓고 쳐다봤다.

"잠깐 나갈래요?"

"왜요?"

음흉하게 눈웃음을 치면서 강현이 지안을 홀리듯 바라봤다.

"언니, 잠깐 눈 좀 감아봐."

"왜?"

지안이 이안에게 눈을 찡긋, 하자 이안은 못 말리겠다는 듯 두 손을 휘젓더니 소파에서 일어났다. 이안은 끝까지 고개를 절레절 레 저으며 화장실로 들어갔다. 강현은 눈을 가늘게 뜨고 지안에게 로 바싹 다가앉았다.

"이러면 곤란한데?"

"뭐가요?"

"이렇게 막 들이대면 진짜 안고 싶잖아요."

말똥말똥, 눈을 굴리던 지안이 갑자기 강현의 입술에 제 입술을 갖다 댔다. 쪽, 소리까지 내면서 지안의 입술이 빠르게 떨어졌다.

"오늘은 여기까지."

입술 끝을 올리며 지안은 제법 당차게 강현에게 말했다. 여운이 남은 입술을 강현이 손가락 끝으로 아쉽다는 듯 건드렸다.

"내일도 기대해도 되는 거예요?"

"글쎄요."

지안은 괜히 젓가락 끝에 묻는 시뻘건 양념을 혀로 핥아먹으며 어깨를 으쓱했다. 그러다 아랫입술을 깨물며 눈을 감았다. 곱창 먹은 입으로 강현에게 입을 맞췄다는 게 이제야 생각난 탓이었다.

"걱정 마요, 냄새 안 났어요."

능청스러운 강현의 말에 지안은 고개를 푹 숙였다. 강현의 입술 이 지안의 정수리에 내려왔다. 위로하듯 입을 맞추고 강현은 지안 의 머리를 사랑스러운 손길로 쓰다듬었다. 머리에 떨어진 온기가 가슴까지 내려왔다.

"쪽팔린데 좋다."

지안이 고개를 들었다. 강현을 보며 아이처럼 천진하게 웃었다. 마주 보고 웃고 있는 두 사람을 이안이 멀찍이서 지켜봤다.

딱딱한 사무실이 아닌 분위기 좋은 레스토랑에서 강현과 진원은 영화 계약을 마무리 짓기 위해 관계자들과 식사를 하기로 했다. 이제 남은 건 남자주인공으로 캐스팅된 강현이 계약서에 사인을 하는 일뿐이었다.

"작품 한번 만들어보자고."

이번 영화로 두 번째 작품을 하게 된 정 감독이 열정 넘치는 눈빛으로 강현에게 시선을 돌렸다.

"잘 부탁드립니다."

시나리오 작업까지 같이한 정 감독은 꽤나 흥분된 얼굴이었다. 첫 작품에서 그야말로 대박을 치면서 단번에 스타 감독으로 떠올랐던 정 감독은 너무 흥이 넘쳐서인지 그다음 작품부터는 하향선을 타는 중이었다. 그러다 강현을 남자주인공으로 내세운 네 번째 작품에서 다시금 재기에 성공했고 그때부터 지금까지 작품성과 흥행까지 두 마리 토끼를 모두 잡는 대중으로부터 인정받는 감독이 됐다. 그리고 현재는 시나리오까지 직접 쓰고 있는 중이었다. 탄탄한 제작자를 만나는 행운까지 겹치면서 정 감독은 쓰고 싶은 작품을 쓰게 됐고, 만들고 싶은 영화를 만들게 됐다. 대중의 무조건적인 지지를 받는 몇 안 되는 감독 중 한 사람인 정 감독과 오랫동안 영화계를 떠나 있던, 그러나 여전히 사람들의 지대한 관심을 받고 있는 강현이 의기투합해 영화를 찍는다는 소문이 퍼지면서 연예계는 벌써부터 들썩이고 있었다. 하지만 그 어떤 인터뷰도 하지 않는 강현이라 이렇다 할 기삿거리가 없어 기자들은 애가 탔다. 소속사 앞에 진을 치고는 있지만 강현이나 소속사 측에서 워낙에 조심을 하고 있는 터라 특종은 아직 없는 상황이었다.

"언제 오붓하게 술 한잔해야지?"

"언제든지요."

계약서가 테이블에 놓이고 진원은 펜을 꺼내 강현에게 내밀었다. 몇 년 만에 펼쳐 보는 계약서 앞에서 강현은 펜을 쥔 손이 조금씩 떨려오는 걸 느꼈다. 카메라 앞에 서면 과연 얼마나 가슴이 뛸지 섣불리 상상도 하지 못할 것 같았다.

"크랭크인 전까지 영화에 대한 개인적인 인터뷰는 하지 않겠습니다."

계약서상에 있는 내용이지만 진원이 한 번 더 구두로 확인했다.

"강현 씨가 직접 나서주면 더 좋겠지만 할 수 없죠."

제작사의 김 대표가 아쉬운 얼굴로 입맛을 다시며 말을 이었다.

"강현 씨가 출연한다는 것만으로도 이미 이슈가 되고 있으니까 그걸로 만족해야죠."

"나도 작품으로 말하고 싶지 다른 걸로 덕 볼 생각은 없습니다."

깐깐한 정 감독이 정색을 표했다.

"그거야 두말하면 입 아프죠."

김 대표가 얼른 정 감독을 다독였다. 다 큰 남자들끼리 서로를 칭찬하고 잘한다, 잘한다, 입에 발린 소리를 하는 낯 뜨거운 자리지만 오랜만이라 그런지 강현은 그리 싫지 않았다. 가끔은 이런 낯 뜨거움이 그립기도 했었다.

계약을 마치고 강현은 진원과 함께 프로필 사진을 찍기 위해 이동했다. 그전에 쓰던 건 아무래도 몇 년 전이라 사진도 촌스럽고 무엇보다 강현이 마음에 들어하지 않았다. 표정이 너무 가증스럽다나 뭐라나.

"잘돼가냐?"

"어."

"뭘 묻는지 알고?"

"척하면 척이지."

의자에 몸을 기대고 강현은 눈을 감았다. 계약서를 여러 번 수정하느라 진이 좀 빠졌는지 사인을 하고 나자 몸이 늘어졌다.

"어떤 여자야?"

"좋은 여자."

"시끄러워져도 괜찮겠느냐고."

"뭐가?"

"둘만으로도 충분히 시끄러울 텐데 다른 쪽으로 더해질 건 없는 거지?"

친한 형이지만 진원은 그것 말고도 강현이 소속돼 있는 소속사의 대표니까 소속 배우에 대해서는 배꼽 옆에 있는 좁쌀만 한 점까지도 세세히 알고 있어야 했다. 그래야 좁쌀만 한 점이 눈덩이처럼 커지는 걸 막을 수 있고, 행여 커졌다고 해도 그걸 별거 아닌 걸로 무마시켜야 하는 법이다. 그러기 위해선 모르는 게 하나도 없어야 했다.

"결혼을 했었어."

지안과 뭘 하고 싶은 거냐고 이안이 물은 후로 강현은 생각을 좀 더 깊게 해봤다. 무엇이든 지안과 하고 싶었고 그 무엇 안에 결혼도 포함돼 있다는 걸 깨달았다. 사실 결혼이란 형식적인 걸 하고 싶은 게 아니라 지안과 같이 살고 싶었다. 살벌한 세상을 상대로 치열하게 싸우다가 집에 들어가면 지안을 안고 쉬고 싶었다. 맛있는 밥을 해 둘이 나란히 앉아 얘기를 주고받으며 먹고 싶고, 팔베개를 하고 누워 서로의 숨소리를 들으며 자고 싶고, 같은 모습으로 같은 시간 눈을 떠 같이 하루를 시작하고 싶어졌다. 그렇게 할 수 있다면 행복할 것 같다는 생각을 요즘 들어 부쩍 자주 하고 있는 중이었다.

"뭘 해?"

놀란 진원이 급하게 브레이크를 밟았다. 뒤따라오던 차들이 놀라 다급하게 클랙슨을 울려댔다. 진원은 다시 차를 출발시켰다.

"결혼을 했었다고."

"그럼 이혼녀라는 거야?"

"아니."

"유부녀야?"

진원의 목청이 차창을 뚫을 듯 커다랬다.

"결혼식만 올렸어."

신혼여행을 가기 전 끝난 사이고 서류상으로도 지안은 깨끗했다. 하지만 사람들은 이혼을 한 사람보다 지안을 더 모질게 대할 거라는 걸 강현은 알고 있었다. 지안의 과거가 밝혀지는 것은 두렵지 않았지만 지안이 죽을죄를 지은 것처럼 사람들에게 매도당할 것 같아 그게 가장 걱정됐다. 싫으면 헤어지는 거고, 그러면 이혼을 하는 건데 그게 무슨 죄를 지은 것처럼 대하는 사람들의 이중성이 강현은 역겨웠다.

"내가 알아야 할 게 그것뿐이야? 장난으로 만나는 거 아니면 다 털어놔."

"알아보더라도 나한테는 말하지 마."

지안의 이름과 그게에 대인 몇 가기를 얘기하면 진원은 바로 서지안이란 사람에 대해 알아볼 게 뻔했다. 그것을 통해 드미난 기안에 대해 강현은 알고 싶지 않았다. 지안이 직접 말해주고 보여주는 게 아니라면 중요한 건 하나도 없었다.

"진지한 거야?"

"어."

"얼마나?"

"얼마나 깊이 빠진 거냐고 묻는 거라면 대답 못해."

"그 정도야?"

뭔가에 한번 빠지면 깊이 따위는 생각지도 않고 빠지는, 지금까지의 강현은 그랬다. 만약 이번에도 이성은 저 멀리 처박아두고 감정에 빠져 정신 못 차리는 거라면 문제는 간단하지 않았다. 한번의 스캔들로 강현의 이미지는 곤두박질쳤다. 신랄한 비난도 있었고, 악의만 있는 기사도 여럿이었다. 그래도 워낙에 팬 층이 두

꺼웠던 탓에 그를 옹호하고 감싸는 팬이 많아 그나마 매장을 당하지 않은 거였다. 만약 기사에 난 대로 강현이 유주은을 광적으로 쫓아다닌 거였고 그에 지친 주은을 현재의 남편이 보호하고 위로하면서 사랑이 시작된 거라면, 그래서 대중이 그걸 있는 그대로 다 믿어버렸다면 배우 강현은 두 번 다시 이 바닥에 발도 들이지 못했을 거다. 하지만 그럴싸한 기사에도 불구하고 그게 사실이 아님을 뒷받침하는 기사가 증거 사진 몇 장과 함께 실리면서 강현은 억울함을 벗을 수 있었다. 그 난리통 속에서 주은은 당당하게 결혼식을 올렸고 강현은 모습을 감췄다. 주은의 소속사에서 내보낸 기사와 그와 반대되는 기사들이 강현의 팬을 둘로 갈랐고 연예계를 발칵 뒤집은 스캔들은 흐지부지됐다. 심심치 않게 주은의 이혼설이 흘러나오고, 4년이란 시간 동안 강현이 꽁꽁 숨어버리면서 대중들은 강현 편으로 은근슬쩍 줄을 바꿔 섰다. 이제 강현이 멋지게 컴백에 성공하면 되는 거다. 그런데 이 중요한 시점에 또 다른 스캔들이나 루머가 터진다면 그때는 어떻게 손을 쓸 수 없을 수도 있었다. 설마, 했던 사람들이 4년 만에 등장과 함께 여자 문제를 또 일으키는 강현을 보고 그럼 그렇지, 하는 건 한순간이었다. 대중들의 사랑을 먹고 이미지를 앞세워 사는 배우에게 그럼 그렇지는 사형 선고와 같았다. 다시는 재기할 수 없는 치명적인 일이었다.

"하여간 전생에 나랑 원수였다니까."

강현이 제주도로 내려가고 그 뒷수습은 온전히 진원의 몫이었다. 정정 기사를 내고 강현의 스캔들로 타격을 입은 광고마다 광고주를 찾아가 사죄를 하고 계약이 끝나지 않은 것들에 대해서는 일일이 위약금을 물기도 했다. 강현에 대한 개인적 감정이 없었다면 그렇게까지 깨끗하게 일처리를 하지는 않았을 거다. 하지만 진원은 강현을 뒤에 두고 철저히 소속사에서 보호했다. 그리고 강현이 다시 재기를 할 수 있게 끊임없이 물밑작업을 해오고 있었다.

"나 보호한답시고 그 여자 이용하지 마."

"보호해야 하는 일이 생기면 해야지."

"형."

"그런 일 없게 해야지."

외롭게 지나시인서 시람이 기람에게 마음을 주고, 사람을 마음에 담는 걸 꺼리지 않았다. 내 사람이다 싶으면 심장끼시 꺼내줄 정도로 의리 있는 녀석이었다. 그 의리가 종종 사랑에도 쓰이는 것 같아 진원은 안쓰러웠다.

"언제 보여줄 건데?"

"아직 아까워서 안 돼."

"돌았구나?"

"사랑은 원래 돌아야 하는 거야."

"네가 사랑을 알아?"

"알 것 같아, 이제는."

거슬리는 게 있으면 눈을 감았고, 의심스러운 게 있으면 귀를 막았다. 예쁜 것만 보려고 했었고 보고 싶은 것만 보려고 했었다. 그런데 지안은 달랐다. 그녀가 보여주고, 들려주는 것 전부가 그의 마음을 건드렸다. 굳이 감추려고 하지 않고, 굳이 잘 보이려고 하지 않고, 그 어떤 척도 굳이 하지 않는다. 그냥 보이는 전부가 서지안 자체였다. 아프다고 징징거리지 않아도, 하하하 웃지 않아도 알 것 같았다. 마음으로 전해졌다. 밝아지는 얼굴을 보면 절로 힘이 나고, 편안해지는 얼굴을 보면 절로 마음이 놓였다. 서지안과 같이 있는 것만으로도 좋았다. 같이 있는 그곳이 낙원이고 함께 있는 자체만으로도 낙원이었다.

"정신없이 빠져들고 있는데 또 정신을 차리게 해."

"무슨 말이야?"

"나를 홀리면서 나를 무너지게는 하지 않는다고."

"나는 무슨 말인지 하나도 모르겠다."

"좋은 여자라고."

눈을 감은 채로 강현이 웃고 있었다. 진짜 사랑, 이번엔 제대로 하고 있는 것 같아 진원은 슬쩍 마음이 놓이려고 했다.

프로필 사진 촬영을 끝내고 진원은 강현을 집까지 바래다줬다. 강현이 집에 들어가는 걸 확인하고 진원은 곧장 회사로 돌아왔다. 강현에게 들은 얘기를 정리할 시간이 필요했다. 남의 얘기하듯 대수롭지 않게 흘려 말하는 강현 때문에 놀란 척도 하지 못했다. 하지만 결혼식을 올렸고 공항에서 남자가 사기꾼이었다는 걸 알았다는 건 절대 대수롭지 않은 얘기가 아니었다. 강현만큼이나, 아니, 강현보다 더 파란만장한 삶을 살았던 것 같은 여자로 인해 진원은 현기증이 날 정도로 머리가 아팠다.

"박 실장 좀 찾아서 들여보내."

─지금이요?

"빨리."

─네, 사장님.

회사를 차리기 전부터 같이 일해왔던 박 실장에게 지안에 대해 알아보게 할 생각이었다. 강현에게 듣는 게 가장 빠르겠지만 스캔들이라는 건 사실이 아니어도 터질 수 있는 거고, 뜻밖의 일에서도 불거질 수 있는 거라 당사자보다는 눈에 보이는 객관적 자료가 더 나았다.

"서지안……."

박 실장을 기다리면서 진원은 무의식적으로 인터넷 검색창에 지안의 이름을 쳐봤다. 그리고 예상하지 못한 사실에 섬뜩하듯 눈을 크게 떴다.

"류지선의 딸? 서지안이?"

현재는 은퇴했지만 지금도 틈틈이 이름이 오르내리는 배우 류지선의 프로필 옆에 서지안이란 이름이 떡하니 나와 있었다. 서지안의 이름을 클릭하자 기사 몇 개가 나왔다. 유명인이 아니고 유명인의 딸이라 사진은 나오지 않았지만 강현이 말했던 대로 몇 달 전 결혼을 했다는 기사였다. 아무래도 강현이 만나고 있는 여자가 류지선의 딸 서지안이 맞는 것 같다.

"미치겠네, 진짜."

강현이 류지선의 딸과 만나고 있는 것만으로도 기사거리는 충분했다. 재혼이기는 해도 재벌과 결혼을 한 류지선은 겉으로는 온화하지만 성격이 유별나기로 유명했다. 속물적인 부분도 많았고 한때 몸담았던 연예계를 상당히 경멸하는 걸로도 관계자들 사이에서는 모르는 사람이 없을 정도였다. 그런데 류지선의 딸이, 그것도 몇 달 전에 결혼식을 올린 여자가 배우 강현과…….

"부르셨어요?"

박 실장이 사무실 문을 열고 들어왔다. 머리를 움켜잡고 신음하며 진원은 고개도 들지 않았다.

"무슨 일 있어요?"

"나가봐."

"네? 왜요, 누가 사고 쳤어요?"

"나가보라고!"

진원은 괜히 엄한 박 실장에게 화를 내고 말았다.

"별일 아니니까 나가봐."

유순한 성격의 박 실장은 알았다며 고개를 끄덕이고는 그대로 사무실을 나갔다. 박 실장이 나가고도 진원은 한참이나 고개를 들지 못했다. 어디서부터 어떻게 정리를 해야 할지 도무지 알 수가 없었다. 책상에 머리를 쿵쿵, 소리가 나도록 박았지만 헛수고였다. 정지한 머리는 움직일 생각조차 없었다. 후후, 콧바람을 일으키며 진원은 핸드폰을 들어 강현에게로 전화를 걸었다.

"집에 꼼짝 말고 있어."

여보세요, 소리가 나오기도 전에 진원은 이를 갈며 말했다.

—왜?

"지금 갈 테니까 나가지 말고 있으라고."

왠지 강현도 지안의 엄마가 류지선이라는 건 모르고 있는 것처럼 느껴졌다.

　—이따 나가야 되니까 올 거면 빨리 와.

　"또 먹을 거 사서 가려고?"

　강현의 심부름을 벌써 몇 번이나 해준 진원이었다. 어디서 들었
는지 맛있는 집만 골라서 먹을 걸 사오라고 부탁 비슷한 명령을
해댔다. 처음엔 먹고 싶어서 그런가 보다 하고 넘겼는데 횟수가
늘수록 단순히 먹고 싶어서가 아니구나 싶었다. 먹을 걸로 연애를
하는 강현이 색다르고 귀여웠는데 그 상대가 누군지 알게 되니 무
턱대고 귀엽지만은 않았다.

　—어째 ᄂᆞ늑에 ᄼᆞ시기 ᄬᅡ?

　"내가 너 때문에 오래 못살겠다, 진짜."

　—일단 오기나 해.

　강현이 먼저 전화를 끊었다. 진원은 집에 오늘 늦을 것 같다는
전화를 하고 곧바로 강현의 집으로 출발했다.

　안주 없이 술만 잔뜩 사 들고 온 진원을 강현은 반갑지 않은 눈
빛으로 맞았다.

　"류지선 딸인 건 아냐?"

　현관문을 열고 들어오면서 진원은 대뜸 류지선의 이름을 꺼내
놓았다.

　"류지선?"

　"영화배우이자 지금은 부잣집 사모님인 류지선. 네가 푹 빠졌
다는 그 여자가 류지선 딸이라고."

놀란 강현은 진원이 소파에 앉아 사 들고 온 술병을 줄줄이 꺼내놓을 때까지도 현관 앞을 떠나지 못했다.

"어째 제대로 한 건 터질 것 같다."

무슨 감정인지 모를 한숨이 강현의 입에서 새어 나왔다. 터덜터덜 걸어와 소파에 앉으면서 강현은 맥주 캔 하나를 집어 들었다.

"몰랐냐?"

"어, 몰랐네."

평범하지 않은 집안일 거라는 건 짐작하고 있었다. 하지만 사람들이 다 아는 엄마를 뒀을지는 몰랐다.

"얼굴은 예쁘겠네."

얼굴이 예쁘고 그다지 부유하지 못하게 자랐고, 그러다 부잣집 남자를 만나 결혼했다는 게 유주은과 닮았다. 아니, 유주은이 류지선을 닮은 거겠지.

"일단 결혼은 사기로 가자."

"사기 맞아."

"그러니까 처음부터 사랑 이딴 건 꺼내놓지도 말라고. 착하고 순수하고 반듯한 여자로, 그렇게만 가자고."

그게 사실인데, 그게 서지안인데 그 사실을 포장해야 하는 게 강현은 마음 아팠다. 지안의 의도나 의견은 상관없이 멋대로 이 지저분한 바닥에 발을 들이게 하는 것 같아 그것 역시 미안하기만 했다.

"조용히 가기는 어렵겠지?"

"류지선 딸인데?"

진원이 몇 시간도 안 돼서 안 일이라면 기자들은 하루도 안 돼서 속속들이 전부 알아낼 수 있는 일이었다. 지안만 다치는 게 아닐 수 있었다. 그녀의 가족들 모두가 두루뭉술하게 아니라 구체적으로 세상 앞에 발가벗겨질 수 있는 일이었다.

"헤어질 수……."

"나 그 여자 못 놔."

강현은 맥주 한 캔을 앉은 자리에서 다 비워냈다. 차가운 맥주가 들어갔는데 이상하게 가슴은 더 타들어가는 듯했다.

"그러고 보니까 엄마 닮았네."

강현이 피식 웃었다

"웃음이 나냐?"

"예쁘거든, 아주 많이."

"예뻐서 빠졌냐?"

예쁜 얼굴로 우울한 표정만 짓고 있는 게 거슬렸다. 내내 어두운 얼굴만 하고 있던 여자가 아주 짧게 웃었던 적이 있었다. 주위가 다 환해지는 것처럼 너무나 예뻤다. 메마른 사막에서 발견한 오아시스처럼 한순간에 마음을 사로잡았다. 계속 웃게 해주고 싶었고 밝아지게 해주고 싶었다.

"그 여자가 웃으면 나도 웃더라고."

강현은 캔 하나를 더 땄다. 부글거리며 노란 거품이 올라왔다.

"큰일이네."

"큰일인 건 알아?"

"나 말고 서지안 씨."

이제 겨우 웃게 됐는데, 이제 겨우 빠지기 시작했는데, 이제 겨우 유혹에 넘어왔는데.

"도망갈까 봐 걱정돼?"

부정할 수 없는 말에 강현은 흐리게 웃으며 맥주 캔을 입으로 가져갔다.

"그 여자도 그렇지만 그 여자 집에서 가만히 있을까도 걱정이다."

"그 여자가 아니라 서지안이야."

"그래, 서지안. 서지안 씨 엄마가 너랑 만나는 거 알면 가만히 있겠어? 모르긴 몰라도 엄청 반대할 거다."

"그딴 건 걱정 안 해."

"그럼 뭐가 걱정인데?"

"형이 말한 거. 서지안 씨가 도망갈까 봐, 안 하겠다고 할까 봐 그게 걱정돼."

맥주 두 캔을 눈 깜짝할 사이에 비우고 강현은 서슴없이 캔 하나를 또 손에 들었다.

"단단히 빠졌네, 윤강현."

씁쓸한 표정으로 진원은 한숨만 내쉬었다.

못 올지도 모른다는 강현의 문자를 받고 지안은 일찌감치 잠자리에 들었다. 지안은 침대 옆 스탠드 불빛만 켜놓고 얼마 전에 서점에 갔다 들고 온 책을 펼쳐 들었다. 책갈피를 꽂아둔 부분을 찾아 막 한 줄을 읽기 시작할 무렵, 핸드폰이 울렸다. 강현이었다.

"네."

—잤어요?

"아니요, 책 읽고 있어요."

연애를 시작한 지 얼마 안 된 여자가 남자한테 잘 보이려고 독서 중이에요, 하는 것처럼 왠지 방금 전 말이 가식적으로 들렸다.

"어디예요?"

—서지안 씨 집 앞.

"정말이요?"

—잠깐 얼굴 좀 보여줄래요?

이불을 걷고 일어나 지안은 어느새 나갈 준비를 하고 있었다.

"들어와요, 문 열어줄게요."

—그럼 문만 열어줘요, 정원에 있을게요.

지안은 대충 옷을 챙겨 입고 거실로 나갔다. 초인종이 울렸고 지안은 문을 열었다. 혹시 몰라 담요 한 장을 꺼내 들고 지안은 서둘러 정원으로 나갔다.

"늦게 왜 왔어요?"

벤치에 앉아 있던 강현이 지안의 손을 잡아끌어 옆에 앉혔다. 그리고는 대뜸 지안의 무릎을 끌어다 베고 누웠다. 어정쩡한 자세로 앉아 있던 지안이 어느새 강현의 머리칼을 손으로 매만졌다.

"무슨 일 있어요?"

후, 하고 강현이 긴 숨을 몰아쉬었다. 알싸한 술 냄새가 바람을 타고 전해졌다.

"술 마셨어요?"

"조금."

"술 마시고 운전한 건 아니죠?"

"서지안 씨 두고 먼저 죽으면 어쩌려고 그런 짓을 해요?"

지안이 나직이 웃었다. 머리를 매만지는 지안의 손을 강현이 그러쥐었다.

"서지안 씨."

"왜요?"

"서지안 씨 어머니가 나 싫다고 하면 어떻게 할 거예요?"

"네?"

"나 별로 좋아하지 않으실 걸요?"

덜컹, 하고 지안의 심장이 내려앉았다. 강현이 더 꽉 손을 쥐었다.

"알았어요?"

지안의 목소리가 떨렸다.

"큰일 났다, 우리."

올 때까지만 해도 가슴이 꽉 조여왔다. 하지만 지안을 보는 순간, 지안의 손을 잡는 순간 다 풀려 버렸다. 큰일은 났지만, 쉽지는 않겠지만 두렵지는 않다. 서지안이 있는데, 이렇게 좋은데 대체 뭐가 두려울까.

"옆에 있지 마요. 내 뒤에도 있지 마요. 지금처럼 앞에 있어요. 내가 눈을 감거나 고개를 돌리지 않는 한 언제나 볼 수 있게 바로 내 앞에 있어요."

"그렇게만 있으면 돼요?"

"서지안 씨는 그렇게만 있으면 돼요."

도망가지 말고.

"싸워서 이겨요."

도망가지 않을게요.

"우리 영화 끝나면 제주도 갑시다."

둘이 손 꼭 잡고.

"좋아요."

불어올 폭풍 앞에서 두 사람은 가만히 눈을 맞췄다. 평화롭고
잔잔했다. 바람마저도 살가웠다.

8.

「당신이 있는 그곳이 바로, 낙원.
우리가 함께하는 그것이 바로, 낙원.」

갖가지 반찬으로 화려하게 차려진 식탁과 다르게 분위기는 썰렁하기만 했다. 신문을 손에 들고 식사를 하는 석준을 주은은 모른 척 외면하며 식사에 열중했지만 그녀의 신경은 석준에게로 뻗어 있었다.

"재미있는 기사가 났네?"

내내 말이 없던 석준이 비웃음을 자아내며 신문을 내려놨다.

"당신은 이미 알고 있었겠지?"

"뭘 말이에요?"

싸늘한 표정으로 주은은 식탁 위에 있는 신문으로 눈을 돌렸다.

[인기 배우 강현, 4년 만에 화려하게 컴백!]

강현의 사진이 신문 1면에 대문짝만 하게 실려 있었다. 당황스러운 표정도 잠시, 주은은 태연하게 시선을 돌려 식사를 마저 했다.

"타이밍이 좋네."

"아침부터 괜한 시비 걸지 말고 식사나 해요."

모든 게 루머이고, 전부가 강현의 일방적인 감정인 것처럼 몰아갔지만 석준은 보이는 그대로 믿지 않았다. 1년이 지나고 시댁과의 마찰이 그때까지도 끊임없이 이어지자 석준은 다른 모습을 보였다. 의심하고 옛일을 야비하게 물고 늘어졌다. 먼저 이혼 소리를 하게끔 그렇게 주은을 달달 볶아댔다. 하지만 사람들과 만나는 자리에서는 세상 다시 없는 금슬이고 끔찍이 아끼는 커플처럼 굴었다.

"제주도에서 이렇게 하기로 미리 말 맞춘 거 아니었나?"

석준의 입에서 제주도가 나오자 주은은 하마터면 들고 있던 젓가락을 떨어뜨릴 뻔했다.

"설마 내가 모를 거라고 생각한 거였나?"

"그냥 바람 쐬러 갔다 온 거였어요."

제주도에 다녀오기 전부터 이혼 말이 오갔으면서 마치 그게 이혼의 원인인 것처럼 이제 와서 걸고넘어지려는 석준이 어이없었지만 주은은 도장을 찍는 그 순간이 끝이라는 생각으로 끝까지 연기 중이었다. 만약 지금이라도 석준이 마음을 바꿔준다면 주은은 무슨 짓이라도 할 수 있을 것 같았다. 애정도 없고 누구 하나 대한그룹의 가족으로 인정해 주는 사람 없지만 이 세계를 떠나고 싶지 않았다. 몇 명 되지도 않는 식구들보다 더 많은 사람이 자신을 대한그룹 사람으로 보고 있다는 게 중요했다.

"혼자?"

"네, 혼자요."

픽, 석준이 믿을 수 없다는 듯 비웃음을 터트렸다.

"나는 지금 겨우 버티고 있는 중이에요. 그러니까 너무 코너로 몰지 마요."

젓가락으로 반찬을 집으면서 주은은 훌쩍, 눈물을 삼켰다. 석준이 그런 주은을 힐끔 돌아봤다.

"우리는 처음부터 맞지 않는 사람들이었어."

미안함보다는 후회가 뒤섞인 말투였다.

"사랑했잖아요. 당신이 나를, 내가 당신을 사랑했잖아요."

주은이 고개를 들어 석준을 쳐다봤다. 그리고 말이 끝남과 동시에 주은의 뺨으로 눈물이 흘러내렸다.

"그게 사랑이었을까?"

정신을 차릴 수 없게 다가오던 주은이었다. 정신을 차렸을 때는 이미 결혼을 한 지 1년이나 지난 상태였다. 여기저기서 반갑지 않은 말들이 들려왔고 결혼 당시 있었던 남자 배우와의 스캔들이 거짓이었다는 소문이 돌기 시작했다. 주은과의 결혼 자체가 어쩐지 철저한 계획하에 이뤄진 것만 같은 느낌을 떨칠 수가 없었다. 워낙에 말이 많은 곳에 있던 사람이라 들리는 것 전부를 귀담아듣지는 않았다. 아예 은퇴하기를 바랐고 그러겠다는 대답도 들었다. 하지만 주은은 끊임없이 광고를 찍었고 마침내 회사 제품의 모델까지 하게 됐다. 겉으로 보여지는 건 괜찮았다. 아무리 시댁과 사이가 안 좋아도 사람들 앞에서는 행복에 겨운 척했다. 재능 있는

연기자라는 걸 그때마다 깨달았다. 어디부터 어디까지가 진심이
고 연기였는지 이제는 주은의 눈물까지도 믿지 못하게 됐다.

"내가 노력할게요."

주은이 석준의 손에 제 손을 포갰다. 석준은 매정하게 손을 빼
고 자리에서 일어나 거실로 나가 버렸다.

"흔들렸어. 분명히 흔들렸어."

보험으로 여기고 있는 강현은 생각보다 빠르게 움직이고 있기
는 해도 어쨌든 컴백을 앞두고 있으니 됐고, 석준은 이혼에 대해
후회하는 모습을 보이기 시작했다. 만약 석준이 마음을 돌린다면
모든 신 세계니를 갖에 김더 /돼 가내 심 민에께끼기 비굼하게 매
달릴 필요가 없다. 하지만 아직 아무것도 확실하게 정해진 게 없
으니 보험을 해약하는 건 시기상조였다.

"아줌마!"

주은은 눈물을 닦아내고 입술을 늘어뜨렸다.

"식사 끝나셨어요, 사모님?"

"오렌지 좀 갈아요."

"네."

도우미 아주머니가 오렌지를 가는 동안 주은은 자리를 뜨지 않
고 지켰다.

"여기요, 사모님."

도우미 아주머니는 고급스러운 크리스털 잔에 주스를 담아 주
은에게 건넸다. 주은은 그걸 받아 들고 주방에서 나갔다.

출근 전 검토할 게 있는지 석준은 서재에서 서류를 확인 중이었

다. 주은은 조신한 몸짓으로 그에게 다가가 책상 위에 오렌지 주스를 내려놨다.

"방금 한 거라 신선해요, 마셔요."

아침마다 주은은 오렌지를 갈고, 마를 갈고, 몸에 좋은 녹즙을 챙겨주는 걸 소홀히 한 적이 없었다. 재료부터 즙을 내리는 것까지 석준은 주은이 직접 하는 줄 알았다. 그렇게 말했고 그래서 믿었다. 하지만 주은은 제 손으로 밥 한 번을 해준 적이 단 한 번도 없었다. 항상 남이 해준 걸 자신이 한 것처럼 했다.

"오늘 바빠요?"

석준은 대답을 하지 않았다.

"우리 오랜만에 밖에서 저녁 먹을래요?"

사람들이 있는 곳에서의 석준은 다정했다.

"당신 좋아하는 레스토랑 예약해 놓을게요."

석준이 고개를 들어 주은을 쳐다봤다.

"우리가 밖에서 밥을 먹을 필요가 있을까?"

"필요라니요?"

"대외적으로 잘살고 있다는 걸 일부러 보여줄 필요, 이제 없지 않나?"

비열하게 입술 끝을 들어 올려 웃고는 석준은 의자를 밀고 일어났다. 서재에서 나가는 석준을 노려보며 주은은 손을 말아 쥐었다.

Rrrrrrrrrr.

핸드폰이 울렸다. 주은은 이내 침착한 표정을 지으며 전화를 받았다.

"네, 유주은입니다."

—잠깐 나올 수 있을까?

소속사 대표였다.

"무슨 일이신데요?"

—광고가 하나 들어왔어. 인터뷰도 하나 들어오고. 간만에 점심이나 먹으면서 얘기하자고.

"점심은 됐고 커피나 마셔요."

—인터뷰 괜찮겠어?

"괜찮니요."

약속 시간과 장소를 정하고 주은은 전화를 끊었다.

근처 서점에 나갔던 지안은 반가운 전화 한 통을 받고 급하게 택시를 잡아탔다. 제주도에서 윤이 올라왔다.

"윤아!"

커피숍 안에 있는 윤을 발견하고 지안은 크게 소리를 높였다. 이름을 부르는 소리가 들렸는지 윤이 안에서 손을 흔들며 폴짝폴짝 뛰었다. 지안은 한걸음에 달려가 윤을 품에 안았다.

"우리 윤이 못 본 사이에 더 많이 컸네?"

윤은 지안의 허리를 작은 두 손으로 꼬옥 끌어안았다.

"보고 싶었어요, 이모."

"정말?"

윤이 작은 머리를 위아래로 움직였다.

"이모도 우리 윤이 많이 보고 싶었어."

많이 놀아주지 못한 게, 더 살갑게 대해주지 못한 게 제주도를 떠나온 후로 내내 마음에 걸렸었다.

"좋아 보이네요."

윤의 아빠가 뒤에 서 있다 인사를 했다.

"안녕하셨어요?"

"우리야 잘 지내죠."

윤을 옆에 앉히고 지안과 윤의 아빠도 자리에 앉았다.

"병원 오신 거예요?"

"네."

달콤한 바나나 셰이크가 입에 맞는지 윤은 숨도 쉬지 않고 먹고 있었다. 지안은 윤의 머리를 쓰다듬으며 엄마처럼 다정하게 웃었다.

"삼촌은 언제 와?"

윤이 눈을 동그랗게 뜨고 지안에게 물었다.

"삼촌?"

"여기가 숨 사장 소속사 근처라고 이쪽에서 만나자고 하더라고요. 아마 조금 있으면 올 거예요."

강현이 오는 것도, 이곳이 강현의 소속사 근처인 것도 몰랐던 지안이었다.

"둘이 연락하고 지내는 거 맞죠?"

윤의 아빠는 뭔가 알고 있는 듯한 눈으로 웃으며 물었다.

"잘 어울려요."

쐐기를 박듯 윤의 아빠가 덧붙였다. 지안은 괜히 민망해 윤에게로 시선을 돌렸다.

"마침 오네요."

커피숍 문을 열고 강현이 들어섰다. 선글라스를 끼긴 했지만 그를 알아본 사람들이 수군거리며 강현의 움직임을 따라 시선을 돌렸다.

"삼촌!"

윤이 벌떡 일어나 강현에게로 달려가 안겼다. 강현은 그런 윤을 번쩍 안아 들고는 으스러지게 껴안았다. 부녀처럼 애틋한 상봉이었다.

"오랜만에 뵙네요."

강현과 윤이 아빠가 악수를 하며 인사를 나누고 네 사람이 오랜만에 한자리에 앉았다.

"국수 먹으러 오라고 할 때까지 기다리려고 했는데 윤이가 보고 싶다고 하도 보채서."

강현이 지안을 돌아보고는 싱긋 웃었다. 환한 대낮에, 그것도 사람들이 많은 곳에서 강현을 만나니 기분이 색달랐다. 무슨 일이 생기는 건 아닌지 슬금슬금 주위를 살피게도 되고, 가슴이 몽글몽글 설레기도 했다.

"윤아, 삼촌 보고 싶었어?"

"응!"

"얼마나?"

윤이 두 손을 들더니 커다랗게 원을 그렸다.

"이만큼!"

앙증맞은 아이의 손을 손으로 매만지며 강현은 흐뭇하게 웃었다. 그 모습에 제주도가 그리워졌다.

"아주 안 내려오는 건 아니지?"

"내려가야죠."

강현이 지안을 돌아봤다. 지안은 차분히 미소를 지었다.

"참, 볼일 있다고 하시지 않았어요?"

"그렇기는 한데 바쁜 사람한테 애를 어떻게 맡겨?"

윤이 보고 싶기도 했고, 그 핑계로 지안도 보고 싶어 강현은 윤이 아빠를 소속사 근처로 오라고 했다. 아직 지안과 밖에서 만나 데이트를 하기엔 위험한 부분이 있었지만 사무실에 두 사람을 데리고 가서 놀게 하면 사람들 시선도 신경 쓸 필요가 없고 좋을 것 같았다. 그리고 잔소리를 해대는 진원에게 지안을 보여주고 싶은 마음도 없지 않아 있었다.

"제가 볼게요."

묻기도 전에 지안이 나서서 윤을 보겠다고 했다.

윤이 아빠가 볼일을 보기 위해 커피숍을 나가고 강현과 지안은 윤이 셰이크를 다 마실 때까지 기다리며 모처럼의 데이트를 조용히 즐겼다.

"밖에서 보니까 더 예쁘네."

지안이 작게 응? 하며 강현을 쳐다봤다.

"밖에서 보니까 더 예쁘다고요, 서지안 씨."

뺨을 만지고 싶고, 손을 잡고 싶고, 입을 맞추고 싶다. 어둠 속에서 빛나던 지안은 햇살 아래에서는 더 눈이 부시다. 마음이 조급해지려고 해서 큰일이다.

"이렇게 밖에서 만나고 그래도 돼요?"

강현이 배우라는 걸 처음 알았을 때만 해도 그와 마음대로 만나는 게 불편해질 수 있겠다는 생각은 미처 하지 못했었다. 날이 따뜻해지면 같이 산책도 하고 맛있는 걸 먹으러 다니면 좋겠다는 생각에 들뜨기만 했었다. 하지만 이제 그게 마음처럼 되지 않을 수 있다는 걸 어렴풋이 알아가고 있는 중이었다. 공인이라는 것, 사람들에게 알려진 사람이라는 것, 그것은 자유롭지 못하다는 거였다.

"부담스러워요?"

"스캔들이라는 거, 그거 배우한테는 치명적이라면서요."

"누가 그래요?"

"어디서 봤어요."

컴퓨터와 친하지 않던 지안이 요즘은 하루에 한 번 정도는 강현에 대해, 혹은 강현에게 도움될 만한 것이 있나 인터넷을 찾아보기도 했다.

"윤이는 내가 볼 테니까 그만 들어가요."

"그래도 되겠어요?"

"네."

네, 라고 대답은 했지만 더 같이 있고 싶은 게 솔직한 마음이었다.

"거짓말."

강현이 지안의 머리카락을 귀 뒤로 넘기며 말했다. 놀란 지안이 얼른 몸을 뒤로 뺐다.

"하지 마요."

"뭘?"

"사람들이 보잖아요."

"서지안 씨답지 않게 왜 이래요?"

"나답게 하고 싶지만 참는 중이에요. 유혹하지 마요."

콧잔등에 주름을 만들며 지안이 창밖으로 시선을 돌렸다. 그때, 카메라를 든 누군가와 눈이 마주쳤다. 재빨리 시선을 돌렸지만 남자는 분명 안을 들여다보고 있었다. 지안은 차분히 시선을 돌렸다. 그리고 강현을 불렀다.

"강현 씨."

윤의 입에 묻은 거품을 닦아주던 강현이 눈을 들어 지안을 쳐다봤다.

"누가 사진을 찍고 있는 것 같아요."

강현이 굳어진 표정으로 밖을 내다봤다. 그리고는 윤과 지안을 보며 침착하게 웃어주고는 핸드폰을 꺼내 어딘가로 전화를 걸었다.

─어, 나야.

진원이었다.

"잠깐 사람 좀 보내야겠다, 형."

─왜?

"사무실 근처 모퉁이에 있는 커피숍인데 밖에 누가 왔네."

긴장한 듯 강현의 말투가 딱딱하고 다급했다. 하지만 표정만큼은 여유가 넘쳤다. 혹시라도 지안과 윤이 겁을 먹을까 봐 강현은 자연스럽게 상황을 진원에게 알렸다.

—사진 찍혔어?

"아마도."

—기다려.

진원이 전화를 끊었다.

"괜찮은 거예요?"

괜찮지는 않았다. 아직 지안을 내놓기엔 준비가 되지 않았다. 그건 지안도 마찬가지였다. 그렇니고 숨어버린 있을 생각도 없었다.

"괜찮게 해야죠. 윤아, 이모랑 먼저 가 있을래?"

"삼촌은?"

"삼촌도 금방 따라갈게."

일단 지안과 윤을 보내는 게 우선이었다. 같이 움직이면 더 곤란했다.

"앞에 차 올 거예요. 먼저 그거 타고 사무실로 가 있어요."

"그럴게요. 근데 강현 씨는요?"

"차 한 대 더 올 거예요. 어차피 내 사진 찍으려는 사람이니까 나한테 붙을 거예요."

Rrrrrrrrr.

강현의 핸드폰이 울렸다.

"어."

―차 도착했어.

커피숍 앞으로 진원의 차가 천천히 지나갔다. 강현은 지안에게 눈짓을 했다. 그러자 지안은 서둘러 윤의 손을 잡고 일어났다. 아이의 옷을 단단히 여며주고 지안은 아이를 안았다. 가슴이 두근거렸지만 지안은 덤덤히 행동했다. 사진이 찍히기는 했어도 밖에 사람들이 우르르 몰려든 상황이 아니라 그렇게 당황할 필요는 없어 보였다. 나머지는 강현에게 맡기고 그가 더 곤란해지지 않게 자리를 피하면 될 것 같았다.

"이따 봐요."

강현에게 인사를 하고 지안은 윤을 안고 커피숍을 나왔다. 지안을 알아본 진원이 근처에 차를 대고 그녀를 기다렸다.

"윤아, 이모 꼭 안아, 추워."

"응."

윤이 지안의 목을 세게 끌어안았다. 지안은 한 손으로 윤의 엉덩이를 받치고 다른 손으로 아이의 몸을 단단히 감아 안았다. 잔잔했던 바람이 머리칼을 휘날리게 불어왔다. 고개를 푹 숙이고 걷던 지안의 눈에 검은 구두가 들어왔다. 그리고……

찰칵.

카메라 셔터가 터지고 지안은 놀라 고개를 들었다. 정면으로 아까 눈이 마주쳤던 남자가 카메라를 들이대고 서 있었다.

"뭐예요?"

정색을 하며 지안이 물었다.

"잠깐 인터뷰 좀 하고 싶은데 시간 좀 내주시죠."

능글맞게 웃으며 남자가 지안의 앞을 가로막았다. 지안은 아무런 말 없이 남자를 지나쳐 걸었다. 하지만 남자가 끈질기게 지안의 앞을 막아섰다.

"잠깐이면 돼요."

지안은 다시 한 번 옆으로 돌아 남자를 지나쳤다. 멀리서 차 문이 열리고 정장을 입은 남자가 빠른 걸음으로 다가오는 게 보였다. 지안은 직감적으로 그가 강현이 말한 사람이라는 걸 알고 그를 향해 걷기 시작했다. 하지만 그때 다시금 지안을 막아서던 남자로 인해 지안은 발이 걸려 앞으로 고꾸라지고 말았다.

쿵, 소리와 함께 윤을 안은 채로 지안은 바닥에 쓰러졌다. 그녀를 막아섰던 남자는 다급하게 카메라를 들이댔고, 찰칵찰칵, 사진 찍는 소리가 들렸다.

"윤아, 괜찮아?"

지안의 품에 찰싹 달라붙듯 안겨 있던 윤은 놀라기는 했지만 다치지는 않은 것 같았다. 진원이 빠르게 달려와 기자를 밀어냈다.

"당신 뭐야!"

진원의 소리에 윤이 놀라 지안의 품을 더 파고들었다. 진원이 기자와 실랑이를 벌이는 사이, 지안은 한 손으로 바닥을 짚고 일어났다. 짚은 손에 통증이 몰려왔다.

"지안 씨!"

커피숍 안에서 계산을 하고 막 나오고 있던 강현이 어느새 지안에게로 달려왔다.

"괜찮아요."

지안은 넘어지면서 윤의 머리를 손으로 감싸 안는 바람에 손등이 시멘트 바닥에 쓸려 전부 벌겋게 까지고 말았다.

"윤아, 삼촌한테 와."

강현은 윤을 한 손으로 끌어안고 다른 손으로 지안의 어깨를 바짝 당겨 안았다. 어깨를 감싼 손을 거둬내려 몸을 비틀었지만 강현은 그럴수록 지안을 더 세게 안았다.

"그냥 있어요."

"사진 찍혀요."

"그딴 거 신경 쓰지 마요."

진원이 기자에게서 카메라를 빼앗느라 몸싸움을 벌이자 길을 가던 사람들과 커피숍 안에 있던 사람들이 순식간에 몰려들었다. 사람들의 시선이 금세 강현과 지안에게로 쏠렸다.

"사람들이 봐요."

화가 난 얼굴로 강현은 지안을 안고 차를 향해 걸었다. 뒤에서 들리는 카메라 소리에 지안은 덜컥 겁이 났다. 구경을 나온 사람들이 하나같이 핸드폰을 꺼내 들고 자신들을 찍고 있다는 걸 보지 않아도 알 것 같았다.

"우리 큰일 난 거죠?"

차 문을 열고 강현은 윤을 먼저 태웠다.

"아니, 아까 그 자식이 큰일 난 거지."

강현이 지안의 등을 조심스럽게 밀어 차에 타게 했다. 지안이 차에 오르자 강현은 운전석으로 걸어갔다. 차에 오른 그는 뒤를 돌아 윤과 지안이 괜찮은지 확인하고 바로 차를 출발시켰다.

　강현이 지안을 안고 떠나는 걸 차 안에서 지켜보던 주은은 그대로 얼굴이 일그러졌다. 커피숍 안에 있는 두 사람을 봤을 때는 둘이 어떻게 아는 사이일까, 의아하기만 했었다. 하지만 지안을 대하는 강현의 태도는 예전에 자신을 대하던 그것과 다르지 않았다. 아니, 그것보다 더 진지했다. 차 안에서, 그것도 커피숍 안에 있는 사람들을 훔쳐보는 건데도 그들의 애틋함이 느껴질 정도였다. 단순히 아는 사이가 아니었다. 입안이 바싹 타들어가고 손이 부르르 떨렸다. 상현에게 전화를 함께 있었지만 받지 않을 것 같았다. 다른 여자 앞에서 제 번호를 보고도 무시하는 강현의 모습까지 지켜볼 자신이 없었다. 매정하게 대하기는 했지만 다른 여자가 있을 거란 생각은 한순간도 해본 적이 없었다. 그래서 더 당황스러웠고 충격으로 다가왔다. 인터뷰를 하기로 했던 기자가 커피숍 앞에 나타났을 때 주은은 강현이 아니라 기자에게 전화를 걸었다. 그리고 두 사람이 어떤 관계인 건지 기자를 통해 확인하려 했다.
　"말도 안 돼."
　강현이 지안을 안고 가는 걸 보고서도 주은은 마음속에 드는 생각을 부정했다.
　Rrrrrrrrr.
　손가락 마디가 하얗게 도드라지게 핸들을 힘주어 쥐고 있던 주은은 핸드폰 벨소리에 부릅뜬 눈을 돌렸다. 이 대표에게서 걸려온 전화였다.

"네."

—왜 안 들어와?

"사람들이 그렇게 몰려 있는데 어떻게 들어가요?"

주은이 신경질적으로 대답했다.

—봤어?

"둘이 무슨 사인지 알아봐 줘요."

—알아봐서?

"인터뷰는 다음에 할 테니까 날짜 다시 잡아요."

멋대로 할 말만 하고 주은은 전화를 끊었다. 커피숍 안에 있는 이 대표가 주은의 차 쪽을 향해 길게 고개를 뺐지만 주은은 그대로 핸들을 돌렸다.

강현은 지안과 윤을 데리고 집으로 왔다. 아무래도 사무실보다는 집이 나을 것 같았다. 차에서 지안에게 안겨 놀란 마음을 진정시켰던 윤은 어느새 잠이 들어 있었다.

"병원 안 가도 되겠어요?"

윤을 침대에 눕히고 강현은 구급상자를 들고 지안 앞에 앉았다.

"이 정도로 무슨 병원을 가요."

많이 긁히고 피가 맺히기는 했지만 병원에 갈 정도는 아니었다. 만약 가더라도 지안은 강현을 안심시키고 나중에 혼자 다녀올 생각이었다.

"손 줘봐요."

강현은 약을 꺼내 지안의 손등에 바르고 붕대까지 감아줬다. 깊게 숨을 내쉬기를 여러 번, 강현은 많이 화가 난 듯 보였다. 무슨 말을 해야 할지 몰라 지안은 침묵했다. 말을 잇지 못하고 정수리 만 내보이고 있는 강현이 왠지 안쓰러웠다.

"왜 배우가 됐어요?"

한결 안정된 표정으로 지안이 물었다. 강현은 지안의 다친 손을 물끄러미 내려다보며 피식, 낮은 웃음을 터트렸다.

"사람들에 둘러싸여서 화려하게 살고 싶었거든요."

늘 일 때문에 집을 비우는 일이 잦았던 부모님, 너른 집을 홀로 지키면서 사람을 그리워했던 강현. 사회적으로 인정받고 존경받 는 부모님이셨으나 사실인 강현에게는 그다지 너그럽지 못했다. 배 아파 낳은 자식보다 마음으로 낳은 전 세계의 수많은 자식들을 돌보느라 바빴고, 부모로서의 의무보다는 의사로서의 책임을 다 하느라 하나뿐인 자식에게 마음을 쓸 여유가 없었다.

"그렇게 살았어요?"

"한때는."

모두가 자신만 우러러봐 줬고, 언제나 주위에 사람들이 북적였 다. 몸은 고됐지만 마음은 풍요로웠다. 많은 돈을 벌어 원하는 걸 갖고, 누리고 싶을 걸 마음껏 누리며 살기도 했다. 하지만 돌이켜 보면 일이 끝나고 집에 돌아오면 어릴 적 그랬던 것처럼 똑같이 혼자였다. 혼자 잠이 들었고, 혼자 눈을 떴고, 혼자 밥을 먹었다.

"하나도 안 행복했구나?"

지안이 손을 들어 가만히 강현의 뺨을 쓸어내렸다. 지안의 상처 난 손을 잡으며 강현이 웃었다.

"제대로 시작도 못했는데 이런 일 겪게 해서 미안해요."

지안의 가족으로부터 인정을 받고 사람들 앞에 당당히 나서고 싶었다. 지안을 숨겨둔 여자처럼, 뭔가 사연 많은 여자인 것처럼 뒤에 감추고 있다 들키듯 세상에 내보이고 싶지는 않았다.

"제대로 시작하는 건 어떤 건데요?"

지안이 말간 눈으로 물었다. 강현은 자세를 바로 하고 지안과 마주 앉았다. 그리고는 지안의 얼굴을 두 손으로 감싸 안았다.

"이렇게 마주 보면서 사랑한다고 말하고."

지안의 심장이 콩닥콩닥, 뛰기 시작했다.

"이렇게 마주 보면서 입을 맞추고."

강현의 입술이 지안의 입술을 찾아 다가왔다. 촉촉하게 젖은 강현의 혀가 지안의 입술을 가르고 세심히 들어왔다. 지안은 눈을 감고 강현을 맞았다. 뺨에 닿은 열기만큼이나 입안이 뜨겁게 달아올랐다. 짧지만 진한 여운이 남는 키스를 끝내고 강현이 지안의 눈꺼풀에 다시금 입을 맞췄다.

"이제 우리 제대로 시작한 거예요?"

발그레해진 얼굴로 지안은 사랑스럽게 물었다. 강현이 고개를 끄덕였다.

"나 때문에 강현 씨 많이 곤란할 거예요. 그런데 미안하다는 말 안 할래요. 그만두자는 말도 안 해요, 난."

지선의 녹록치 않은 반대도 그렇고, 김태성의 일도 그렇고, 전부 강현에게 불리하게 작용할 게 불 보듯 빤했다. 하지만 그런 일로 강현을 놓고 싶지는 않다. 누구에 의해서도 아니고, 누구를 위해서도 아니고, 오로지 강현에게 향하고 있는 마음만 보면서 버틸 작정이었다. 뻔뻔하다고 손가락질하는 사람도 있을 거고, 양심 없는 사기꾼이라고 싸잡아 욕하는 사람도 있을 거다. 강현만 의심하지 않는다면 그딴 거에 휘둘릴 생각은 없었다.

"윤강현 씨가 돌아서지 않는 한, 나는 그냥 여기 있을래요."

강현이 지안의 머리를 아이 대하듯 쓰다듬었다.

"기특하네, 우리 서지안 씨."

지안의 말에 힘이 불끈 났다. 더러운 싸움이 되겠지만 왠지 즐길 수 있을 것 같다는 생각도 들었다. 안달이 나는 건 그들이니 불안해할 필요도 없을 것 같았다.

"내가 원래 누가 하지 말라고 하면 더 악착같이 아서든요."

"매력적인데요?"

지안은 심란한 마음을 감추고 환하게 웃었다.

"어쩌면 기자들보다 우리 엄마가 더 괴롭힐지도 몰라요."

"잘생긴 사람 싫어하세요?"

"잘생긴 배우를 특히 더."

고심하는 듯 손으로 턱을 괴고 있다가 강현은 어깨를 으쓱하고는 말았다.

"버틸 수 있죠?"

"내가 원래 넉살이 좋아서 웬만한 구박도 웃으면서 받고 그래요."

"매력적인데요?"

지안의 미소에 강현도 따라 웃었다.

윤의 아빠가 저녁이 다 돼서 강현의 집으로 찾아오고 윤은 저녁 비행기로 제주도로 내려갔다. 공항까지 배웅을 하고 싶었지만 그랬다가 문제가 더 커질 수도 있을 것 같아 지안은 강현의 집에서 윤과 아쉬운 작별을 했다. 그리고 지안은 강현과 저녁을 해먹고 늦은 시간 집으로 돌아갔다. 지안을 집까지 데려다 주고 강현은 진원을 만나기 위해 사무실을 찾았다. 불이 켜진 사무실에서 진원은 전화 통화를 하느라 바빴다. 사무실 문을 열고 강현이 들어가자 턱 끝으로 소파에 앉으라는 시늉을 해 보이고는 다시 통화에 집중했다.

"앞으로 강현 인터뷰 다시 안 할 생각이 아니면 기사 알아서 잘 쓰시는 게 좋을 겁니다."

오늘 찍힌 사진은 이미 인터넷 신문에 실렸다. 얼마나 급했으면 지안의 얼굴에 모자이크 처리하는 것도 잊었다. 기사가 올라오고 몇 분 후 지안의 얼굴은 모자이크 처리가 됐고 다소 선정적이던 제목도 약간은 수정을 거쳤다. 그래도 여전히 지안은 강현의 숨겨둔 여자였고 지안이 안고 있던 아이는 지난 4년 강현과 지안이 낳은 아이로 둔갑했다. 물론 소송에 휘말리지 않기 위해 단정을 짓는 대신 물음표를 붙여 사람들의 호기심을 자극했다.

"오늘 기사에 대해서는 내일 입장 표명하겠습니다. 사실과 다른 내용이 한 글자라도 실리면 가만있지 않을 거니까 그렇게 아세요."

상당히 위협적인 말투로 통화를 끝내고 진원은 한숨부터 쉬었다.

"빠르네?"

"인터넷 안 봤어?"

볼 시간도 없었고 보고 싶지도 않았다.

"어떻게 하고 싶어?"

강현의 의견을 물으며 진원은 책상에서 일어나 소파로 와 앉았다. 잠깐 사이에 진원의 눈 밑이 푹 꺼진 게 꽤나 고단해 보였다.

"어떻게 해야 덜 다치는데?"

"어떻게 해도 다치게 돼 있어. 더구나 평범하지 않은 여자잖아."

다른 의미의 특별함이겠지만 어쨌든 지안이 평범하지 않다는 데에는 강현도 동의했다.

"서지안 씨 집에서는 어떻게 나올 것 같아?"

"모르지."

가장 걱정이 되는 게 사실 그 부분이었다. 안 그래도 가족들과 살뜰하지 않은 지안인데 이번 일로 또 관계가 틀어지면 어쩌나 벌써부터 걱정이 앞섰다.

"차라리 지금 기사 나온 게 사실이라고 하는 게 더 낫겠다."

"어떻게 나왔는데?"

"애 아버지 됐어, 너."

대충 기사가 어떻게 났는지 짐작이 갔다.

"여전히 진부하네."

"진부한 게 가장 먹히는 바닥이거든."

나중에 사실이 아닌 게 밝혀져도 문제는 크게 달라지지 않는다. 사람들의 기억에는 가장 처음, 그리고 가장 원색적인 것들만 남는 법이다.

"아까 그 기자는 어떻게 했어?"

"진단서 끊어서 보낸다고 했어."

"특종 터트렸는데 그깟 진단서가 무섭겠어?"

빨갛게 붓고 피가 맺혀 있던 지안의 손등이 눈앞에 아른거려 강현은 불끈 주먹을 쥐었다.

"어디 소속이야?"

"아까 그 커피숍에서 유주은이랑 인터뷰 약속이 있었대."

"유주은?"

강현의 얼굴이 굳어졌다.

"약속 시간보다 먼저 나왔다가 운 좋게 너를 본 거지. 하여간 유주은만 끼면 될 일도 안 된다니까."

"명함 받아뒀지?"

"받아는 뒀지."

"줘."

"누구, 그 기자?"

"어."

"어쩌려고?"

"이름이 뭔지는 알고 있어야지."

그러다 써먹을 일이 있을 때 적절히 이용해 줘야지. 이용할 일이 없다면 겁이라도 줘야지. 윤이 다칠 뻔했고, 지안이 다칠 뻔했다. 그냥 조용히 넘길 일은 절대 아니었다.

"새벽에 메일로 보낼 테니까 읽어보고 더하거나 뺄 거 있으면 말해."

"일단은 기사에 난 게 사실이 아니라는 것만 밝혀."

"열애설에 대해서는 입 다물고?"

"내가 애 아버지가 아니라는 것하고 곧 영화로 컴백한다는 것만 밝혀."

"그래, 나머지는 차차 하자."

아직 지안에 대해 알려진 게 없는 상황에서 섣불리 나서는 건 위험했다. 일단은 지안의 생각을 물어야 했고, 또 그녀의 가족들에게 알리는 게 우선이었다.

아침에 일어나기도 전에 지안은 지선이 보낸 차를 타고 본가로 향했다. 아직 서 회장도 출근 전인 이른 시간이었다.

탁.

지안이 소파에 앉기도 전에 지선은 들고 있던 신문을 테이블 위에 집어 던지듯 내려놓았다. 지안은 신문을 집어 들고 찬찬히 기사를 읽어 내려갔다.

[배우 강현, 숨겨둔 여자 있다?]

시선을 잡아끄는 자극적인 제목과 달리 기사는 어제의 일이 단순한 해프닝이었던 것처럼 써져 있었다. 그의 소속사에서 각 방송사와 신문사에 보낸 보도자료를 인용해 강현이 곧 영화 촬영을 시작할 거고 다시 활발한 활동을 시작할 거라고 알렸다.

"대체 무슨 짓을 하고 다니는 거야!"

화를 이기지 못하고 지선이 언성을 높였다.

"나 연애해."

신문에는 없었지만 어제 인터넷 기사들에는 전부 자신의 얼굴이 모자이크 처리된 채로 버젓이 올라와 있었다. 자신을 아는 사람이라면 모자이크 속 인물이 서지안이라는 걸 모를 수가 없었다.

"뭘 해?"

"다 알면서 부른 거 아니었어요?"

연예계를 떠났지만 지선의 귀는 항상 그쪽을 향해 열려 있었다. 귀를 막고 눈을 감고 있어도 알아서들 지선에게 연예계 소식들을 알려왔다. 동요하지 않는 척, 신경 쓰지 않는 척할 뿐이지 그쪽 바닥에 대해 아예 문외한은 아니었다.

"네가 진짜 막 나가기로 작정을 했구나? 아직 상처에 딱지도 안 앉았는데 또 연애를 한다고? 그것도 연예인이랑?"

지선은 허벅지에 두 손을 붙인 채 몸을 부들부들 떨고 있었다.

"지안아."

그림자처럼 지선의 옆에 있던 서 회장이 몸을 앞으로 기울이며 지안을 불렀다.

"네."

"잠깐 외국에 나가 있자."

"아빠."

"엄마 말처럼 네 결혼이 잘못됐다는 게 아직 알려지지도 않은 상태다. 그런데 세상에 알려질 대로 알려진 사람이랑 연애를 한다는 게…… 그걸 이해해 줄 사람이 누가 있겠니."

서 회장의 낯빛이 어두웠다. 확실한 편이 돼주지는 않아도 중립
은 지켜주는 아버지였다.

"이해 같은 거 바라지 않아요."

"너 혼자 사는 세상이 아니야."

"잠잠해질 때까지 나가 있어."

지선은 애써 화를 삭이며 서 회장 옆에 앉았다.

"그러고 싶지 않아요."

"너 정말!"

"엄마 쫓으려 이러는 것도 아니고, 엄마한테 반항하느라고 이러는
것도 아니에요. 이번만큼은 순전히 나를 위해서 이러는 기예요."

"넌 언제나 너를 위해서만 사는 아이였어. 이번엔 뭔가 다른 것
처럼 변명하지 마."

결혼을 할 때도 그랬다. 못 미더운 구석이 많은 남자였고 그래
서 결사반대했다. 하지만 지안은 끝까지 제 고집대로 밀고 나갔
다. 그리고 비행기에 오르기도 전에 그 잘난 사기꾼에게 버림받았
다.

"못 믿어도 좋고, 안 믿어도 좋아. 나는 지금 엄마도, 아버지도
안 보여. 나는 그 사람이랑 나만 보여."

"그래? 그 사람만 보여?"

지선의 눈에 핏발이 섰다. 파르르, 떨리는 지선의 붉은 입술을
보고 지안은 이를 악물었다.

"아무 짓도 하지 마요."

"아니, 이번만큼은 네 멋대로 하는 꼴 못 봐."

또다시 지안으로 인해 집안 전체가 흔들리게 둘 수는 없었다.

"당신은 출근해요, 내가 알아서 할게요."

"흐음."

서 회장은 좀처럼 일어나지 못했다. 수심이 가득한 얼굴로 그는 지안을 보며 한숨만 푹푹 쉬었다. 무난하게 제 짝을 만나 잘살고 있는 언니나 오빠와 다르게 지안은 왜 이렇게 평탄하지 못한 건지 그저 한탄스럽기만 했다.

"오늘 회사로 나와."

"여보."

"가능하면 그 사람도 같이 보자."

아무래도 지선에게만 맡겨둘 문제가 아닌 듯싶었다. 가장 안전한 방법을 찾아 지안을 보호하는 게 중요했다. 강한 척하지만 누구보다 속이 여린 아이라는 걸 서 회장은 모르지 않았다.

"당신이 그 사람을 왜 만나요?"

"둘이 연애를 한다잖아."

"그래서요? 허락이라도 하겠다는 거예요? 결혼이라도 시키려고요?"

지선은 거의 폭발 직전이었다. 무섭게 눈을 뜨고 목소리를 높이는 지선을 서 회장은 인자한 눈으로 바라봤다.

"일단 보고 판단합시다."

서 회장이 소파에서 일어났다. 지선은 목을 빳빳이 들고 지안을 노려봤다. 그러다 어쩔 수 없이 서 회장의 출근 준비를 돕기 위해

방으로 들어갔다.

끝나지 않는 언쟁을 피해 지안은 본가를 나왔다. 지선은 당장이
라도 강현을 연예계에서 매장이라도 시킬 것처럼 으름장을 놓았지
만 그게 지안에게 먹힐 리가 없었다. 지안은 그나마 독기 빠진 눈
빛으로 지선에게 아무 일도 벌이지 말라는 부탁을 하는 걸로 어설
프게나마 제 진심을 보여줬다.

Rrrrrrrr.

막 택시에서 내려 대문 앞에 섰는데 지안의 핸드폰이 울려댔다.
시안은 혹시나 김민안기 뭐이 언뜻 기반을 열어 핸드폰을 꺼냈다
하지만 번호는 처음 보는 낯선 거였다. 받을까 말까 망설이다 지
안은 대문을 열며 핸드폰 통화버튼을 눌렀다.

"네, 여보세요."

탈칵, 대문이 열리고 지안은 안으로 발을 들여놨다.

―유주은이라고 해요.

지안의 미간에 주름이 잡혔다.

"무슨 일이시죠?"

―할 말이 있는데 잠깐 만나죠.

예의 없고 무례한 전화였다. 인사를 나누기는 했어도 서로의 연
락처를 교환한 적은 없었다. 그렇다면 다른 사람을 통해 연락처를
알았다는 건데, 이렇게 당당히 자신에게 전화를 해 할 말이 있으
니 만나자고 하는 그것부터가 지안은 몹시 불쾌했다.

"그쪽이랑 내가 할 말이 뭐가 있죠?"

지안은 돌계단을 올라가며 강현이 앉았던 자리를 힐끔 돌아봤다. 그의 따스한 온기가 아직도 남아 있을 것 같아 시선이 떼어지지 않았다.

―그건 만나보면 알겠죠.

"무슨 할 말인지는 모르겠지만 별로 듣고 싶지 않네요."

―서지안 씨.

"인사를 하고 만나달라고 정중하게 부탁했다면, 하긴 그랬어도 만나고 싶지는 않았겠지만요."

거친 콧바람 소리가 핸드폰 너머에서 들려왔다. 지안은 무표정한 얼굴로 정원을 지나 현관 앞까지 걸어갔다.

"그만 끊겠습니다."

―내가 기자를 만나도?

핸드폰을 귀에서 떼던 지안은 걸음을 멈췄다.

―서지안 씨가 결혼을 했다는 걸 알리면 꽤 재미있는 기사가 날 것 같지 않아요?

처음부터 마음에 들지 않았던 여자였다. 언뜻언뜻 보였던 틀어지는 미소가 거슬렸고 그래서 가까이하고 싶지 않다는 생각마저 들었었다. 사람 볼 줄 모른다고 늘 지선이 타박했었는데 유주은이란 여자에 대해서는 틀리게 본 게 아닌 것 같아 지안은 흐릿하게 웃었다.

"참 품위 없게 노시네요."

―뭐라고?

"불륜보다는 재미가 덜하겠지만 뭐 원하신다면 마음대로 하세요."

삐삐, 현관 비밀번호를 누르고 지안은 안으로 성큼 들어갔다. 현관에 구두를 가지런히 벗어놓은 그녀는 겨울 햇살을 한가득 품고 있는 거실로 들어가 소파에 앉았다. 그리고는 픽, 소리가 나게 웃고 전화를 끊었다.

"내 집이 제일 좋네."

팔을 뒤로해 베고 지안은 소파에 늘어졌다. 아침을 너무 일찍 시작했더니 물에 젖은 솜처럼 몸이 무겁기만 했다. 눈을 감으면 그대로 잠에 빠질 것 같았다. 지안은 강현에게 전화가 올지도 모르니, 베개에 핸드폰을 손에 꼭 쥐고 편안하게 눈을 감았다. 희미하게 들리는 파도 소리에 귀를 기울이며 그녀는 강현과 함께했던 제주도 그 바닷가를 머릿속에 떠올렸다. 몇 분 지나지 않아 지안은 스르르, 잠이 들었다.

9.

「당신이 있는 그곳이 바로, 낙원.
우리가 함께하는 그것이 바로, 낙원.」

비서의 안내를 받아 강현은 회장실로 들어갔다. 간부들과 공장 시찰을 갔다 회사로 돌아오는 중에 경미한 접촉 사고가 생겨 약속 시간보다 조금 늦어질 것 같다며 서 회장은 강현에게 기다려 달라는 연락을 비서실로 해왔다고 했다.

"맛있는 차 마시면서 기다리는 중이에요."

강현은 회장실로 들어와 소파에 앉자마자 지안에게 전화부터 걸었다.

─혼자 괜찮겠어요?

"설마 지안 씨 아버님한테 잡아먹히기야 하겠어요?"

긴장이 되지 않는 건 아니었다. 하지만 한번은 겪어야 할 일이었다. 찾으시기 전에 먼저 인사를 드리려고 했는데 그러지 못했다는 게 마음을 무겁게 할 뿐이지 피하고 싶거나 부담스럽거나 그렇지는 않았다.

—엄마보다는 덜 사악하실 거예요.

지안의 말속에 웃음이 담겨 있었다. 생각보다 더 대담한 것 같아 요즘 강현은 지안에게 자주 놀라고 있는 중이었다.

"죽어도 못 헤어진다, 결혼까지 생각하고 있다, 그런 말씀 드려도 돼요?"

당사자인 지안과는 결혼에 대해 한 번도 진지하게 얘기해 본 적이 없는데 그걸 그녀의 아버지에게 처음으로 할 생각을 하니 어이가 없기는 했다.

—누구 마음대로요?

지안이 웃으며 딴지를 걸었다.

"내 마음대로."

—나는 결혼 생각은 안 해봤는데요?

"지금부터 해봐요."

지안이 덤덤히 견뎌주지 않았다면 발을 내딛을 때마다 터지기 시작하는 지뢰밭 같은 요즘을 참아내기란 힘들었을 거다. 서 회장이 부른다는 사실도 지안은 별일 아닌 것처럼 전했다. 본가에 다녀왔다는 것도, 그녀의 부모님이 기사를 접했고 크게 놀라셨다는 것도 묻기 전까지는 한마디도 전하지 않았다. 지안이 자신에게 전하지 않은 게 또 뭐가 있는지 모르는 상황이지만 강현은 더 이상 캐묻지 않을 작정이었다. 지안이라면 감추고 숨기면서 공연히 일을 복잡하게 할 것 같지는 않았다.

―좋아요.

"벌써 다 했어요?"

―다했어요.

강현의 얼굴이 한결 편안하게 늘어졌다.

"뵙고 나서 전화할게요."

―지지 마요.

지안의 응원을 받으며 강현은 마음을 다잡았다. 넥타이를 반듯하게 고쳐 매고 허리를 꼿꼿하게 세워 앉았다. 헛기침을 하며 목소리도 다듬었다.

향긋한 매실차를 반 정도 마셨을 때, 서 회장이 비서와 함께 사무실로 들어왔다. 강현은 소파에서 일어났다. 비서와 몇 마디를 나눈 후 서 회장은 겉옷을 벗어 옷걸이에 걸어두고 강현이 기다리고 있는 소파로 걸어왔다.

"앉아요."

환갑이 넘은 나이임에도 서 회장은 언뜻 50대 중반 정도로 보일 만큼 체격이 다부지고 눈빛이 매서웠다.

"먼저 찾아뵀어야 하는데 죄송합니다. 윤강현이라고 합니다."

강현은 허리를 굽혀 정중하게 인사를 건넸다.

"강현이 아니라 윤강현이 본명이었군요."

서 회장은 강현에게 앉을 것을 권하고 먼저 자리에 앉았다. 서 회장에 이어 강현도 다리를 굽혀 앉았다.

"네."

똑똑똑.

비서가 얼음이 든 물 한 잔을 쟁반에 들고 들어왔다. 서 회장은 물 한 잔을 단숨에 비워냈다. 비서가 문을 닫고 나가자 서 회장은 소파에 몸을 비스듬히 기댔다.

"강현이란 이름으로 배우 활동을 한다는 것 외에는 내가 아는 게 없어요."

서 회장은 일부러 강현에 대해 알아보지 않았다. 비서실을 통해 알아보면 강현의 부모님과 부모님의 형제들까지 불과 몇 시간 안에 알아낼 수 있었겠지만 그것보다는 사람을 먼저 보고 싶었다. 순종적이지 않고 유순하지 않은 아이지만 그렇다고 억지를 부리는 일부러도 아니었다. 남들을 펴새 한 번도 겪지 않고 지나갈 수 있는 일을 겪었고 그 상처가 아물기엔 너무 짧은 시간이 흘렀다. 얼마나 힘들었는지, 얼마나 절망했는지 곁에서 지켜보지 못했다. 혼자 견뎠고 지금도 혼자이고 싶어 해서 굳이 손을 내밀지 않았다. 그런데 아파하며 하루하루를 버티고 있는 줄 알았던 아이가 다시 사랑을 시작했단다. 그것도 유명한 배우와. 제 엄마가 그토록 치를 떨며 싫어하는 연예인과 연애를 한다는 걸 신문을 통해 알았을 때는 그야말로 눈앞이 캄캄했다. 또 어떤 상처를 받으려고 제 발로 가시밭길을 향해 걸어가나 싶어 다리가 휘청하기도 했었다. 그런데 오랜만에 본 막내딸의 얼굴은 생각했던 것과 달랐다. 반짝반짝 빛이 났다. 사랑에 빠진 얼굴, 딱 그 얼굴이었다.

"부모님은 두 분 다 살아 계시고 현재 외국에 나가 계십니다. 형제는 없고 저 혼잡니다. 서울과 제주도에 집이 한 채씩 있고 지안 씨와 결혼을 하면 일을 할 때를 제외하고는 제주도에 내려가 살 생각입니다. 물론 일을 할 때는 지안 씨도 같이 서울로 올라와 지낼 생각입니다."

미리 할 말을 생각해 온 것처럼 강현은 술술 말을 이어나갔다. 제법 남자답고 의젓했다. 서 회장은 강현의 말을 자르지 않고 경청했다.

"만난 지 얼마 되지 않았고, 제가 평범한 직업을 가진 사람이 아니라 많이 염려하신다는 거 압니다. 사실이 아닌 말이 나올 수도 있고 사실이 과장되고 부풀려져 나올 수도 있습니다. 지안 씨가 상처받지 않도록 최대한 보호할 생각입니다. 기사에 난 것처럼 숨겨둔 여자로 오해받게 하는 일은 없게 하겠습니다."

서 회장이 기대고 있던 몸을 일으켰다.

"어떻게 보호하겠다는 건가?"

"서지안 씨를 세상에 내놓을 생각입니다."

"보호를 한다면서 세상에 내놓겠다?"

"내놓지 못할 이유, 없는 사람입니다. 사람들 눈 속여가며 몰래 만나고 싶지 않고, 괜한 억측에 지안 씨 상처받게 하고 싶지 않습니다. 당당히 옆에 세워두고 자랑스럽게 보일 겁니다. 그게 제가 서지안 씨를 보호하는 방법입니다."

사랑하는 사람이라는 걸, 앞으로도 함께하고 싶은 사람이라는 걸 알리고 즐기듯 연애할 생각이다. 한번쯤 터져야 할 폭탄이라면 가슴 졸이며 터질 시간만 기다리는 것보다는 먼저 터트리고 느긋하게 즐기는 게 나을 것 같다. 터진 폭탄에 피 흘리고 신음해야 할 사람은 따로 있을 테니까 굳이 겁낼 필요는 없지 않을까.

"지안이도 같은 생각인가?"

"그럴 거라고 믿습니다."

서 회장은 무표정한 얼굴로 강현만 쳐다봤다. 지안과 마찬가지로 그다지 다양한 표정을 지닌 사람은 아닌 것 같았다. 아마도 지안은 아버지를 닮았나 보다.

"내가 자네를 부른 건 두 사람의 교제를 허락하기 위해서가 아니었네. 나는 내 딸을 보호할 생각으로 앞으로 나올 기사에 대해 내가 어느 정도까지 힘을 써야 하는지 알고 싶었을 뿐이네. 그런데 그럴 필요가 없을 것 같군."

회사 싸움에서 이기고 가 방송사에 압력을 넣는 건 그렇게 어려운 일이 아니었다. 어차피 돈과 권력으로 지배되는 세상이었다. 인터넷에 떠도는 것까지 깨끗하게 막을 수는 없겠지만 공권력 있는 곳은 얼마든지 힘을 쓸 수 있었다.

"저희가 알아서 하겠습니다."

"어떻게 마무리하는지 지켜보겠네."

"네."

"그렇다고 결혼해도 좋다는 말은 아니네."

서 회장은 팔걸이에 두 손을 올려놓고 다시 소파 등받이에 몸을 기댔다.

"그 얘기는 1년 후에 다시 하는 걸로 하지."

"1년이라고 하셨습니까?"

"싫은가?"

1년 후에 결혼을 하라는 것도 아니고, 결혼에 대해 1년 후에 얘기를 하자는 거였다. 당장 결혼해야겠다는 생각으로 말한 건 아니었지만 막상 서 회장의 말을 들으니 선뜻 그렇게 하겠다는 대답은 나오지 않았다.

"그건 지안 씨랑 얘기해 보겠습니다."

고분고분하지 않은 게 지안과 닮았다. 어른을 대할 줄도 알고, 사내답게 제 생각을 말할 줄도 알고, 제 여자를 아끼는 법도 아는 남자인 것 같아 서 회장은 강현이 싫지 않았다. 한편으로는 지안이 처음부터 강현을 만났더라면 좋았을 걸, 하는 후회 비슷한 안타까움도 마음을 두드렸다.

서 회장과의 만남을 끝내고 강현은 소속사로 움직였다. 1차 보도자료를 보낸 후로 지안이 강현의 숨겨둔 여자가 아니라는 것과 숨겨둔 아이가 있는 게 아니라는 건 어느 정도 잠잠해지는 듯했다. 하지만 그 뒤로 강현의 사생활에 대해, 그리고 지난 4년간 무엇을 했는지에 대해 집요하게 물어오기 시작했다. 더불어 주은의 이혼설과 맞물려 또 다른 스캔들이 터지려는 움직임을 보이고 있었다. 그러니 신속하고 신중하게 지안과의 열애에 대해 알릴 필요가 있었다. 영화 촬영이 시작되기 전, 이 문제를 매듭짓는 게 중요했다.

─어디야?

주차하고 차에서 내리려는데 진원이 그사이를 못 참고 전화를 해왔다.

"회사 앞."

―기자들 있을 텐데?

"대충 뚫고 들어가지 뭐."

―애들 내려 보낼 테니까 잠깐만 기다려 봐.

회사 직원이 내려오기 전, 강현은 지안에게 전화를 걸었다. 신호가 한참이나 울린 후 지안이 전화를 받았다.

―여보세요.

지안의 말소리 뒤로 음악 소리가 들리는 듯했다.

"밖이에요?"

―잠깐 누굴 좀 만나러 나왔어요.

"누구?"

―그냥 누구. 안 잡아먹혔어요?

"그럼요, 누구 남잔데."

후훗, 지안의 애교스러운 웃음소리에 강현의 얼굴이 확 폈다.

"이따 봐요."

―네.

"그냥 끊으려고요?"

―그럼요?

"보고 싶어요, 사랑해요, 뭐 이런 말 안 하나?"

―내가 먼저 해야 되나?

아무튼 서지안은 지루할 틈을 주지 않는 여자다.

"알았어요, 이따 봐요."

지안은 네, 하고는 전화를 끊었다. 차 밖으로 회사에서 나온 직원 셋이 기자들을 뚫고 나오는 게 보였다. 목을 조이는 답답한 넥

타이를 풀고 강현은 선글라스를 꺼내 썼다. 막 차에서 내리려는데 문자가 들어왔다.

「달려오지 말고 날아와요, 보고 싶어요.」

지안에게서 들은 최고의 애정 표현이었다. 강현은 고개를 뒤로 젖히고 차 밖에까지 들리도록 호탕하게 웃어 재꼈다.

큰 마음먹고 강현에게 애정 듬뿍 담긴 문자를 보내주고 지안은 앞에 놓인 차가운 음료를 마시기 위해 유리컵을 들었다.

"결혼하지 않았어요?"

끈질기게 전화를 해 주은은 만날 것을 요구했다. 무시하려고 했지만 어떤 얘기를 늘어놓으려는지 사뭇 궁금증이 일었다.

"네."

"근데 강현 씨랑 만난다고?"

"안 되나요?"

얼음 하나를 입에 넣고 지안은 와그작, 소리가 나게 깨물었다.

"결혼했잖아요."

백화점에서 여자들이 수군거리던 말이 떠올랐다. 구체적으로 어떤 내막인 건지는 몰라도 주은의 결혼생활이 순탄하지만은 않은 듯했다.

"결혼식만 했어요. 그리고 결혼을 하고 결혼생활을 한 건, 아니, 하고 있는 건 유주은 씨 아닌가요?"

태연하고 덤덤하기까지 한 지안의 태도가 주은은 감당이 안 됐다. 눈물을 글썽이며 모른 척해달라고 매달려도 들어줄까 말까인데 대체 뭘 믿고 이렇게 당당할 수 있는 건지 도저히 이해가 되지 않았다.

"착각이 지나치면 그것도 병이라는 거 알아요?"

"뭐예요?"

"강현 씨랑 과거에 어떤 사이였든 그거 다 끝났잖아요. 지금 유주은 씨가 내 앞에서 눈 똑바로 뜨고 따지듯 우리 관계를 캐물을 이유도 자격도 없는 거 아닌가요?"

주은이 어떤 마음을 품고 있는지 대충 눈에 보였다. 사람이 어떻게 생겨먹으면 이렇게 양심불량일 수 있는 걸까.

"누가 내게, 내게 기거 없다고?"

"누가 그래요, 유주은 씨가 자격 있다고?"

화장기가 전혀 없는 말간 얼굴이지만 지안의 눈빛은 주은을 압도하고도 남았다. 불안하거나 겁을 먹은 구석은 눈을 씻고 찾아봐도 없었다. 그저 이 상황이 몹시 지루하고 귀찮은 듯한 표정만 간혹 내비칠 뿐이었다.

"가해자는 원래 얼굴 들고 피해자 앞에 나타나면 안 되는 거예요. 그리고 피해자는 고개 숙이고 살면 안 되는 거고요."

"지금 내가 가해자는 말이에요?"

"그럼 피해자라고 생각해요?"

"사랑이 그렇게 간단한 건 줄 알아요? 서지안 씨가 모르는 우리만의 시간이 있고 추억이 있어요."

지안은 얼음 하나를 더 입에 넣고 깨물었다. 자잘하게 부서진 작은 얼음 알갱이를 혀끝으로 음미하며 그녀는 주은에게 물었다.

"이혼할 건가요?"

당황한 기색이 주은의 얼굴에 스쳤다.

"강현 씨보다는 지금 남편한테 매달리는 게 그나마 낫지 않아요?"

"뭘 믿고 그렇게 건방져?"

주은이 화를 참지 못하고 지안에게 감정을 드러내기 시작했다.

"내가 서지안 씨에 대해 전부 까발리면 어쩌려고? 그거 생각보다 그렇게 간단하게 덮을 일이 아닐 텐데?"

자신을 깔보듯 내내 무시하고 있는 듯한 눈빛을 하고 있는 지안으로 인해 주은은 돌기 직전이었다. 무시는 시댁 식구들만으로도 넘치게 받았다. 이깟 별것도 아닌 여자애한테 무시를 당할 만큼 유주은은 그렇게 만만하지 않았다.

"그렇게 되면 나보다는 유주은 씨가 더 많은 걸 잃지 않겠어요?"

"내가 아니라 서지안 씨가 까발려지는 거예요. 아직 상황 파악이 안 돼요?"

주은이 코웃음을 치며 지안을 비웃었다.

"그걸 제보한 사람이 유주은 씨라는 걸 내가 아는데 나는 과연 바보처럼 가만히 당하고만 있을까요?"

"무슨 뜻이에요?"

"유주은 씨가 어떤 마음으로 강현 씨와 나를 건드리는지는 유주은 씨 남편과 그 가족들이 알아서 판단하겠죠."

주은의 손이 둥글게 말렸다.

"아는지 모르겠지만 나는 그렇게 우아한 사람이 아니거든요. 싸가지가 없어요, 내가. 그러니까 자꾸 건드리지 마요."

어수룩한 부잣집 막내딸로만 여겼는데 그게 아니었다. 쥐고 흔들 수 있다고 생각했는데 오산이었다.

"세상 너무 만만하게 보지 말아요, 큰코다쳐요."

세상이 우습게 보인 적이 있었다. 철이 없었고 누리는 만큼 감사한 줄을 몰랐다.

"내가 다쳐 봐서 아는데 그거 많이 아파요."

지안은 지갑에서 만 원짜리 지폐 한 장을 꺼내 바닥을 보이고 있는 유리컵 옆에 놓아두고 자리에서 일어났다.

산책하듯 천천히 걸으며 지안은 찬바람을 만끽했다. 뺨이 시리기는 해도 종종걸음을 칠 정도로 매섭지는 않았다. 어느덧 겨울도 끝나는 모양이다. 어떻게 지나가는지 모르게 험난하게 지나갔던 겨울이었다. 그런데 또 다르게 생각하면 너무나 추억거리가 많은 겨울이기도 했다. 적어도 한 뼘은 마음이 자란 것 같은 그런 겨울이었다. 삐딱하기만 했던 마음을 바로 세우고 세상을 바라보게 됐고, 마음이 하는 소리에 제대로 귀를 기울일 줄 알게 됐고, 내일이 너무나 기다려지는 오늘을 살게 됐다. 절망스러웠던 순간까지도 품에 안을 수 있을 만큼 조금은 성숙할 수 있는 시간이었다.

"지안아."

모퉁이를 돌아 대문 앞으로 걸어가던 지안은 앞에서 들리는 목소리에 섬짓, 서버렸다. 고개를 들면서 지안은 입술을 깨물었다.

"잘 지냈어?"

절망스러웠던 순간까지도 품에 안을 수 있을 만큼 성숙했지만 절망스럽게 한 사람까지 품을 정도로 대인이 된 건 아닌 듯하다.

"뭐야?"

마치 아침에 출근을 했다 집에 돌아온 사람처럼 김태성은 지안에게 다정한 시선을 보내고 있었다.

"몇 달 만에 본 남편한테 뭐야가 뭐야?"

김태성이 지안에게로 서서히 다가왔다. 지안은 주머니에 손을 넣은 채로 다가오는 김태성을 뚫어져라 쳐다봤다. 다시 만나는 순간을 수없이 상상했었다. 다리가 후들거려 주저앉으면 어쩌나 싶기도 했었고, 손을 올려 뺨을 때릴까 싶기도 했었다. 그런데 다리가 후들거리지도, 뺨을 갈기고 싶지도 않았다. 그저 음식물 쓰레기가 널브러진 길을 지나는 것처럼 넘어올 것처럼 속이 울렁거리기만 했다.

"신문에 이상한 사진이 실렸더라고."

말 못할 어떤 사정 같은 게 있는 게 아닐까 싶은 생각도 했었다. 결혼식 직전 전화를 걸어왔던 여자가 김태성의 진짜 사랑이라고, 사랑하는 여자가 있지만 돈이 급해서 순간 모진 마음을 먹었던 거라고, 어떻게 보면 김태성은 사랑 때문에 사기꾼이 된 불쌍한 사람일지도 모른다고 동정심을 갖기도 했었다. 차라리 그렇게 생각하는 게 마음은 편했다. 그래서 지선과 규안이 김태성을 찾지 못하게 한 것도 있었다.

"내가 틀렸네."

지안의 입술이 비틀어졌다.

"그래도 사람일 거라고 생각했거든."

눈물이 핑 돌 것처럼 가슴이 쓰리다. 끝까지, 죽을 때까지 만나지 않기를 바랐다. 그래야 덜 비참할 것 같았다. 하긴, 사기꾼한테 그런 것까지 바란 게 잘못이다.

"뭐?"

"사기꾼이었네, 더럽게."

기막힌 타이밍에 나타난 뼛속까지 더러운 사기꾼. 하긴 겨우 몇 억에 만족하기는 아쉬웠겠지.

"우٫ 내 들어가서 얘기하자."

김태성이 지안의 팔을 잡으려고 손을 뻗었다. 하지만 지안은 서늘하게 입술을 틀어 웃으며 그의 손을 거둬 버렸다.

"서운하게 왜 이래?"

실실 웃으며 김태성은 주머니에서 담배를 꺼냈다.

"안 그래도 복잡할 텐데 나라도 조용히 있어줘야 되지 않겠어?"

본색을 드러내 놓고 협박을 하기 시작한 김태성을 지안은 측은한 눈길로 바라봤다.

"돈 많은 사람들은 원래 기부하고 봉사하고 그러는 거 잘하잖아. 좀 나눠 쓰는 거라고 생각해."

"차라리 구걸을 해."

지안의 입술 사이로 경멸에 찬 웃음이 흘러나왔다. 담배에 불을 붙이던 김태성의 뺨에 볼우물이 깊게 패었다.

"내가 왜? 남자가 필요했던 당신한테 나는 남자가 돼줬고 돈이 필요했던 나한테 당신은 돈이 돼줬던 것뿐인데 내가 구걸을 할 필요는 없는 거 아닌가?"

무릎 꿇고 빌며 손을 내밀었다면 지갑에 있는 돈 정도는 아깝지 않게 줄 수 있었을 것도 같다. 하지만 그러기엔 김태성에게선 너무 역겨운 냄새가 나 차마 코에서 손을 뗄 수가 없겠다.

"아니, 구걸을 하는 게 나았어. 그랬다면 내가 십만 원 정도는 줄 수도 있었는데 말이야."

지안은 주머니에서 핸드폰을 꺼내 번호를 누르기 시작했다.

"누구한테 하는 거야?"

"경찰? 아니면 우리 엄마 류지선 여사님?"

지안의 눈빛이 돌변했다. 비웃음의 흔적도 없었다. 김태성에게서 시선을 떼지 않은 채로 지안은 천천히 통화버튼을 눌렀다. 그리고 단조로운 통화 연결음이 어둑해진 거리에 희미하게 울려 퍼졌다.

"뭐야, 누구한테 거는 거야?"

김태성은 지안에게서 핸드폰을 뺏기 위해 다급하게 손을 내밀었다. 하지만 지안은 악착같이 그의 손을 밀쳐 내고 곧바로 버튼을 눌러 스피커폰으로 통화를 했다.

—네.

신호가 몇 번 이어지지도 않아 상대가 전화를 받았다.

"안녕하세요, 최 변호사님. 서지안이에요."

변호사라는 말에 김태성의 얼굴이 일그러졌다.

"제가 사기를 당했는데 그 사기꾼이 협박까지 해서요."

—김태성 말인가요?

변호사라는 사람의 입에서 제 이름이 나오자 김태성은 섣불리 지안에게 덤비지 못했다.

"알고 계셨어요?"

—사모님이 이미 손을 써놓으라고 지시를 하셨습니다.

지안은 고개를 떨어뜨리고 낮게 웃었다. 역시 류지선 여사님이다. 이렇게 고마웠던 적이 또 있을까.

—옆에 있나요?

"네."

직접 얘기할 테니까 바꿔주시죠.

지안이 핸드폰을 김태성 앞에 들이밀었다. 김태성은 복시서리를 내뱉고는 하는 수 없이 핸드폰을 넘겨받았다.

"여보세요."

—혼인신고는 하지 않은 상태라 어차피 이혼 절차는 밟을 필요가 없는 거고, 만약 사실혼 관계를 주장해 위자료 청구를 한다면 그건 김태성 씨가 아니라 우리 쪽에서 하게 될 겁니다. 그것과는 별도로 사기에 협박까지 더해 소송 들어갈 예정입니다. 아마 김태성 씨가 예상하는 것보다 더 치밀하고 잔인한 소송이 될 겁니다.

"지금 변호사가 무고한 사람 협박하는 겁니까?"

—무고라고 하셨습니까?

"증거, 그래, 증거 있어?"

겁이 덜컥 나는지 김태성은 말까지 더듬었다. 감히 류지선 여사를 상대로 사기를 친 사기꾼치고는 너무나 허술했다. 그만큼 김태성에게 자신이 쉬운 사람으로 보였던 게 아닐까 싶어 지안은 자괴감마저 들었다.

—증거도 없으면서 김태성 씨와 잡담이나 하고 있다고 생각합니까? 그것도 소송이 어떻게 진행될 건지 친절하게 설명하면서?

지선이라면, 이 일을 전부터 준비하고 있었던 거라면 없는 증거도 만들어냈을 게 분명했다. 최 변호사의 말처럼 치밀하고 잔인하게 지선은 김태성을 바닥까지 끌어내릴 거다. 어쩌면 그것만으로는 성에 차지 않아 더한 걸 준비하고 있을지도 모를 일이었다.

"최 변호사님, 내일 다시 전화드릴게요."

지안은 김태성에게서 핸드폰을 낚아채듯 뺏어 들고 변호사와의 통화를 마무리 지었다.

"진짜 나를 감옥에 넣겠다는 거야?"

"못 들었어?"

"그러니까 개망신을 한번 당해보겠다 이거지?"

그러게, 망신을 넘어 수치스러운 일일 수 있는 일인데 지선이 감추려고만 하지 않았다는 게 의외긴 하다.

"내가 나 혼자만 죽을 것 같아?"

김태성이 이를 갈았다. 하지만 지안은 겁내지 않았다. 오히려 웃으며 여유를 부렸다.

"내가 사기결혼을 당했다는 것 말고 또 뭐가 있는데?"

시간문제였지 어차피 알려질 일이었다. 사람들에게 알려질 게 두려웠다면 강현의 유혹에 넘어가지도, 강현을 유혹하지도 않았다.

"그러게 구걸하라고 했잖아."

제 발로 나타난 이상 봐줄 생각은 없었다. 개망신이 아니라 그보다 더한 일을 당한다고 해도 상관없었다.

"아마 쉽게 빠져나가기는 어려울 거야. 알다시피 우리 엄마가 그렇게 쉽지가 않거든."

우리 엄마, 라고 말하는데 갑자기 울컥 속이 뜨거워졌다. 정말 희한하게도 이 순간 엄마가 그리워진다.

"이렇게 나오겠다 이거지?"

"웬만하면 끝까지 버텨주라. 그래야 내가 덜 쪽팔리지 않겠어? 순순히 손을 들어버리면 내가 너무 허무할 것 같거든? 그러니까 기왕 사기 진 거 악랄하게 해, 끝까지."

험악한 욕을 퍼붓고 김태성이 돌아갔다. 대문을 단단히 잠그고 지안은 돌계단을 오르다 그대로 털썩 주저앉았다. 허탈하고, 분하고, 스스로가 바보 같고 한심하고, 또 오늘이 너무 엿 같아서 속이 뒤틀렸다. 눈물이 날 것 같아, 그랬다가는 진짜 바보 같을 것 같아서 주먹으로 가슴을 내리치며 슬금슬금 올라오는 눈물을 꾹꾹 내리눌렀다.

"하아."

심호흡을 하고, 그러다 입술을 깨물고, 그러다 눈을 질끈 감으며 끓어오르는 감정을 다스렸다.

왜 이렇게밖에 못 살았을까.

대체 왜 이렇게 어리석게 살았을까.

"시시하다, 서지안."

눈에 핑그르르, 고인 눈물을 손으로 훔쳐 내고 지안은 어깨를 활짝 폈다. 시린 공기가 폐 깊숙이 찌르듯 들어왔다.

Rrrrrrrr.

벨소리에 지안이 몸을 떨었다. 하지만 이내 액정에 찍힌 강현의 이름을 보고 가슴을 쓸어내렸다.

—집에 들어갔어요?

"네."

—깜깜한데?

지안은 얼른 일어나 대문을 열었다. 차에 기댄 채로 강현이 핸드폰을 귀에 대고 있었다. 지안은 무작정 강현에게 달려가 안겼다. 퍽, 소리가 나게 안긴 지안 때문에 강현은 덜컥 심장이 내려앉았다.

"왜 그래요, 무슨 일이에요?"

"보고 싶었어요."

두 팔로 강현의 허리를 부여잡고 지안은 그의 가슴에 얼굴을 비볐다. 강현의 살 냄새를 맡자 거지 같았던 하루가 말끔히 잊히는 것 같았다.

"그거 말고."

강현이 지안의 머리를 부드럽게 쓸어내렸다.

"말해요, 무슨 일인지."

지안은 고개를 들어 강현과 눈을 맞췄다. 코끝이 빨개진 것도 모르고 지안은 헤헤, 소리까지 내며 해맑게 웃었다.

강현은 주방에 들어가 우유를 따뜻하게 데워 지안에게 먹였다. 강현이 준 우유를 호호, 불어 식혀가면서 지안은 마지막 한 방울까지 말끔하게 마셨다. 뜨거운 게 들어가자 이제야 살 것 같았다.

"생각보다 조금 더 시끄러워질 수도 있을 것 같아요."

지안이 담담하게 웃었다.

"어떻게요?"

"엄마가 그 사람을 상대로 소송을 준비하고 있었어요."

"그 사람?"

"나한테 사기 친 놈이요."

"아, 그놈?"

"후훗, 그놈이요."

지안이 겨우 진짜처럼 웃었다. 빨갛게 충혈된 눈을 본 순간부터 마음이 찌르르, 아팠다. 아무렇지 않은 척, 괜찮은 척하는 지안이 안쓰러워 아는 척을 하고 싶었지만 그러면 더 힘들어할 것 같아 차마 그러지도 못했다.

"상관없어요."

"괜찮아요?"

"소송을 하면 사기를 당했다는 게 더 명백해지는 거니까 오히려 나을 수도 있어요."

괜히 나중에 나타나서 결혼을 했었네, 어쨌네 하는 것보다는 지금 깨끗하게 처리하는 게 나았다.

"연애하기 너무 어렵다."

지안이 한숨을 쉬며 입을 쑤욱 내밀었다.

"연애 후딱 정리하고 결혼이나 합시다."

"아무리 그래도 그건 아닌 것 같은데요?"

지안은 뾰로통한 표정을 지으며 눈을 가늘게 떴다.

"레스토랑 빌려서 촛불 켜놓고 사랑의 세레나데 같은 거 부르고, 뭐 그런 걸 바라는 거예요?"

"네."

"설마."

"나도 여자예요."

"자신 있어요?"

"무슨 자신이요?"

"정색하지 않을 자신."

낯간지러운 프러포즈 이벤트에 지안이 손뼉을 치며 좋아하는 모습은 감히 상상이 되지 않았다. 말로는 원하는 것처럼 굴어도 막상 해주면 귓불이 빨개져 정색을 할 게 눈앞에 그려졌다.

"그런 걸 정색하지 않고 받는 여자도 있어요?"

"서지안 씨 빼고는 다 그럴 걸요?"

강현이 지안의 볼을 아프지 않게 꼬집었다. 지안은 픽, 웃으며 하루의 고단함을 털어냈다.

"내일 뭐 해요?"

강현이 지안의 어깨를 안았다. 지안은 그의 어깨에 머리를 기댔다.

"놀아요."

"집에서?"

"네."

"그럼 TV나 인터넷은 보지 말고 책 보면서 놀아요."

"왜요?"

"내일 새벽에 2차 보도자료 보낼 거예요. 아침엔 인터뷰 몇 개할 거고, 곧바로 기사가 나갈 거예요."

지안은 평온하게 눈을 감았다.

"열애 중이다, 이 한마디만으로도 서지안 씨에 대해 별의별 얘기가 다 나올 거예요."

일단은 열애 중임을 시인할 생각이다. 행복하게 잘 만나고 있다고 신비의 인터뷰를 하고 나머지는 컴백에 대한 것과 새로 찍게될 영화에 대해 얘기하기로 어느 정도 말을 맞춰놓은 상태였다. 그리고 사람들의 반응에 따라 적절히 대응할 생각이다. 지안의 신상이 무차별적으로 공개가 될 조짐이 보이면 먼저 나서서 기자회견까지 하기로 진원과 상의를 끝냈다. 모쪼록 조용히 넘어가길 바라지만 그러기엔 변수가 많았다.

"알아요."

"생각보다 구체적인 얘기들이 나올 수도 있고, 치욕스러운 말까지 들을 수도 있어요. 그러니까 TV도 보지 말고, 인터넷도 하지마요."

"상처받을까 봐 걱정돼요?"

"아주 많이."

"시시한 사람 안 될 거예요."

"무슨 말이에요?"

"휘둘리지 않을 거라고요. 그러니까 내 걱정은 하지 마요."

강현이 지안의 정수리에 입을 맞췄다.

아침부터 지안의 핸드폰에 불이 났다. 제일 먼저 전화를 한 사람은 지선이었고 그다음은 이안과 올케인 은수였다. 그리고 규안까지도 전화를 걸어 괜찮은지 물었다. 직접적으로는 말하지 않았어도 은수도 규안도 모두 알고 있었나 보다.

—연애 한번 시끌벅적하게 한다.

"내가 좀 유별나잖아."

—조만간 술 한잔하자고 해.

"그럴게."

—지안아.

규안이 다정스레 지안의 이름을 불렀다.

"응."

—고개 들고 다녀.

멀게만 느껴지던 규안이 이 순간 세상에 둘도 없는 오빠로 지안을 울컥하게 만들었다.

"어, 걱정 마."

—끊자.

통화를 끝내고도 지안은 오랫동안 불 꺼진 핸드폰을 들여다봤다. 하지만 감상에 젖어 있는 것도 잠시였다. 이내 모르는 번호로 여러 통의 전화가 들어왔다. 지안은 아는 사람이 아니면 굳이 통화를 하지 않기로 마음먹고 씩씩하게 아침밥을 챙겨 먹었다. 그렇게 꿋꿋하지만 위태롭게 평화를 이어나가고 있었다.

딩동.

초인종 소리에 욕조에 몸을 담그고 있던 지안은 목욕가운을 걸치고 욕실 밖으로 나왔다. 젖은 머리칼을 수건으로 감싸고 그녀는 현관 앞으로 걸어가 인터폰을 들여다봤다. 화면 안에는 아무도 보이지 않았다. 화면이 꺼지고 지안은 인터폰에서 시선을 뗐다. 욕실을 향해 몸을 돌리는데 또다시 누군가 초인종을 눌렀다. 인터폰에 불이 들어왔다. 하지만 이번에도 사람은 보이지 않았다. 일부러 통화버튼을 누르지 않고 그녀는 누군가 모습을 드러낼 때까지 기다렸다. 그러자 잠시 후, 예상했던 대로 기자로 보이는 남자가 인터폰에 얼굴을 들이밀고 있었다. 남자의 뒤로 검은 머리가 두개는 더 보이는 듯했다.

지안은 고개를 돌려 시간을 확인했다. 이제 고작 오전 11시가 조금 넘은 시간이었다.

"우와, 진짜 빠르다."

놀라지 않을 수가 없었다. 최소한 저녁까지는 잠잠할 줄 알았다.

띠리리릭.

지안은 리모컨을 찾아 음악을 틀었다. 볼륨을 높여 최대한 초인종 소리가 들리지 않도록 했다. 방으로 들어가 목욕가운을 벗고 옷을 갈아입었다. 손으로 연신 젖은 머리칼을 말리면서 그녀는 다시 방에서 나왔다. 혹시 몰라 활짝 열어놓고 있던 커튼을 닫아 창문을 가렸다. 전봇대나 담벼락에 올라가지 않는 이상 집 안을 들여다볼 수는 없었지만 그래도 일단은 빛이 들어오는 걸 모조리 차단했다. 그리고는 2층으로 올라가 컴퓨터를 켰다. 부팅이 되는 동안 그녀는 지선에게 전화를 걸었다.

"엄마."

지선은 아무 대꾸가 없었다. 불과 몇 시간 전에 전화를 해 소리를 지르며 난리를 치던 지선은 이상할 정도로 조용했다.

"미안해."

아까 하고 싶었는데 못한 말이었다. 숨 쉴 틈도 주지 않고 몰아붙이는 통에 아무 말도 할 수가 없었다.

"그리고 고마워요."

—뭐가.

한참 후에야 지선이 목소리를 들려줬다.

"그 사람한테 아무 짓도 안 해줘서."

—짓?

아차, 하며 지안은 입술을 살짝 깨물었다.

"망신당하게 해서 미안해요."

—망신인 건 알아?

삐죽하게 날이 섰지만 전처럼 아프게 찌르진 않았다. 강현이 배우라는 걸 알고, 그게 쉽지 않은 직업이라는 걸 알아가는 요즘, 지선이 측은해졌다. 지금보다 더 고지식하던 시절, 지선은 얼마나 외롭고 처절한 싸움을 했던 걸까. 속속들이 전부를 이해하지는 못하지만 원망했던 마음의 한 귀퉁이 정도는 접어두고 싶어졌다. 어쩌면 그럴 수밖에 없지 않았을까, 스스로 나가떨어지지 않기 위해 더 악을 쓰며 제자리를 지키려고 했던 게 아닐까, 어설프게나마 이해를 하고 싶어졌다.

—아무 전화나 받지 말고, 밖에 나가지 말고 집에 있어.

"어."

—컴퓨터 켜지 말고 책이나 보고 있고.

명령에 가까운 당부였지만 지안은 고분하게 그러겠다고 대답했다. 지선과 통화를 끝내고 지안은 컴퓨터 앞에 반듯하게 앉았다. 마우스에 손을 올리고 인터넷을 클릭했다.

[강현, 열애 인정!]

포털사이트 검색 순위 실빈이 ㅂㅅ기 ㅣㅠ ㅁㄷ 두배 돼 있었다. 제일 위에 있는 검색어를 클릭하자 화면이 바뀌면서 강현의 이름이 들어간 기사들이 줄줄이 나왔다. 지안은 그중 하나를 클릭해 읽기 시작했다.

[4년 만에 컴백한 강현이 공식적인 첫 인터뷰에서 열애설에 대해 솔직히 인정했다. 그동안 루머로만 떠돌던 은둔설이나 사망설에 대해서는 웃으며 넘기는 여유를 부리기도 했다.]

말짱하게 살아 있는 사람에게 사망했다는 설을 붙인 사람들을 향해 지안은 잠시 속으로 욕을 해주고 다시 천천히 기사를 읽어 내려갔다.

[열애 중인 상대에 대해서는 함구하고 있는 중이지만 재벌가의…….]

"우리 아버지 재벌 되셨네."

기사는 강현이 얘기해 준 것과 크게 다르지 않은 듯했다. 지안은 주욱 기사를 눈으로 훑다 아래쪽에 있는 네티즌 의견 부분을 클릭했다. 기사 하나에, 그것도 올린 지 1시간도 안 된 기사에 댓글이 무려 78개나 달려 있었다. 그중 채 10개도 읽지 못하고 지안은 그대로 화면을 닫아버렸다.

"후우."

입에 담기 힘든 말들이 대부분이었다. 하루아침에 지안은 몸을 파는 사람이 됐고, 강현은 돈에 환장한 남자가 됐다. 아찔했다. 수치심에 얼굴이 화끈거리기도 했다. 겨우 연애를 하고 있고, 상대가 재벌가 사람일지도 모른다더라, 라는 몇 마디에 사람들은 벌떼처럼 몰려들고 손톱과 발톱을 세우기 시작했다. 컴퓨터 앞에 앉아 눈으로만 읽어도 이렇게 소름이 끼치는데 맨몸으로 부딪치고 있는 강현은 얼마나 아프고 쓰릴까. 피곤한 하루가 아니라 만신창이로 몸과 마음이 너덜너덜해지는 하루가, 아니, 며칠이 될 것 같아 가슴이 턱 막혔다.

지안은 꿀꺽, 마른침을 넘기고 강현에게 문자를 보냈다.

「좋은 하루!」

얼마 후 강현에게서 문자가 왔다.

「반새!」

장난스러운 문자가 일단 마음이 놓였다. 지안은 컴퓨터를 끄고 아래층으로 내려갔다. 음악 소리에 뒤섞여 초인종이 소리가 희미하게 들렸다. 방으로 들어가 밤에 읽다 말았던 책을 집어 들고 거실로 나왔다. 핸드폰을 눈에 잘 보이는 곳에 놓고 지안은 책장을 넘겼다.

강현은 전부터 친분이 있었거나 중요하다고 생각되는 곳하고만 인터뷰를 진행했다. 하지만 그중 많은 독자를 보유하고 있는 잡지사 하나만이 인터뷰 대상에서 제외됐다. 이유는 간단했다.

"이 바닥이 다 그렇고 그런 거 아니겠어요? 뭐 유치하다고 할 수도 있지만 그래도 강현 정도 되면 인터뷰는 내키는 대로 할 수 있는 거니까."

진원은 사무실 전화기를 들고 있는 대로 거드름을 피우는 중이었다.

"참, 이 기자 앞으로 조만간 고소장 하나 갈 겁니다."

─이섯 봐요, 고 내뵤.

"만약에 아이가 다쳤으면 이렇게 신사적으로는 안 끝냈습니다. 그럼 바빠서 이만 끊겠습니다."

탁, 전화기를 내려놓는 소리에 강현은 인상을 쓰며 진원을 쳐다봤다.

"왜?"

"어째 즐기는 것 같다?"

"피할 수 없으면 즐겨라, 몰라?"

"그러다 춤이라도 추겠네."

강현은 고개를 저으며 대본을 다시 들었다. 머릿속에 들어오지는 않지만 가만히 있는 것보다는 나았다. 지안에게 문자를 보내고 핸드폰은 전원을 껐고 사무실에 틀어박혀 대본을 보는 것 말고는 일체 아무것도 하지 않고 있었다. 보도자료는 뿌려졌고 기사는 앞다투어 올라오는 중이었다. 그중 악의적인 것들은 회사 차원에서 클레임을 걸어 내리도록 하고 있었다. 인터뷰 요청은 끊임없이 들어오고 진원과 사무실 직원들은 발 빠르게 움직이며 프로답게 대처했다. 일단 예상했던 대로 흘러가고 있었다.

"걸리는 게 많을 땐 한꺼번에 터트리는 게 수일 수도 있어."

무덤까지 갖고 갈 수 있는 비밀이란 없었다. 남녀가 연애를 하면서 둘만의 일을 놓고 비밀이라고 하는 게 말이 안 되기는 하지만 공인이란 어쩔 수가 없었다. 대중들이 듣기를 원하고 보기를 원하면 알려줘야 하는 게 일종의 의무였다. 적당히 보여주고, 적당히 덮으려고 하다가 잘한 것까지 한순간에 와르르 무너져 내릴 수도 있는 게 바로 이 연예계였다. 아무것도 예측할 수 없고 아무것도 장담할 수 없는 곳이다. 그러니 과감 모험, 그게 답이 될 수도 있었다.

"그런데 서지안 씨 집안에서는 아무 도움도 안 준대?"

진원은 은근히 서 회장이 뭔가를 해주지 않을까 기대하는 눈치였다.

"기대하지 마."

흠, 깊은 한숨을 몰아쉬며 진원은 강현에게 원망스러운 눈길을 보냈다. 강현은 얄밉게도 대본에만 시선을 두고 있었다.

"그나저나 유주은이나 얌전히 있으면 좋겠다. 설마 이 와중에 이혼한다, 어쩐다 나서는 건 아니겠지?"

"그렇게까지 멍청하지는 않잖아."

"이혼을 하겠다고 나섰다가도 현재 돌아가는 상황을 알면 가만히 입 다물고 있겠지."

이럴 때는 주은이 영악하다는 게 고마울 따름이었다.

"점심은 뜨끈한 순두부찌개나 시켜 먹자."

밖에선 거세게 태풍이 휘몰아치고 있었지만 태풍의 눈 안에 들어 있는 강현은 그 어느 때보다 평온했다. 이렇게 시간이 흘러 하루가 지나고, 또 이틀이 지나면 바깥세상에 불어닥친 태풍도 잠잠해질 거라고 강현은 속으로 차분히 되뇌었다.

10.

「당신이 있는 그곳이 바로, 낙원.
우리가 함께하는 그것이 바로, 낙원.」

[충격! 영화배우 강현의 연인은 영화배우 류지선……?]

제목만 보면 강현과 지안의 엄마인 지선이 마치 불륜을 저지르고 있는 것 같았다. 그나마 신문은 인터넷보다는 점잖았다.

[배우 강현의 열애 상대는 영화배우였던 류지선의 딸로 밝혀져.]

어떻게들 알아내는지 지안이 지선의 딸이라는 것까지 단 하루만에 알려졌다. 덕분에 지선의 집까지 기자들이 모여들어 북새통을 이루었다. 신경이 바짝 곤두선 상태에서도 지선은 우아함을 잃지 않았다. 초인종을 누르거나 전화를 해오는 기자들에게 지선은 웃는 얼굴로 교양 있게 인터뷰를 거절했고 그저 노코멘트로 일관했다.

"하루 종일 저러고 있는 건 아니겠죠?"

지안의 기사가 터지고 아침 일찍 친정으로 온 이안은 몰려든 기자들 때문에 집에도 돌아가지 못하고 있었다.

"며칠은 저러겠지."

"안 돌아간다고요?"

"더 큰 사건이 터지지 않는 한 돌아가지 않을 거다."

간혹 정치적인 문제로 나라가 떠들썩해지고 국민들이 동요하기 시작하면 연예인들 중 영향력이 있다고 판단되는 몇을 골라 열애설로 묶거나 마약 같은 사회적 문제를 만들어내기도 한다. 그러면 자연적으로 공중파에선 정치적 문제보다는 연예인들의 문제를 전면에 내세워 기사를 내보내고 그 뒤에서 높으신 양반들끼리 문제를 조용히 덮기도 했다. 하지만 이번엔 그 반대의 상황이라 그저 시간이 흘러 사람들의 관심이 사라지기만을 기다리는 수밖에는 별 뾰족한 방법이 없는 듯해 지선도 답답했다.

"이러다 지안이한테 큰일 나는 거 아닌지 모르겠어요. 진짜 걱정돼 죽겠어."

"다 스스로 자초한 일인데 걱정은 무슨."

지선은 냉정하게 이안에게서 시선을 돌려 버렸다.

"엄마."

"그렇게 당한 지 얼마나 됐다고 만난 지 얼마 되지도 않은 놈하고 사랑을 해?"

제주도에 있는 걸 알았을 때 내려가서 끌고 올라오지 않은 게 지선은 두고두고 후회스러웠다. 설마 그곳에서 남자를 만날 거라고는 꿈에도 생각지 못했다. 대체 누굴 닮아 그렇게 마음이 실바람처럼 가볍게 팔랑이는 건지 도대체 이해가 되지도 않았고, 이해를 하고 싶지도 않았다.

"사랑 같은 거, 그거 시간하고는 상관없잖아요."

첫눈에 반하는 사랑도 있는 거고, 10년을 목숨 걸고 사랑한 사람도 어느 날 갑자기 마음이 변할 수도 있는 게 사랑이었다. 그러니 지안과 강현의 만남이 짧다고 그들이 하는 게 사랑이 아니라고 할 수는 없었다. 비슷한 상처를 갖고 있었기에 서로를 품는 게 더 수월할 수도 있지 않았을까, 전부를 다 보여주고 시작한 사이라 마음을 열고, 마음에 서로를 담는 게 보통의 사람들보다는 쉽지 않았을까, 이안은 그렇게 이해하고 있었다.

"얼른 다 지나갔으면 좋겠어."

그건 지선도 같은 마음이었다. 때려주고 싶게 말도 안 듣는 미운 막내딸이지만 자식이었다. 아프더라도 조금만 아팠으면 좋겠고, 힘들더라도 조금만 덜 힘들었으면 좋겠는 게 엄마의 마음이었다. 단지 표현이 서툴 뿐이었고 그 서툼을 이해하기엔 지안의 마음이 넉넉하지 못했다. 그 엄마에 그 딸, 지선과 지안을 두고 하는 말이지 않을까.

"지안이는 어쩌고 있는지 알아요?"

"알아서 잘하고 있겠지."

"엄마도 걱정되면서 뭐."

카메라 앞에서 그렇게 웃고, 울고 연기를 했는데 왜 카메라가 없는 데서는 마음에 담아두고 있는 말조차 입 밖으로 나오지 않는 건지 지선은 오십을 넘게 살면서도 알지 못했다.

"전화해 볼까?"

지선은 아무 말도 하지 않았다. 이안은 핸드폰을 들어 지안의 번호를 눌렀다. 그 흔한 컬러링조차 설정하지 않는 고지식한 지안이 이렇게 열렬한 연애를, 그것도 연예인과 하고 있다는 게 이안은 새삼 놀라웠다.

—어, 언니.

침울하거나 잔뜩 가라앉은 목소리로 받을 줄 알았는데 지안은 평소와 다름없는 목소리로 전화를 받았다.

"별일 없는 거지?"

무슨 일?

대문 밖에 진을 치고 있는 기자들이나 인터넷에 올라온 기사들을 읽으며 자신들과는 개인적으로 아무 상관도 없는 사람의 사생활을 놓고 눈을 빛내며 씹어대고 있는 사람들을 비웃듯 지안은 의연하기만 했다.

"아무 일도 없으면 됐어. 근데 집 아니야?"

—일 있어서 나왔어.

"기자들은 어쩌고?"

—나보단 엄마한테 더 건질 게 많다고 생각했는지 몇 명 안 남았더라고.

지안은 말끝에 재미있다는 듯 쿡쿡, 웃기까지 했다. 혹시라도 웃음소리를 지선이 들을까 봐 이안은 얼른 핸드폰을 귀에 바짝 갖다 대며 고개를 돌렸다.

"진짜 괜찮아서 그러는 거야, 안심시키려고 일부러 그러는 거야?"

물어놓고 이안은 혼자 피식 웃었다. 지안이라면 일부러 그러는
건 아닐 거다.

—이따 집에 들어가서 전화할게, 지금 통화하기 좀 그래.

"알았어."

고개를 갸웃거리며 이안이 핸드폰을 귀에서 뗐다.

"어디서 뭘 하고 있대?"

관심 없는 것처럼 시선 한번 주지 않던 지선이 이안에게 넌지시
물었다.

"그냥 이따 전화한다고만 하네요."

"하여간 무슨 생각을 하고 사는 앤지."

지안의 결혼이 엉망으로 깨지고 이번에 강현과 기사까지 나면
서 지선이 그래도 전과는 달라진 모습을 보이는 것 같아 이안은
내심 마음이 들떴다. 강현으로 인해 지안과 지선의 틀어진 사이가
제자리로 돌아오는 기적이 일어나지 않을까, 바라기도 했다.

이안과의 통화를 끝내고 지안은 핸드폰의 전원을 껐다. 핸드폰
을 주머니에 넣고는 비누칠을 해 손을 깨끗하게 씻었다. 그러고는
화장실에서 나와 기다란 복도에 들어서기 전, 벽에 설치된 기계를
눌러 세정제로 손을 다시 한 번 소독했다. 그렇게 오랜만에 온 것
도 아닌데 워낙 상황이 어지럽다 보니 눈에 보이는 것마다 새롭게
느껴졌다.

"오셨어요?"

마침 외출을 했다 돌아온 시설의 원장님이 지안을 보고는 살갑게 인사를 건네왔다.

"안녕하셨어요?"

"나야 늘 안녕하죠."

　해맑은 아이들을 돌봐서 그런지 한 원장의 미소는 티 없이 맑기만 했다. 한 원장은 지안이 했던 것처럼 세정제로 손을 소독했다.

"들어갑시다."

"네."

　한 원장이 지안의 옆에서 조분히 걸음을 내딛었다. 아이들이 모여 있는 방으로 먼저 가 뒤에서 함께 다가가고 그 뒤에 지안이 들어갔다. 아이들의 엄마들은 시설을 나간 후 아이와 함께 살기 위해 취업 교육을 나가 있는 시간이라 자원봉사자들과 시설의 선생 셋이 우는 아이를 달래고 분유를 먹이느라 정신이 없었다. 지안은 얼른 가장 가까이에서 울고 있는 아이부터 안았다. 능숙하게 아이를 품에 안고 그녀는 눈을 맞추며 달래기 시작했다. 엄마의 손이 고팠는지 아이는 금세 울음을 그치고 지안을 똘망똘망한 눈으로 쳐다봤다. 천사가 따로 없었다.

"지안 씨, 이제 아이 낳아도 되겠네."

　차분하게 아이를 달래는 지안을 보며 한 원장이 흐뭇하게 웃었다.

"그래도 얼굴 보니까 마음이 놓이네요."

"기사 보셨어요?"

"그럼, 내가 강현 씨 얼마나 좋아하는데."

"네?"

"팬이잖아, 누나 팬."

지선과 비슷한 연배의 한 원장이 아줌마도 아니고 누나라고 하니까 너무 웃겨 지안은 시설에 온 지 처음으로 눈물까지 찔끔하며 웃었다.

"지안 씨니까 양보하는 건 줄이나 알아."

"네, 감사합니다."

격 없는 농담을 하며 한 원장과 지안은 아이들과 즐거운 시간을 보냈다. 몸은 힘들어도 아이들과 있다 보면 마음이 정화되고 복잡했던 머릿속이 개운하게 풀리는 기분이었다. 겉으로는 아이들을 위한 봉사 같아 보이지만 사실 지안이 더 아이들로부터 위로를 받고 힘을 얻고 있었다.

배가 부르자 졸음이 몰려오는지 아이들이 곤하게 잠이 들었다. 그중 잠이 들지 않은 아이들은 선생님들 품에서 옹알이를 하며 놀았다. 지안은 빨래를 하기 위해 조용히 방문을 닫고 나왔다. 그때 교육을 마치고 돌아온 한 미혼모와 눈이 마주쳤다. 미혼모 시설에서 봉사를 할 때는 지켜야 할 주의사항 같은 게 몇 가지 있었다. 일단 미혼모들이 다가오기 전에 먼저 다가가는 건 금물이었다. 아이의 아빠에 대해 물어서도 안 됐다. 사연이 있고 사정이 있는 사람들이라 마음을 여는 것도 쉽지 않았고 서로 마음을 터놓고 지내는 것도 그다지 내켜하지 않았다. 그래서 지안도 괜히 언니인 척 다가가려 하지 않았다.

"그쪽, 알아요."

아이들의 옷가지를 들고 복도를 지나가는데 앳돼 보이는 여자가 지안을 아는 척했다.

"신문에 난 거, 그쪽 맞죠?"

뭔가 적개심이 담긴 눈빛을 하고 있는 여자였다. 지안은 특유의 무표정한 얼굴로 짧게 네, 라고만 대답했다.

"있죠, 나는 처음부터 그쪽이 마음에 들지 않았어요."

원망을 하는 것 같기도 하고, 시기를 하는 것 같기도 한 설익은 감정이 엿보여 지안은 물끄러미 여자를 쳐다봤다.

"나는 구질구질하게 이러고 있는데 얼굴도 예쁘고 돈도 많은 것 같은 그쪽은 일주일에 한 번 쓱 봉사하시고 여기 와서 자기만족이나 하고 가는 것 같아서, 그래서 진짜 마음에 안 들었어요."

자기만족, 틀리지 않은 말이었다. 처음 시작은 그것에서부터 비롯됐으니까 정확하게 본 거다.

"지금도 마음에 드는 건 아니에요."

조금은 경계가 풀린 것 같은 눈빛에 지안은 옅게 웃었다.

"그렇다고 싫지는 않아요. 우리 민우한테 진심으로 대해주는 거 알아요."

올 때마다 지안이 가장 많이 안아주는 아이, 방긋방긋 너무나 사랑스럽게 웃는 아이가 바로 민우였다.

"천사잖아요."

어떻게 그렇게 맑은 눈을 갖고 있는지, 어떻게 그렇게 고운 입술을 갖고 있는지, 어떻게 그렇게 보드라운 뺨을 갖고 있는지, 하나같이 다 곱고 예쁜 아이다. 그런 아이를 포기하지 않고 낳은 아이의 엄마도 분명 천사일 거라고 지안은 마음으로 박수를 보냈다.

"실망 같은 거 안 하게 해주세요."

"실망?"

"잘 먹고 잘살라고요."

말 한번 참 안 예쁘게도 한다. 그런데 투박하고 싹수없는 말투가 어쩐지 귀엽기만 하다.

"아까 민우 노랗고 예쁜 똥 싼 거 알아요?"

태어나서 내내 속이 좋지 않아 여러 사람을 걱정하게 만든 녀석이었다.

"똥이 예뻐요?"

민우 엄마가 미간을 구겼다.

"엄청 예뻤어요."

"그거 우리 민우 내복이죠?"

하늘색의 줄무늬가 있는 내복을 민우 엄마가 한눈에 알아보고는 손가락으로 가리켰다.

"주세요."

"내가 할게요."

민우 엄마는 투박한 손길로 지안에게서 내복을 뺏어갔다. 터널 앞에 서 있다고 여길지 모르겠지만 지안의 눈에는 민우와 민우의 엄마는 이제 막 어두운 터널을 빠져나오고 있는 중으로 보였다. 어린 나이에 제 자식을 포기하지 않고 선택했다는 것만으로도 민우 엄마는 어른이었다.

"같이 해요."

세탁실로 들어가는 민우 엄마를 따라 지안이 웃으며 걸음을 재촉했다.

편의점에 들러 컵라면과 김밥 한 줄을 산 지안은 집까지 기분 좋게 걸어왔다. 점심부터 굶었더니 배가 많이 고파 발걸음이 점점 빨라졌다.

Rrrrrrrrr.

편의점에서 나오면서 핸드폰 전원을 켜둔 지안은 희미하게 들리는 벨소리도 용케 알아듣고 주머니에 손을 넣었다. 강현이었다.

"오래만이네요, 유강현 씨."

그래 봤자 하루 만이었지만 괜히 장난이 걸고 싶었다.

—그러게, 우리 너무 오랜만인 거 아니에요?

이런 시끄러운 일이 터지지 않았다면 매일 만나 맛있는 걸 먹고, 서로에 대해 차근차근 알아가고, 그러면서 사랑의 감정을 키우고 했을 텐데 그러지 못하는 게 못내 아쉽기는 했다. 그래도 지나치긴 해도 사람들의 관심으로 끈끈하고 견고한 무언가가 불필요한 과정 없이 생기기는 했다. 만약 강현이 배우가 아니고 평범한 사람이었다면 평범한 연애를 하면서 평범한 일상을 보내고 있을지도 모른다. 그 과정에서 내일보다는 당장 오늘을 보느라 바빴을지도 모르고, 그러다 서로가 운명임을 알아보지 못하고 허무하게 서로를 흘려보냈을지도 모르겠다. 용기를 낼 수 있었던 것도, 서로를 알아볼 수 있었던 것도, 다르게 생각해 보면 다 유난스러운 사람들 덕분이기도 했다.

─저녁 먹었어요?

"아직이요. 강현 씨는 먹었어요?"

─서지안 씨랑 먹으려고 아직 안 먹었어요. 거의 다 왔으니까 기다려요.

손에 들린 검은 봉지를 힐끗 쳐다보고 지안은 입꼬리를 올렸다.

"근데 집에 막 찾아오고 그래도 되나?"

─기자들 아직 안 가고 있어요?

큰길에서 벗어나 지안은 집 근처에 다다랐다. 지안은 길게 목을 빼고 집 앞에 누가 있는지 살폈다. 눈에 띄는 사람은 없었다. 이미 낮에 집을 나가는 걸 다들 봤는데 집 앞을 지켜봤자 아무 소용이 없다는 걸 알지 않을까 싶었다.

"없는 것 같은데요?"

─그래도 혹시 모르니까 집에 들어가지 말고 근처에서 좀 기다려요.

"알았어요."

지안은 핸드폰을 주머니에 넣고 방향을 틀었다. 강현이 오는 방향으로 걸어가면서 그를 만날 생각이었다. 그런데 몇 걸음을 떼기도 전에,

"서지안 씨!"

등 뒤에서 커다랗게 그녀의 이름을 부르는 소리가 들렸다. 지안은 멈칫, 했다가 다시 빠르게 걷기 시작했다. 다다다, 사람들의 발소리가 무섭게 그녀를 따라왔다. 그리고 순식간에 사람들에게 둘러싸였다. 카메라 플래시가 여기저기서 터지고 사람들은 그녀가

도망가지 못하게 어깨를 밀치고 옷자락을 사정없이 잡아당기고
했다.

"서지안 씨, 이미 결혼을 했다고 하는데 사실인가요?"

"강현 씨랑은 구체적으로 어떻게 만나게 된 겁니까?"

"최측근에 따르면 혼인신고는 하지 않았지만 사실혼 관계라고
하던데 맞습니까?"

우르르, 사람들의 목소리가 한데 뒤섞여 들렸다. 결혼이 어쩌
고, 사실혼이 어쩌고 하는 말들을 들으며 지안은 침착해지려고 애
썼다.

"결혼한 씨 밀에 뱄는 씨니까!"

"어머니도 강현 씨와의 사이를 인정하는 건가요?"

"결혼을 한 남편은 이 상황을 알고 있습니까?"

이미 기자들은 지안이 결혼을 했다는 걸 다 알고 있었다. 그녀
는 졸지에 남편을 두고 불륜을 저지르는 천하의 나쁜 년이 돼가고
있었다.

"이혼하실 건가요?"

"한 말씀 해주시죠!"

싹둑, 전선이 끊긴 것처럼 머릿속이 까맣게 변했다. 아무 생각
도 나지 않고, 아무 감각도 없었다. 이리저리 사람들에게 치이면
서 지안은 아득해져 가는 정신을 붙잡느라 이를 악물었다. 그리고
그 순간,

"괜찮아요?"

누군가 지안의 손을 잡았다. 지안은 넋이 나간 것 같은 표정으

로 눈을 들었다. 강현이었다.

"다친 데 없어요?"

지안은 입을 꾹 다물고 고개를 저었다. 지안이 무사하다는 걸 확인한 강현은 그녀의 손을 잡아 등 뒤에 세웠다. 카메라를 든 기자와 펜을 든 기자들이 일제히 강현의 앞으로 몰렸다.

"강현 씨, 서지안 씨가 결혼한 사실이 있다는 걸 알고 있었나요?"

"언제부터 알았습니까? 결혼 전부터 알고 있었던 건가요?"

기자들은 슬슬 강현과 지안의 관계에 대해 소설을 쓰기 시작했다.

"혹시 강현 씨도 모르고 있던 거 아닙니까?"

"서지안 씨, 의도적으로 강현 씨를 속인 거 아닌가요?"

점잖은 태도를 유지하던 강현이 표정을 바꿨다.

"책임질 수 있습니까?"

그리고 방금 지안의 이름을 거론했던 기자를 향해 물었다.

"의도적이라고 했던 말, 책임질 수 있느냐고요."

"그거야……."

압도적인 눈빛에 위협을 느꼈는지 기자들 몇이 슬금슬금 시선을 회피했다. 폭죽 터지듯 터지던 플래시 세례도 줄어들었다.

"연애 좀 해보겠다는데 다들 너무하는 거 아닙니까?"

강현은 이내 정색하고 있던 표정을 풀고 능청스럽게 웃는 여유까지 보였다.

"궁금한 게 있으면 저한테 직접 물으세요."

"서지안 씨가 결혼했다는 거 알고 있었습니까?"

강현과 안면이 있는 기자 한 명이 제일 먼저 입을 열었다.

"네, 알고 있었습니다."

웅성웅성, 기자들의 손이 빠르게 움직였다.

"사실혼 관계라는 말이 있던데, 사실인가요? 만약 그렇다면……."

"사실무근입니다."

"사기결혼이었다는 말도 있던데, 맞습니까?"

"네."

꼬미디기 없이 깔끔하고, 명확한 대답에 질문을 한 기자가 고개를 끄덕이며 웃었다. 그중 몇 명은 고개를 갸웃거리니비 떠쨈떠떠쨈 반응을 보이기도 했다.

"이 늦은 시간에 아무 준비도 안 돼 있는 여자한테 카메라 들이대는 건 좀 심한 거 아닙니까? 다들 늦은 시간까지 기다리느라 고생한 건 알겠는데 그만들 돌아가시죠."

"늦은 시간까지 기다렸는데 정식으로 인터뷰 한번 하죠?"

"오랜만이네요, 연 기자님."

강현이 눈인사를 하며 친분을 내비쳤다. 예전 주은과 사귈 때부터 가깝게 지내던 기자였다. 알면서도 모른 척 끝까지 입을 다물어준 의리 있는 기자라 이곳에서 그를 만난 게 강현은 약간 실망스러웠다.

"잘 지내시죠?"

연 기자가 의미심장한 눈빛으로 싱긋, 웃었다.

"오늘 일, 혹시 연 기자님 친구분한테서 흘러나온 겁니까?"

정중하게 친구분, 이라고 했지만 말투는 비아냥에 가까웠다. 그걸 모를 리 없는 연 기자는 눈썹을 들었다 내리며 강현의 말을 인정했다.

"인터뷰, 갈까요?"

"소속사에서 조만간 간단한 기자회견 진행할 겁니다. 특종은 그때들 잡으시는 걸로 하죠."

강현은 지안의 어깨를 감싸 안고 기자들 사이를 비집고 나왔다. 남의 집 담벼락 앞에 강현의 차가 헤드라이트를 켠 채 아무렇게나 서 있었다.

차 안의 훈훈한 열기에 얼었던 몸이 서서히 녹았다. 바짝 얼어서는 말 한마디 제대로 못한 자신이 지안은 생각할수록 촌스러웠다.

"나는 카메라 체질은 아닌가 봐요."

정신이 하나도 없었다. 눈은 따갑고 입술은 쓰리게 말랐다. 침을 삼키고 싶었지만 그것도 마음대로 되지 않았다.

"지안 씨까지 카메라 체질이면 어쩌라고?"

"나 좀 바보 같았죠?"

"익숙하지 않은 일이니까 당연한 거예요."

마주 보며 걸어오는 지안을 보고 속도를 줄였다가 그녀 뒤로 다급하게 달려오는 기자들을 보고 그대로 눈이 뒤집히는 줄 알았던 강현은 곧장 차를 세웠다. 금방 지안의 모습이 기자들에게 둘러싸여 보이지 않게 되자 가슴이 쿵쿵, 뛰어댔다. 별로 멀지 않은 거리임에도 지안에게까지 달려가는 그 순간이 몇 킬로는 되는 것 같았다.

"놀랐죠?"

강현이 지안의 손을 잡았다.

"살짝 무서웠어요."

달려드는 사람들이 좀비들 같았다. 왜 밤에 길을 가다 강도를 당하면 소리도 못 지르고 당하는지 이해할 수 있을 것 같았다. 눈꺼풀도 마음대로 깜박일 수 없게 공포스러웠다.

"이따께 그걸 읽을 지어으로 갖고 살 수 있어요?"

"내가 좀 강심장이거든요."

강현이 어깨를 들썩이며 으스댔다.

"나 때문에 인기 확 떨어지겠다."

"어쩔 수 없죠 뭐."

일부러 지안의 긴장을 풀어주려고 강현은 아쉽다는 듯 짓궂게 말했다.

"엄마가 소송 진행시켰대요."

오전에 최 변호사로부터 연락을 받았다. 쉽게 빠져나가지 못할 거라고 했고, 다시는 눈앞에 나타나지 못할 거라고도 했다. 김태성과의 일이 마무리될 때까지 몇 번 더 잡음이 생길지도 모르지만 일단 사기결혼에 대한 처리는 머지않아 끝날 거라고 했다.

"용서하고 그런 거 안 할 생각이에요."

사랑을 하다 마음이 변했던 거라면 상처를 다스린 후 얼마든지 용서할 수 있는 일이었다. 아니, 용서가 아니라 현실을 받아들이는 게 맞다. 하지만 김태성은 처음부터 마음이라는 게 없었다. 의도된 접근이었고 계획된 사기였다. 그러니 죗값을 치르는 게 맞다. 어떻게 그렇게 당할 수 있었을까, 한심하다 자책하는 것도 안 할 생각이다. 마음먹고 사기 치려고 했던 사람이니 누구라도 당했을 거라고, 그렇게 생각하기도 했다.

"서지안 씨 잘못이 아니에요."

"알아요."

"그럼 됐어요."

현란한 불빛이 차창 밖을 수놓았다. 서울의 밤은 어제와 다르지 않았다. 모두가 컴퓨터 앞에 앉아 강현과 서지안에 대해서 떠들어대는 것 같았는데 그게 아니었다. 그러니 주눅들 필요도 흔들릴 필요도 없었다.

"근데 무슨 냄새예요?"

지안이 코를 킁킁거리며 뒷자리를 돌아봤다. 하얀 종이봉투가 뒷자리에 있었다.

"파전에 막걸리."

"파전?"

"넉넉히 샀으니까 집에 가서 식구들이랑 먹어요."

"저녁 안 먹었잖아요."

"그럼 나도 같이 들어가서 먹을까요?"

지안이 입술을 꼼지락거리다 말했다.

"우리 엄마가 가만두지 않을걸요?"

"아버님보다 무서우신가?"

"우리 아빠가 무서웠어요? 엄마에 비하면 우리 아빠는 양이죠, 순한 양."

지안은 과장되게 눈까지 부릅뜨면서 말했다. 강현도 놀란 척 눈을 크게 떴다.

"조만간 정식으로 찾아뵙겠다고 전해줘요."

"꽃다발 들고?"

"꽃 좋아하세요?"

"싫어하진 않으시죠."

"일었어요."

강현은 다부지게 고개를 끄덕였다. 아무 일도 없는 것처럼 강현과 지안은 조곤조곤 대화를 나누고, 간간이 웃으면서 그렇게 같이 있는 순간에 집중했다.

새로운 기사가 터진 탓에 다들 기사를 쓰러 간 건지 지선의 집 앞엔 기자로 보이는 사람은 한 명도 없었다. 강현은 대문 가까이 차를 대고 내렸다.

"들어가요."

"내일도 시끄럽겠죠?"

"이제 곧 끝날 거예요."

"운전 조심해요."

지안을 대신해 강현이 초인종을 눌렀다. 누군지 묻지도 않고 철컥, 대문이 열렸다.

"잘 먹을게요."

지안은 강현을 보고 서서 하얀 종이봉투를 들었다 내렸다.

"내 생각 하면서 먹어요."

대문 안으로 지안을 밀어 넣어주고 강현은 밖에서 대문을 닫았다. 잘 닫혔는지 확인까지 하고 그는 차에 올랐다. 핸들을 잡기 전, 그는 핸드폰을 꺼내 누군가의 번호를 찾았다. 그리고 바로 통화키를 눌렀다.

"잠깐 나와야겠다."

—미쳤어? 지금이 몇 신데 전화야?

주은의 앙칼진 목소리에 강현은 미간을 좁혔다.

"내가 갈까?"

핸드폰 너머로 방문 닫히는 소리가 들렸다.

—나 만날 여유 없을 텐데?

"덕분에 여유는 없는데 이유가 생겨서 말이야."

약속 장소를 정하고 강현은 먼저 전화를 끊었다.

늦은 시간까지 운영하고, 밀실과도 같은 룸이 있고, 잠시나마 연예계에 몸을 담근 적이 있는 사장이라 입이 무거워 연예인들 몇이 아지트처럼 이용하는 바에서 강현은 주은을 기다렸다. 얼음이 든 물 잔을 손으로 빙그르, 돌리며 그는 밖에서 나는 하이힐 소리에 귀를 기울였다. 잠시 후, 문이 열리고 주은이 들어왔다.

"이렇게 늦은 시간에 불러내는 건 너무 무례한 거 아니야?"

제주도에 찾아와 다시 시작하자고 매달리던 모습과 사뭇 달랐다. 매달려도 소용없다는 걸 깨달은 듯하다. 역시 유주은은 상황

판단이 빠르다. 그런데 똑똑하지는 못하다.

"얼른 들어가야 돼, 할 말 있으면 빨리해."

주은은 다리를 꼬고 앉아 강현을 정면으로 응시했다.

"후회하게만 해라. 적어도 너란 여자를 만났던 걸 쪽팔리게는 하지 말라고. 아니다, 벌써 쪽팔리다."

사랑을 하게 되면 눈에 콩깍지가 쓰인다지만 어떻게 그렇게 모를 수 있었을까. 아름다운 추억까지는 아니더라도 지우고 싶은 기억이 되지는 않기를 바랐다.

"뭐? 쪽팔려?"

~~. ~ ~ ~~~ ~~~ ~~~~ ~~~~~

"그것도 엄청."

강현이 테이블 가까이 몸을 기울여 앉았다.

"똑같이 한번 해볼까?"

"뭐?"

"없으면 하나 만들지 뭐."

느릿느릿한 말을 이어갔지만 강현의 눈빛은 사나웠다.

"엄한 데서 당하고 나한테 화풀이하겠다는 거야?"

"내 여자 집에 기자들 보낸 거, 너 아니야?"

주은의 오른쪽 눈 끝이 씰룩, 미세하게 떨렸다.

"사실혼 관계, 그것도 네 입에서 나온 것 같던데."

"누가 그래?"

"연 기자가."

강현은 아예 대놓고 연 기자를 입에 올렸다. 주은의 입술이 잔

뚝 틀어졌다.

"너하고 그 사람하고의 차이가 뭔지 알아? 나는 너한테 배우 강현이지만 그 사람한테 나는 사람 윤강현이라는 거야."

"그렇게 말하면 뭐가 좀 달라져? 나 좋다고 4년이나 매달린 건 당신이었어. 그럴싸하게 포장해 봤자 다를 게 없다고."

내가 갖지 못한다고 남에게 고스란히 넘겨줄 마음 같은 건 주은에게 없었다. 흠집이라도 내고, 있는 대로 망가뜨려서 던져 주면 모를까 그렇게 곱게는 절대 넘겨주고 싶지 않았다.

"사랑? 이번엔 진짜라고? 웃기지 마, 당신이 나랑 한 것도 진짜 사랑이었어."

"맞아, 사랑. 네가 멋대로 짓밟고 부정했지만 나는 진짜 사랑이었어. 그래서 더 봐주기 싫어졌어."

"안 봐주면?"

"바닥으로 떨어지는 꼴을 봐야겠어, 꼭."

강현의 한쪽 입술이 섬뜩하게 올라갔다. 주은은 마른 입술을 깨물며 테이블 아래로 손을 말아 쥐었다.

"행복하지 마라."

"내가 가만히 있을 것 같아?"

"가만히 있지 마. 가능하면 나보다 먼저 움직이는 게 좋을 거야. 기자들도 부지런히 만나고 광고 계약한 거 있으면 미리미리 위약금도 준비하고."

"무슨 짓을 하려는 거야!"

주은이 낮지만 표독스럽게 소리를 질렀다.

"글쎄, 내가 과연 무슨 짓을 하려는 걸까?"

올라간 입술 끝을 내리고 강현은 자리에서 일어났다. 주은이 목에 핏대를 세우며 발악하듯 소리를 질렀지만 그는 미련 없이 룸에서 나갔다.

열애설을 인정한 지 며칠 만에 서지안의 과거부터 현재까지 모든 게 인터넷상에 까발려졌다. 지안은 얼굴도 모르는 사람들로부터 공격을 당하기 시작했고 핸드폰이나 집 전화로 이상한 전화가 걸려오기도 했다.

"이제 깃들에 그 사람 부를까 하는데."

달그락거리는 소리만 들리는 조용한 아침 식사 자리에서 시안은 태연하게도 강현의 얘기를 꺼내놓았다.

"누굴 불러?"

당연히 지선의 뻬죽한 시선이 지안에게로 날아들었다.

"안 돼요?"

지안은 천연덕스러운 눈으로 서 회장을 쳐다봤다.

"서지안!"

지선이 끝내 소리를 지르고 말았다. 식탁이 부서져라 숟가락을 내려놓고 그녀는 눈이 튀어나올 것처럼 지안을 노려봤다.

"어차피 터질 거 다 터졌는데 뭐."

"도대체 어떻게 생겨먹었기에 이렇게 뻔뻔한 거니!"

"엄마가 이렇게 낳았잖아."

어깨를 한 번 들었다 내리고는 지안은 마저 밥을 먹기 위해 젓가락을 들었다. 한결 편해진 것 같아 서 회장은 지안이 밉지 않았다. 독하다 싶게 잘 버티는 것도 한편으로는 기특했다. 딸이 아니라 아들이었다면 사업을 잇게 해도 좋았겠다 싶을 정도였다.

"오라고 해."

"여보!"

"네."

날름 대답을 하고 지안은 지선을 보며 히죽, 웃었다.

"일단 보고 얘기합시다."

"나는 무조건 싫어요. 그깟 딴따라한테 주려고 공들여 키운 줄 알아요?"

"딴따라가 아니라 배우예요, 영화배우. 엄마 이름 앞에도 아직 영화배우라는 말이 붙거든요?"

"나는 적어도 스캔들로 사람들 입에 오르내리는 품격 떨어지는 짓은 안 했어."

"스캔들 나기 전에 아빠랑 결혼했으니까 그렇지."

한마디도 안 지고 따박따박 말대답을 하는 지안 때문에 지선은 혈압이 올라 쓰러지기 직전이었다.

"지안이는 당분간 여기서 지내도록 해라."

"네."

"누구 미치는 꼴 보고 싶어요? 제집 두고 왜 내 집에서 지내라고 해요!"

"딸을 사지로 몰아넣는 비정한 엄마."

쿡, 서 회장이 밥을 입에 넣다 말고 웃었다. 지안은 태연하게 식사를 계속했고 지선은 그런 지안을 생경한 눈으로 쳐다봤다.

서 회장이 출근을 하고 지안은 지선과 앉아 커피를 마셨다. 한 공간에 있기는 했지만 대화 한마디 나누지 않고 각자 할 일에만 열중했다. 그러다 지안이 먼저 입을 열었다.

"쇼핑 갈래요?"

"뭐?"

"백화점으로 쇼핑 가겠느냐고요."

두 다리를 소파에 올려놓고 지안은 편하게 기대 책을 읽고 있었다. 책에 시선을 꽂아두고 영 안 하던 말을 하는 지안을 지선은 고개까지 갸우뚱거리며 쳐다봤다. 아무래도 지안이 이상하다. 안 하던 짓을 하고, 안 하던 말을 자꾸 하는 게 수상하기까지 하다.

"그래도 안 되는 건 안 되는 건 줄 알아."

"뭐가 안 되는데?"

"네가 아무리 달라진 척을 해도 그놈은 안 되니까 그렇게 알아."

지안은 읽던 책을 덮어 무릎 위에 올리고 지선을 향해 돌아앉았다.

"엄마."

지선은 대답도 하지 않았다.

"그냥 노력하고 있구나, 하고 너그럽게 봐주면 안 돼?"

"네가 무슨 노력을 하고 있는데?"

"엄마를 이해하려고 노력하고 있어. 그리고 나를 이해해 달라고 엄마한테 애교 부리는 거고."

뻣뻣하고 멋대가리 하나 없지만 노력하는 중이었다. 이렇게 조금씩 하다 보면 언젠가는 얼굴 비비며 품을 파고드는 진짜 애교 많은 막내딸이 될 수 있지 않을까 그러는 중이다.

"내가 너한테 뭘 잘못했다고 나를 이해하려고 노력까지 해?"

지선은 지안의 엇나감이 이해되지 않았다. 최고로 입히고, 최고로 먹이고, 최고만 누리게 해줬다. 이해가 아니라 감사가 필요한 거였다.

"잘못한 거 없어."

"그런데."

"그런데 엄마는 너무 엄마답지 않았어. 나는 돈 많은 사모님이 아니라 엄마가 필요했거든. 그냥 학교 갔다 오면 다정하게 맞아주고, 학교에서 무슨 일이 있었는지 들어주고, 아프면 안쓰러운 눈으로 봐주고, 머리 한번 쓰다듬어 주고, 손 한번 잡아주는 그런 엄마가 필요했어."

엄마, 하고 부르면 왜, 하고 사랑스러운 눈으로 돌아봐 주는 엄마면 됐었다. 비싼 옷도, 비싼 과외도 다 필요 없었다.

"세상 모든 엄마가 다 똑같을 순 없는 거야."

"근데 세상 대부분의 딸들은 그런 엄마를 원해."

지안의 얼굴에 흐릿한 미소가 번졌다. 문득 그런 지안이 지선은 애처로워 보였다. 싸가지 없이 저만 잘난 줄 알고 바득바득 대들던 지안이었는데 오늘은 자꾸 마음이 약해지게 흔들어댔다.

"나가서 돌아다닐 생각하지 말고 조용해질 때까지 집에나 있어."

길게 늘어진 치맛자락을 휘날리며 지선은 방으로 들어갔다. 지안은 괜스레 볼을 빵빵하게 부풀려 멋쩍은 걸 감췄다.

Rrrrrrrrr.

소파 위에 있던 지안의 핸드폰이 부르르, 진동 소리를 냈다. 액정에 찍힌 강현의 이름에 지안의 빵빵했던 볼이 금세 홀쭉해졌다.

"네."

—뭐 해요?

"그냥 있어요."

데이트하래요?

"오늘이요?"

—집 앞으로 데리러 갈게요.

집 앞엔 아직도 기자 서너 명이 부스러기라도 건질까 싶어 서성이고 있었고, 인터넷은 지안을 사기꾼으로 매도하며 욕하는 사람들로 들끓었다. 며칠은 있어야 강현을 볼 수 있겠구나 싶었는데 당장 데이트를 하자니.

"오늘은 그냥 참죠?"

—뭘 참아요?

"죄지은 건 아니지만 그래도 당분간은 자중할 필요가 있지 않을까 싶은데요?"

얼굴에 웃음이 가득, 어깨가 들썩들썩, 전화 통화만으로도 지안은 행복에 겨운 모습이었다. 방에서 나오던 지선은 딸의 낯선 모습에 충격이라도 받은 것 같은 표정으로 연신 하, 하고 탄식 섞인

숨만 내쉬었다.

—오늘 날씨 따뜻한 거 알아요?

"그래요?"

—인터뷰 있고 감독님이랑 미팅 있어요. 끝나면 좀 늦을 거예요.

"오늘 하루도 바쁘네요."

—깜깜한 밤에 데이트합시다.

"기다리고 있을게요, 일 잘 보고 와요."

끊어요, 하고도 지안도 강현도 먼저 전화를 끊지 못했다. 특별한 것 같은 그들의 연애도 남들과 다를 게 없었다. 같이 있으면 좋고, 떨어져 있으면 그립고 그랬다, 보통의 사람들처럼.

"대체 어디가 그렇게 좋아?"

지선이 불쑥 그렇게 물었다.

"몰라, 그냥 좋아."

사랑에 빠진 철없는 10대, 딱 그 얼굴을 하고 있는 지안이었다.

"엄마는 아빠 어디가 그렇게 좋았어?"

"돈 많아서 좋았어."

지선의 말에 지안은 눈을 끔벅였다. 잘생겨서 좋았어, 따뜻해서 좋았어, 그냥 좋았어, 뭐 그렇게 말할 거라고 생각했는데 예상이 보기 좋게 빗나갔다.

"그런데 지금은 그냥 좋아. 겨우 몇 달 만나고 그냥 좋다고? 사랑은 쉬운 거야, 정 드는 게 어렵고 무서운 거지."

지선의 도도한 얼굴이 지안에게서 돌려졌다. 주방으로 들어가는 지선의 꼿꼿한 뒷모습을 지안은 감탄하듯 바라봤다.

밤 10시가 넘어서 강현이 찾아왔다. 손에는 생크림이 가득 든 따뜻한 초콜릿이 들려 있었다.

"잘 지냈어요?"

강현이 손을 내밀었고 지안은 그 손을 잡았다. 밤바람이 제법 시원해졌다.

"밥 먹었어요?"

강현은 가만히 고개를 끄덕였다. 지안의 손을 제 주머니에 넣고 그는 걸음을 내딛었다.

"배에가 살 것 같네."

강현의 말에 지안은 기다랗게 입술을 늘어뜨렸다. 따뜻하고 달달한 초콜릿에 기분은 더 나른하게 좋기만 했다.

"언제 시작이에요?"

"다음 주."

정 감독은 예정대로 촬영을 시작하겠다고 했다. 영화를 찍고, 간간이 데이트를 하다 보면 사람들의 관심은 시들해질 거라고 오히려 강현을 다독였다.

"그럼 더 바빠지겠네요?"

"아마도."

"보고 싶으면 어떡해요?"

"보고 싶으면 봐야죠."

지안은 어떻게요? 하는 눈빛으로 강현을 올려다봤다. 강현의 입술 끝에 섹시한 미소가 걸렸다.

"오늘처럼 이렇게."

"내가 갈까요?"

"택시 타고? 됐어요, 절대 안 돼요."

"오지 말라는 거예요, 택시를 타지 말라는 거예요?"

"늦은 시간에 혼자 택시 타는 거 불안해서 싫어요."

"전국에 있는 선량한 기사님들이 단체로 항의하겠네."

"대부분이 선량하겠지만 전부는 아니니까."

걱정이 지나치기는 했지만 강현의 그 마음까지도 지안은 좋았다. 주머니 속에서 맞잡고 있는 손의 온기가 좋았고, 올곧게도 자신에게만 향해 있는 눈빛이 좋았다. 뜨겁게 마음이 데워지고 있는 지금이 좋았다. 누군가는 자신이 강현을 꼬였다고도 하고, 누군가는 강현이 돈에 홀렸다고 하고, 또 누군가는 잘 어울린다고 응원을 보내오기도 했다. 결혼만이 아니라 어딘가에 숨겨둔 애도 있을 거라는 말을 하는 사람도 있다. 그보다 더 소화하기 힘든 말을 하기도 한다. 사람들의 악의 가득한 말과 시선에 울컥하기도 하고, 가슴에 생채기가 나기도 한다. 하지만 그게 다다. 나서서 아니라고 해명할 생각도 없고, 사람들이 바라는 걸 들어줄 마음도 없다. 그렇다고 투정을 부리지도 않을 거다. 살갑지는 않지만 언제부턴가 슬쩍 옆에 있어주는 엄마가 있고, 앞에 나서서 정면으로 이겨내고 있는 강현이 있으니 지독하게 제자리를 지킬 거다.

동네 한 바퀴를 거의 다 돌았을 무렵.

"배 안 고파요?"

강현이 자그마한 포장마차를 턱 끝으로 가리켰다.

"배고파요?"

저녁도 든든하게 먹었고, 초콜릿도 한 잔 다 마셔서 지안은 전혀 배가 고프지 않았다.

"조금 고프네?"

"가요, 오늘은 내가 살게요."

지안이 싱긋, 웃고는 포장마차를 향해 잰걸음으로 걸었다. 포장을 걷고 두 사람은 안으로 들어갔다. 따뜻한 열기가 금세 둘을 에워쌌다.

"어서 오세요."

네막생으로 고기는 싫은 남시, 지안이 들어오는 걸을 보고는 뒷걸음질까지 치며 놀랐다.

"저기……."

귀신이라도 본 것처럼 말을 버벅거리는 남자에게 강현은 넉살 좋게 말했다.

"네, 강현 맞아요. 그리고 이쪽은 요즘 아주 핫한 내 여자."

남자가 얼떨떨한 얼굴로 고개까지 까딱해 지안에게 인사를 했다. 지안도 남자에게 웃으며 인사를 건넸다.

"이거 그냥 먹으면 되는 건가요?"

강현이 입맛을 다시며 어묵을 가리켰다.

"네? 네, 드세요, 그냥 드시면 돼요."

꼬불꼬불한 어묵 하나를 꺼내 강현은 호, 불어서는 지안의 입에 넣어줬다. 커다랗게 한입을 베어 물고는 지안이 씨익, 웃었다.

"맛있다."

지안이 먹은 걸 강현이 제 입에 넣었다. 손을 꼭 잡고 어묵 하나를 나눠 먹는 두 사람을 포장마차의 주인인 젊은 남자는 신기한 눈으로, 또 부러운 눈길로 쳐다봤다. 조금 전까지 핸드폰으로 인터넷에 뜬 기사를 봤던 남자는 기사 속 서지안이란 여자는 음흉스럽고 숨기는 게 많은, 돈 많은 집의 망나니인 줄 알았다. 그런데 바로 앞에서 예쁘게 웃으며 어묵을 먹고 있는 서지안은, 그냥 보통의 여자였다. 화장도 전혀 하지 않은 얼굴에 옷도 수수하기만 했다.

"나 별로 너그러운 사람 아닌데?"

지안의 입에 어묵을 넣어주면서 강현이 남자를 쳐다봤다. 당황한 남자는 강현의 말이 무슨 뜻인지 몰라 우물쭈물하고 있었다.

"이 사람이 엄청 예쁜 건 알겠는데 그렇다고 남의 여자를 그렇게 노골적으로, 오래도록 쳐다보면 내가 그다지 유쾌하지 않을 것 같지 않아요?"

"네?"

"나 혼자 보기도 무지 아까운 여자거든요."

"아, 네, 죄송합니다."

꾸벅 고개까지 숙이며 남자가 사과를 했다.

"사인해 줘요?"

강현이 표정을 풀고 남자에게 친절하게 웃어줬다. 그때서야 남자는 허둥지둥 가방에서 노트와 펜을 꺼내 강현에게 내밀었다. 그걸 받아 들고 강현은 노트를 손으로 받친 후 펜을 들었다.

"아르바이트하는 거예요?"

"네."

"멋있네."

"감사합니다."

강현이란 이름이 멋들어지게 하얀 종이 위에 그려졌다.

[유주은 전격 이혼 발표!]

한동안 강현의 이름으로 도배되다시피 했던 신문 1면에 새로운 주인이 나타났다. 신문을 테이블에 던져 놓고 진원은 강현의 앞에 앉았다.

"결국 이렇게 됐네."

결혼을 신 하고 별거설에 이혼설까지 낳지시 않고 나왔지만 그래도 4년을 버티기에 잘사는 줄 알았다. 그러나 결국 설이었던 게 사실이 되면서 진원은 신문을 보고 놀라기도 하고 속이 후련하기도 했다.

"대한그룹에서 기사 안 막은 거 보니까 하긴 하나 보다."

"그러게."

"자업자득이지 뭐. 결혼하면서 팬 많이 떨어져 나갔는데 이혼까지 하면 남아 있는 팬이 있을까 싶다."

대한그룹의 광고 외에는 최근 주은은 활동하는 게 거의 없었다. 이번 강현의 열애설로 주은의 이름이 같이 거론되기는 했지만 몇 번 나오다 만 게 다였다. 결혼생활을 하는 동안 정숙하고 뭔가 베푸는 삶을 살아줬더라면 주은은 결혼을 하기 전보다 더 나은 이미지를 가졌을지도 모른다. 그랬다면 그녀가 다시 혼자가 된다고 했을 때 대중들은 두 팔을 벌려 기꺼이 주은을 만인의 연인으로 맞아주지 않았을까. 그러나 주은은 끊임없이 잡음을 만들어내고 더 화려한 모습에 사람들로부터 위화감을 조성했다. 성격 차이를 내세우고 있지만 때로는 악랄하고 때로는 무서울 정도로 예리한 대중들이 그걸 그대로 믿어줄지는 의문이다.

"근데 너 뭐 했냐?"

"내가 뭘?"

"아니, 유주은 소속사 대표가 자꾸 이상한 걸 물어서 말이야."

"내가 그렇게 한가해 보여?"

주은이 이혼하는 데 강현이 한 짓은 아무것도 없었다. 뭔가 할 것처럼 잔뜩 겁을 주기는 했지만 단순히 겁을 준 것뿐이었다. 지레 겁먹은 주은이 나서서 제 인생을 망칠 거라는 걸 알고 있었다. 속이 바짝바짝 타고 정신이 혼미해질 정도로 패닉 상태에 빠졌을 거다. 이 바닥이 어떤 곳인지, 아니 땐 굴뚝에도 얼마든지 연기가 날 수 있다는 걸 누구보다 잘 아는 여자니까 두려웠겠지. 어떤 아둔한 짓을 저질렀는지는 몰라도 주은은 기어이 제 손으로 제 인생을 헤집고 망가뜨렸다.

"한가하게는 안 보여도 행복하게는 보인다."

"어, 행복해."

건성으로 잡지를 넘기면서 강현은 연신 싱글벙글이었다.

"그렇게 좋냐?"

"어, 좋아 죽겠어."

회사로는 아직도 기자들의 전화가 빗발치고 유주은의 이혼으로 약간 순위가 내려가기는 했지만 강현의 기사가 연일 인터넷에 올랐다. 서지안에 대해서는 민망한 루머까지 나오고 있는 판이었다. 하지만 당사자들은 말짱했다. 닭살스러운 통화를 하루에도 몇 번씩이나 하고 밤마다 데이트를 즐기는 것 같았다. 어제는 진원이 강현의 핸드폰을 빌려 썼다가 아예 속이 뒤집어지는 줄 알았다. 입술이 뭉개지게 입을 맞추고 있는 강현과 지안의 얼굴이 핸드폰 화면을 가득 채우고 있었다.

"안 가냐?"

"가야지."

정장에 넥타이, 구두까지 완벽하게 갖춘 모습으로 강현은 아까 ▯▯ ▯▯ ▯▯ ▯▯▯▯ ▯▯▯

"지안 씨 어머니 만만한 분 아니다."

"알아."

"그럼 늦지 않게 가라고."

강현은 손목을 들어 시간을 확인했다. 그리고 그때.

똑똑똑.

"네."

진원의 사무실 문이 열리고 족히 200송이는 될 것 같은 붉은 장미다발이 안으로 쑤욱 들어왔다.

"뭐예요?"

진원이 얼굴을 일그러뜨리고 장미꽃을 노려봤다.

"이리로 주세요."

강현이 일어났다. 그리고는 장미꽃을 두 손으로 받아 들었다.

남자는 넙죽 인사를 하고 들어왔던 문을 열고 다시 나갔다.

"지금까지 그거 기다린 거냐?"

"갔다 올게."

꽃다발은커녕 꽃 한 송이도 안 들고 다니던 놈이 아예 꽃에 파묻혀서 나가는 꼴이 진원은 기가 찼다.

집 앞에 도착했을 때만 해도 아무렇지 않았는데 지안이 대문을 열고 나오는 걸 보자 그때부터 갑자기 심장이 미친 듯이 뛰기 시작했다. 강현은 후, 크게 심호흡을 하고 지안의 손을 잡아 제 가슴에 지그시 누르게 했다.

"원래 이렇게 떨리는 겁니까?"

"떨려요?"

"터질 것 같아요."

"내가 지켜줄게요."

서 회장의 생일을 맞아 가족 모두가 모여 점심을 먹기로 했다. 지선은 지안이 강현을 부르겠다는 걸 끝까지 반대했다. 잠잠해진다고 해도 강현을 보고 싶지 않다고 했다.

"어떻게요?"

"이렇게."

지안은 폴짝 뛰어 강현의 옆에 섰다. 그리고 그의 손을 꼭 잡았다.

"절대 안 떨어질게요."

"든든한데요?"

강현은 이제 곧 기자회견을 할 수 있기를 바랐다. 보여줄 것 다

보여줬고, 알려야 할 건 다 알렸다. 더는 할 게 없었다. 이제 지안과 눈 뜨고는 못 봐줄 연애만 하면 된다. 생각만큼 힘들지 않았고 그다지 괴롭지도 않은 시간이었다. 틈틈이 연애를 하고 있구나, 사랑에 빠졌구나 하는 걸 실감하면서 신나게 시간을 보냈다. 시간이, 그리고 지안이 단단하게 여물게 해줬다.

"잠깐만요."

강현이 리모컨을 눌러 트렁크를 열었다. 눈이 아리게 붉은 장미가 트렁크 가득이었다.

"우와."

"설마 꽃으로 때리진 않으시겠죠?"

"설마요."

지선이 장미꽃으로 강현을 때릴 걸 상상하니 키득키득, 웃음이 터지려고 했다. 지안은 입술을 꾹 다물고 다시 강현의 손을 잡았다. 강현은 한 손엔 지안을 안고, 다른 손엔 장미다발을 안은 채 가슴을 쫘악 폈다.

"들어갑시다."

"네."

아직 끝나지 않은 일이 있고, 아직 해야 할 일이 있고, 아직 넘어야 할 산이 있고, 아직 받아야 할 상처가 있겠지만 그런 걸 겁낼 두 사람이 아니었다. 서지안과의 연애는, 윤강현과의 연애는 이제부터가 진짜 시작이었다.

11.

「당신이 있는 그곳이 바로, 낙원.
우리가 함께하는 그것이 바로, 낙원.」

어색하고 신기하고 긴장되고 다소 불편한 식사를 끝마치고 강
현은 지안을 따라 거실로 나왔다. 현관문을 열고 들어서는 순간부
터 지선은 노골적으로 강현의 방문을 기분 나빠했다. 한 아름 사
들고 온 장미에도 전혀 마음을 열어주지 않았다. 눈빛부터가 한겨
울이었다.

"그래, 부모님은 알고 계시나?"

찻잔을 들며 서 회장이 강현에게 물었다.

"아마 모르실 겁니다."

통화를 한 지도 벌써 몇 개월은 지났다. 인터넷을 할 시간도 없
고, 있다고 하더라도 연예계는 거들떠보지도 않는 분들이라 강현
과 지안의 스캔들에 대해서는 알지 못할 가능성이 크다.

"아시면 걱정이 크시겠군."

"워낙에 제 일에 대해서는 관여를 하시지 않는 편이라 아신다고 해도 달라질 건 없을 겁니다."

서 회장이 고개를 끄덕였다. 지안은 강현 앞으로 찻잔을 밀어주며 싱긋 웃었다. 그 모습을 지선이 곁눈질로 힐끔거렸다.

"영화 시작한다고 하던데 괜찮아요?"

이안이 사뭇 무거워지려는 분위기를 깨고자 강현에게 가볍게 물었다.

"아직 촬영이 시작된 게 아니라 괜찮은지는 잘 모르겠네요."

강현이 웃으며 이안의 물음에 답했다. 영화배우 강현과 한 식탁에 앉아 같이 밥을 먹고 있다는 사실에 이안은 이까부터 가슴이 무근거렸다. 처음이 아니라 담담할 줄 알았는데 지난번보다 더 긴장되고 떨렸다. 그걸 눈치챈 현새는 줄곧 표정이 좋지 않았다. 분명 팬의 마음으로 강현을 동경하듯 보고 있다는 걸 알면서도 다른 남자를 향해 반달눈을 하고 있는 아내가 무작정 예뻐 보일 수는 없는 노릇이었다. 그래도 속 좁게 타박을 할 수 없어 현새는 내내 도를 닦는 심정으로 이안의 곁을 지키는 중이었다.

"촬영 시작하면 데이트할 시간 없는 거 아니에요?"

이안이 지안을 안쓰러운 시선으로 돌아봤다. 지안은 상관없다는 듯 눈썹을 들썩였다.

"없으면 만들어서라도 봐야죠."

강현이 애정 듬뿍 담긴 시선으로 지안을 쳐다봤다. 틈만 나면 좋아서 어쩔 줄 몰라 하는 눈빛으로 서로를 바라보고 있는 두 사람이 지선은 못마땅하기만 했다.

"원래 남의 시선은 무시하는 성격인 건가요?"

없는 사람 취급하듯 시선 한번 던져 주지 않던 지선이 차갑게
언 표정으로 마침내 입을 열었다.

"엄마."

지안이 나서서 지선을 저지하려 했다. 강현은 가만히 지안의 손
을 잡으며 그냥 있으라는 눈짓을 해 보였다.

"반기시지 않는데 찾아와서 죄송합니다."

"죄송하다는 말이 전혀 진심으로 들리지 않는군요."

삐죽삐죽, 지선의 입에서 나오는 말에는 전부 가시가 박혀 있는
것 같았다.

"지안이가 말 안 하던가요?"

분명히 싫다는 말을 했고 그 어떤 것도 허락하지 않겠다고 단단
히 못을 박아뒀었다. 제멋대로, 내키는 대로 하는 지안이나 얼씨
구나 따라온 강현이 지선의 마음에 찰 리가 없었다.

"나는 강현 씨가 내 집에 발을 들이는 거 불쾌해요."

지선은 듣기 좋게 돌려 말하지 않았다. 지선의 냉대에 거실에
둘러앉은 식구들 모두 강현과 지안을 미안한 얼굴로 쳐다봤다.

"지안이랑 만나는 것도 마음에 들지 않아요. 강현 씨만 아니었
으면 지안이가 생판 알지도 못하는 사람들 입에 오르내리지도 않
았어요. 덕분에 지안이도 우리 집안도 아주 우스워졌네요."

"노력하겠습니다."

강현은 지루한 변명을 늘어놓지 않았다. 변명이나 하기 위해 불

청객을 자처한 건 아니었다. 세상 사람들이 둘의 관계를 다 알아 버렸는데 정작 지안의 가족에게는 정식으로 인사를 하지 않는 건 예의가 아닌 것 같아 혼이 나더라도 얼굴을 보여 드리자 했던 거 였다. 예상보다 지선의 냉대가 더 심하기는 하지만 그래도 이렇게 하는 게 맞다고 생각했다.

"다 밝혀지고 시달릴 대로 시달리고 있는데 이제 와서 노력?"

"나 그렇게 시달리는 거 없어요."

지안이 정색을 하며 지선에게 말했다.

"가만히 있어요."

강현이 지안의 말을 막았다. 지안은 순한 아이처럼 금세 입을 다물었다.

"이번만 너그럽게 이해해 주셨으면 합니다. 곤란한 상황, 더는 만들지 않겠습니다."

"그러니까 앞으로도 지안이랑 계속 만나겠다?"

지선이 들고 있던 찻잔을 조심스럽게 내려놓았다. 고개를 들어 강현을 쳐다보는 지선의 시선은 얼음처럼 차갑기만 했다. 입가에 살포시 떠오른 미소는 그녀의 시선보다 더 차디찼다.

"헤어지고 싶지 않습니다. 저희 이제 막 시작한 사람들입니다. 마음에 차지 않으시겠지만 지켜봐 주셨으면 합니다."

"이제 막 시작한 사람들치고는 너무 시끄럽네요."

"마음에 안 들어도 대놓고 이러시는 건 좀 심하지 않아요?"

잘 참고 있던 지안이 끝내 지선을 향해 말문을 열었다.

"심해?"

"그럼 안 심해요? 식구들 다 있는 자리에서 이 사람 대놓고 무시하고 있잖아."

"그러는 너는 세상 사람들 앞에서 나를 망신시키고 있잖아. 그런 걸 두고 심하다고 하는 거야."

"엄마!"

"어디서 언성을 높여, 품격 떨어지게."

지선이 낮은 음성으로 지안을 나무랐다.

"괜히 저 때문에 죄송합니다."

강현이 고개를 숙여 지안 대신 지선을 달랬다.

"우리 지안이가 원래 저렇게까지 품위 떨어지는 애는 아니었는데 강현 씨가 물을 잘못 들여놨나 보네요."

그러니까 강현을, 배우를 폄하하는 말이었다. 꽈배기처럼 비틀어서 말하는 지선에게 강현은 웃는 얼굴로 말했다.

"품위 떨어지는 배역은 있어도 품위 떨어지는 배우는 없다고 생각합니다."

"그래요?"

허벅지 위에 다소곳이 올려놓고 있는 지선의 손이 파르르, 떨렸다. 드러내 놓고 화를 낼 수 없어 지선은 더 기분이 상했다. 나긋나긋한 것 같지만 할 말은 하는 강현이 어쩐지 지안과 닮은 것 같아 더 그랬다.

"엄마."

이안이 지선의 손을 잡았다.

"오늘 좋은 날이잖아요."

흐흠, 서 회장이 길어질 것 같은 모녀의 싸움을 중재하듯 헛기침을 했다. 그래도 남편의 말은 하늘처럼 떠받들고 사는 지선이라 그쯤에서 입을 다물었다.

"언제 술이나 한잔합시다."

규안의 말에 지선의 눈이 또다시 번뜩 올라갔다.

"제가 사겠습니다."

강현이 넉살 좋게 규안을 보며 웃었다.

"우리는 안 끼워주려고?"

이안이 입술을 쑤욱 내밀며 애교스럽게 말했다.

"설마 당신도 끼겠다는 거야?"

침묵으로 일관하던 현새가 드디어 입을 벌렸다.

"삐, 인 애교!"

침울한 표정까지 짓는 이안 때문에 현새는 속이 들끓었다. 왠지 지선과 함께 강현과 지안의 교제를 반대하고 싶은 심정이었다.

"언제 날 한번 잡자고."

규안이 정리하듯 말하자 다들 좋다고 동의했다. 물론 현새는 내키지 않는 듯한 표정이었다.

"한심들 하기는."

지선이 쌀쌀맞게 내뱉고는 자리에서 일어났다.

이안과 규안이 돌아가는 걸 끝까지 배웅하고 지안은 강현의 차에서 못다 한 대화를 나눴다. 미안하고 안쓰럽고, 그렇지만 싫지 않은 시간이었다.

"우리 엄마 안 편하죠?"

"처음이니까."

"아마 두 번째도 크게 달라지지는 않을 거예요. 워낙에 지조 있는 분이라."

지안의 볼이 씰룩거렸다.

"어머니 많이 닮았던데요?"

배유 류지선에 대해서는 진즉부터 알고 있었지만 실제로 본 건 오늘이 처음이었다. 오십이 넘은 나이에도 여전히 피부가 곱고 예뻤다. 지안이 나이가 들면 저렇겠구나, 싶을 정도로 많이 닮았다.

"나요?"

지안은 믿을 수 없다는 듯 고개를 저었다.

"정색하는 거, 그거 완전 똑같던데요?"

"말도 안 돼."

"서지안 씨가 조금 더 예쁘기는 했다."

지안이 그때서야 표정을 풀고 헤헤, 웃었다. 울음을 꾹 참고 있던 사람처럼 온종일 입을 굳게 다물고 있던 지안이 지금은 언제 그랬냐는 듯 웃는 얼굴이다. 내가 웃는 것도 좋지만 나로 인해 내 사람을 웃게 하는 게 이렇게나 행복하고 가슴 벅찬 일인지 예전엔 미처 몰랐던 강현이었다.

"우리 이제 겨우 산 하나 넘은 거 알아요?"

"네, 알아요."

지안의 눈이 유들유들 눈웃음을 쳤다.

"아직 몇 개는 더 넘어야 할지도 몰라요."

할 수만 있다면 지안을 사람들 앞에 내놓지 않을 생각이었다. 편하고 자유롭게, 그렇게 살게 해주고 싶었다. 배우 강현의 여자로 기침 한 번 크게 하지 못하고 사람들의 시선에 자유롭지 못한 사람으로는 살게 하고 싶지 않았다.

"한 번 넘어봤으니까 두 번째는 껌이죠."

작고 깡말랐는데 어디서 이런 씩씩함이 나오는 걸까.

"나는 나대로 마무리 지을 테니까 강현 씨는 강현 씨 일 해요."

지안은 김태성과의 일까지 강현이 신경 쓰는 건 원치 않았다. 가능한 조용히, 그러나 죗값은 확실히 받을 수 있게 할 작정이었다. 최 변호사를 통해 합의하자는 말을 전해왔지만 지선이 먼저 냉정하게 잘라냈다. 그거 지안도 감 이 비기시미리.

"무시 신경 쓰여요?"

강현의 물음에 지안이 눈을 동그랗게 떴다.

"뭐가요?"

"유주은이 이혼하는 거요."

묻지 않으면 유쾌하지 않은 것들에 대해서 먼저 꺼내놓지 않는 지안이라 강현은 짚고 넘어가고 싶었다.

"내가 신경 써야 되는 거예요?"

"전혀."

"됐어요, 그럼."

어떻게 이렇게 담대할 수 있는 걸까. 어쩜 이렇게 굳건할 수 있는 걸까.

"얼른 봄이 왔으면 좋겠다."

강현이 지안의 머리칼을 뒤로 넘겨주며 섹시하게 입술 끝을 올렸다.

"왜요?"

"서지안 씨랑 실컷 놀게."

"뭐 하고 놀 건데요?"

기대에 찬 눈으로 지안은 강현에게 얼굴을 가까이 들이밀었다.

"이것도 하고."

쪽, 소리가 나게 강현이 지안의 이마에 입을 맞췄다.

"이것도 하고."

강현의 입술이 이번엔 지안의 콧잔등에 닿았다. 미간을 구기면서도 지안은 강현을 밀어내지 않았다.

"그리고 이것도."

금세 세상이 어둠에 휩싸였다. 봄기운을 머금은 듯 입술을 가르고 들어오는 강현의 숨결은 따사롭기만 했다. 지안은 눈을 감은 채로 강현의 목에 팔을 둘렀다. 입안을 채우고 있던 따사로움이 어느덧 심장까지 흘러내려 갔다. 세상을 품은 듯 지안은 강현을 안았다.

매일 인터넷을 뜨겁게 달구던 강현과 지안의 얘기가 주은의 이혼으로 어느새 잠잠해졌다. 워낙에 대단한 집안의 며느리였던 탓에 그녀의 일거수일투족이 전부 기삿거리가 됐다. 항간의 떠도는 소문에는 아이를 낳지 못해 이혼을 당했다는 말도 있었고, 젊고 잘생긴 어린 남자와 적절하지 못한 관계를 가져 이혼을 당했다는 말도 있었다. 그리고 그중에는 주은의 이혼과 강현의 열애가 모종의 계획에 의한 거라는 말이 나오기도 했다. 이런저런 억측이 난무하는 상황에서 주은은 소속사와의 재계약이 불투명해지는 어려움까지 겪고 있었다. 심리적 불안감이 컸는지 늦은 시간 술에 취해 바(Bar)를 나오는 사진까지 찍혔고, 그 와중에 사람들과 말싸움까지 벌였다는 기사가 나오면서 주은의 이미지는 끝없이 추락하고 있었다.

"이러다 유주은이 매장당하겠네."

강현과 함께 영화 촬영 장소로 이동하면서 진원은 인터넷 뉴스를 확인하느라 여념이 없었다. 강현이 한창 바쁜 때라 연예계에 대한 소식은 진원이나 매니저가 대신 알려주고 있었다. 그래 봬 ㅇ ㅠㅣ ㅣ ㅣ ㅣ 어느 정노는 알고 있어야 했다. 이제 주은에 대해서는 털끝만큼의 감정도 강현에게 남아 있지 않다는 게 진원의 눈에도 빤히 보였다. 요즘 강현의 신경은 온통 서지안에게만 뻗쳐 있었다.

"계란으로 바위 치기지, 대한그룹을 상대로 대체 뭘 뜯어내겠다고 버티는 건지 모르겠다."

"유주은답잖아."

"하긴."

강현은 지안에게 문자를 보내고 팔을 머리 위로 쭉 뻗어 기지개를 켰다.

"지안 씨는 잘돼간대?"

"어."

"좀 억울하겠다, 지안 씨도."

"뭐가?"

"너무 예쁘잖아. 부족한 게 없어 보이는 사람은 원래 이유 없이 미운 법이거든."

가당치 않은 비난의 화살이 현재 지안에게로 향해 있었다. 인터넷에 올라온 글들만 보면 지안은 남부러울 것 없이 자라 이기적이고, 생각이 없는 속물이었다. 강현은 그저 얼굴 반반하고 돈 많은 지안에게 넘어간 순진한 남자일 뿐이었다. 화살을 쏘고 있는 대부분이 강현의 팬인 여자들이라 지안은 공공의 적이 되어가고 있었다. 질투에서 비롯된 비난을 멈추게 할 수 있는 사람은 아무도 없었다. 더구나 지안은 강현이 나서는 걸 극구 말렸다. 그냥 지나가는 일이라고, 한 귀로 듣고 한 귀로 흘리면 되는 거라고, 그렇게 대담하게 강현을 다독였다. 얼마 전엔 자신을 열여덟 살의 미혼모라고 소개한 여자가 지안을 옹호하는 글을 한 카페에 올린 적이 있었다. 그게 사람들에 의해 퍼져 나가면서 비난에 가까웠던 원색적인 글들이 많이 줄어들기는 했다.

"우리 서지안 씨가 유별나게 예쁘기는 하지."

강현이 헤벌쪽 웃으며 팔짱을 꼈다.

"제 눈에 안경이라더니."

"너무 예쁘다는 말 한 지 5분도 안 지났다."

"너무 예쁘다는 말이랑 유별나게 예쁘다는 말이랑 같냐?"

Rrrrrrrrr.

강현과 진원의 언쟁이 시작되려는 찰나, 지안으로부터 전화가

걸려왔다. 강현은 진원에게 손가락을 들어 조용히 하라는 시늉을
하고는 얼른 전화를 받았다.

─통화할 수 있어요?

"아직 도착 안 했어요."

─내일 서울 올라와요?

"왜요, 보고 싶어서 못 참겠어요?"

고작 하루 떨어져 있는 건데도 강현은 새벽부터 지안을 만나고
사무실로 나왔었다. 아무리 언론이 두 사람을 힘들게 해도 강현과
지안은 신경조차 쓰지 않았다. 오히려 이번 일로 둘의 관계는 더
단단하고 깊어졌다고 할 수 있을 정도였다. 이제 막 사랑을 시작
한, 그래서 순간순간이 마냥 애틋하고 설레 ┊ ┊ ┊ ┊ ┊ ┊ ┊ ┊ ┊.

┊ ┊ ┊ ┊ ┊는 아니지만 보고 싶기는 하죠.

청량하게 웃는 지안의 웃음소리가 좁은 차 안에 울렸다. 그 소
리에 반했는지 강현의 눈엔 사랑이 가득했다.

─내일 같이 저녁 먹을 수 있어요?

"빨리 끝나면 점심도 먹을 수 있죠."

지방에서 숙소를 잡아놓고 촬영을 하는 게 무색할 정도로 강현
은 시간이 조금만 난다 싶으면 득달같이 서울로 올라가 지안과 데
이트를 즐겼다. 덕분에 그를 따라다니는 매니저만 얼굴이 반쪽이
돼 있었다.

─알았어요, 내가 맛있는 거 해줄게요.

"직접 요리를 하겠다고요?"

몇 번 시도를 했지만 번번이 실패였다. 아무래도 요리에 대한

재능은 지안에게 없는 게 아닐까 싶었다. 하지만 그럼에도 지안은 끊임없이 요리에 욕심을 냈다.

—이번엔 진짜 제대로 배웠어요.

"나 미리 약 사가야 되는 거예요?"

—내가 준비해 둘게요.

웬만해서는 토라지지 않는 당찬 지안이었다.

"알았어요, 내일 출발하면서 전화할게요."

웃음이 가득한 말투로 말하는 강현을 진원은 인상을 쓰며 흘깃 거렸다.

—무리는 하지 마요.

"그럴게요."

—기대도 많이는 하지 말고요.

신부수업이라도 하는 사람처럼 지안은 요리강습까지 받느라 바빴다. 시작은 혼자 다니기 심심하다고 이안이 억지로 지안을 데리고 간 거였는데 이상하게도 이안보다 지안이 더 열심이었다.

"문단속 잘하고 자요."

강현은 여전히 그 큰 집에서 혼자 지내는 지안이 걱정이었다. 지안을 집에 들여보낼 때마다 지선이 조금만 편한 엄마였더라면, 하는 아쉬움이 남았다.

"그렇게 좋냐?"

통화를 끝내고도 쉽게 핸드폰에서 눈을 떼지 못하는 강현을 진원이 놀리듯 이죽거렸다.

"어, 좋아 죽겠다."

"대체 둘이 언제 그렇게 눈이 맞은 거야? 아니, 뭐에 눈이 맞은 거야?"

"눈이 아니라 마음이 맞은 거지."

겉으로 보여지는 것보다 속에 감추고 있던 걸 서로 들켜 버렸던 게 아닐까. 들켜 버린 순간, 경계는 허물어져 버렸고 마음은 열려 버렸다. 닮은 게 많은 사람들이어서 서로를 알아보기까지 남들보다 시간이 더 빨랐던 것뿐이었다. 그리고 지금은 느긋하게 서로를 담은 마음을 키워 나가며 사랑에 빠지고 있는 중이었다.

이것저것 준비할 게 많아 바쁜데 지선이 쇼핑을 가자며 오랜만에 지안의 집을 찾아왔다. 평소 같았으면 끝내 바라나 서지 않았겠시바 가히피에 일보 지선에게 잘 보여야 하는 요즘이라 지안은 투덜거리면서도 지선을 따라나섰다. 사실 스캔들 기사가 터진 후로 지선과 외출을 하는 건 처음이었다. 사람들 수군거리는 소리가 듣기 싫어 모임에도 거의 참석을 하지 않는 지선이 먼저 나서서 쇼핑을 가자고 하는 게 지안은 많이 의아했다.

"뭐 기분 좋은 일 있어요?"

그러고 보니 지선의 표정이 밝았다.

"너만 아니면 기분 안 좋을 일도 없어."

"그럼 다른 사람이랑 가지 왜 나야?"

지선의 뾰족한 말을 얌전히 받아낼 지안이 아니었다.

"아버지가 너 옷 한 벌 사주라고 하셔서 할 수 없이 가는 거니까 괜히 시비 걸지 마."

곧 있으면 지안의 생일이었다. 옆에서 챙겨주고 싶지만 그때 해외 출장이 있어서 서 회장은 지선에게 미리 뭐라도 사주라며 카드를 쥐어줬다.

"엄마도 뭐 사라고 하셨어?"

"왜?"

"아니, 엄마 얼굴이 확 핀 것 같아서."

"말했지, 너만 아니면 얼굴 구기고 다닐 일 없다고."

안 맞아도 너무 안 맞는 엄마다. 그래도 눈도 안 맞추고, 그 어떤 말도 오가지 않았던 옛날에 비하면 많이 좋아졌다.

"미역국은 네가 끓여 먹어."

"언제부터 그런 걸 챙겼다고."

미역국은 항상 도우미 아주머니가 끓여줬다. 지선이 직접 끓이는 미역국은 오로지 서 회장의 생일날뿐이었다.

"근데 아직도 멀었는데 갑자기 미역국 얘기는 왜 해?"

지선은 고고하게 고개를 돌려 창밖을 유심히 바라봤다.

"곧 봄이네."

나른하게 늘어지는 목소리에서도 지선의 기분이 엿보였다.

"진짜 무슨 일인데?"

"미국 간다, 네 아버지랑."

"왜?"

지선이 지안에게로 확, 고개를 돌렸다.

"왜는 뭐가 왜야?"

"엄마가 아버지랑 미국을 왜 가느냐고."

"네 아버지가 출장 가는 길에 같이 갔다가 여행이나 하자고 해서 간다, 왜!"

마치 아이처럼 지선이 새치름하게 쏘아붙였다. 지안은 몸을 뒤로 빼며 지선을 이상한 눈으로 쳐다봤다.

"엄마는 아직도 아빠가 그렇게 좋아?"

"좋으니까 살지."

"정으로 사는 게 아니라?"

지선의 눈매가 날카롭게 변했다. 지안은 얼른 고개를 돌려 지선의 공격을 피했다.

지선이 골라주는 것마다 고개를 저더 기인으 끝내 아니 줬도 사기 없싰나 매장에 들이섰나 빈손으로 나올 때마다 지선의 좋았던 얼굴은 차츰 어두워졌다. 봄에 어울리는 화사한 원피스도, 소재며 디자인이며 어느 것 하나 부족한 게 없는 명품 가방도 지안은 그저 시큰둥하기만 했다.

"너는 대체……."

"누구 닮은 거냐고 묻지 마요, 그래 봤자 엄마가 낳은 엄마 딸이니까."

온통 머릿속에 장 볼 것들만 가득한 지안은 지선이 들이미는 것들 중 눈에 들어오는 건 단 하나도 없었다. 옷이나 가방보다는 어떻게 하면 맛있는 요리를 할 수 있을까, 배운 것들을 되짚느라 분주했다.

"차도 마시려고요?"

지선은 지안의 불평에도 아랑곳하지 않고 라운지로 올라가기 위해 엘리베이터 앞에 섰다. 한숨을 푹 쉬면서도 지안은 지선의 곁을 떠나지 않았다.

"설마 아케이드까지 돌 건 아니죠?"

"카드 줄 테니까 네 선물은 네가 알아서 사."

별로 즐거울 거 없는 쇼핑이라 지선도 지안과 다니는 게 마냥 좋은 것만은 아니었다. 계속 같이 있다가 좋은 기분까지 망칠 것 같아 차 한잔만 마시고 헤어질 생각이었다.

"애도 아닌데 선물은 무슨. 됐어요."

"그럼 그러던지."

엘리베이터에 오른 지선과 지안은 내릴 때까지 한마디도 하지 않았다.

"안녕하셨어요, 사모님."

엘리베이터에서 내리는 지선을 알아보고 라운지 매니저가 한걸음에 달려나왔다. 지선은 고갯짓으로 인사를 하고는 안으로 걸어 들어갔다.

"어머, 류 여사!"

몇 걸음 옮기기도 전에 누군가 지선을 알아보며 손을 들었다. 호들갑스럽게 인사를 해오는 여자를 지선은 달갑지 않은 시선으로 맞았다.

"이게 얼마 만이야? 요즘 통 모임에도 안 나오고."

여자의 눈이 지선의 뒤에 있는 지안에게로 옮겨졌다. 지안은 고개를 기울여 인사를 건넸다.

"막내딸?"

"어, 우리 막내."

"실물이 훨씬 미인이네."

여자는 노골적으로 지안을 위아래로 훑어봤다. 불쾌했지만 지안은 내색하지 않았다.

"괜찮은 거야?"

손까지 잡으며 여자가 본격적으로 지선을 위로하려 했다.

"뭐가?"

"많이 속상했지? 세상에 어떻게 그런 나쁜 놈이 있어?"

김태성에 대한 얘기였다. 지안은 지선의 눈치를 살폈다. 차분하게 가벼이 웃었지만 지선의 어깨가 떨리깨네 긴장시키는 게 지안의 눈에 뜨였다.

"그래도 금방 괜찮은 남자 만났으니 됐지 뭐."

여자는 지안까지 위로하려는 듯 애처로운 시선으로 지안을 쳐다봤다. 지안은 그저 무표정으로 일관했다.

"연예계 쪽이야 나 같은 사람은 잘 모르지만 류 여사는 잘 아니까 이번엔 걱정 안 해도 되겠지."

은근히 지선을 무시하는 듯한 말투였다. 찢어질 듯한 목소리로 기세등등하게 화를 내던 지선이 한마디도 못하고 있는 게 지안은 미안하고 속상했다.

"나도 그쪽에서 나온 지 오래되서 아는 게 있어야지. 그냥 저희들이 좋다고 하니까 지켜보는 거지."

"혹시 모르니까 이번엔 잘 알아봐."

손사래까지 치며 여자는 대놓고 지선을 자극했다.

"힘들어서 그랬나 얼굴이 많이 상했네."

여자의 오지랖이 지안에게까지 뻗쳤다.

"인터넷이고 신문이고 가만두지를 않는 것 같던데, 뭐 때가 되면 사그라지겠지."

걱정보다는 더 나올 게 없냐는 식으로 떠보는 느낌이 강했다.

"그런 거는 별로 신경 안 써서요."

"그래도 오죽 힘들까."

"떠도는 소문이 다 사실이면 세상에 안 힘들 사람이 어디 있겠어요."

다소곳이 웃으며 제 할 말을 강단 있게 해내는 지안이었다. 너무 아무렇지 않아 하니까 오히려 물어본 사람이 더 당혹스러워했다.

"다 큰 성인인데 알아서 하겠지. 이 여사 아들은 잘살지?"

"어?"

방금 전까지 기세등등하게 웃던 여자가 갑자기 낯빛이 창백해졌다.

"아니, 안 좋은 소문이 들리는 것 같아서 말이야. 왜들 그렇게 남의 얘기 하는 걸 좋아하는지."

"그, 그렇지 뭐."

"나 잠깐 차나 한잔 마시고 갈까 하는데, 같이 마실래?"

"아니, 나도 금방 가야 돼."

전세가 역전됐다. 여자는 줄행랑을 치듯 꽁무니를 뺐다. 값비싼 모피를 걸치고 빠른 걸음으로 나가는 여자에게 지선은 다음에 보자며 느긋하게 인사까지 전했다. 하지만 여자가 엘리베이터를 타고 사라지자 금세 지선의 얼굴은 싸늘하게 식었다.

"나가자."

지선이 방향을 틀었다.

"차 안 마시고?"

비난 어린 시선으로 지선이 지안을 노려봤다. 자세히 보니 지선의 눈에 붉은 핏발이 섰다. 꽤나 분한 얼굴이었다. 사람들에게 무시당하지 않으려고 일부러 더 철저히 그들 편에 섰던 지선이었다. 그들이 앞에서는 웃고 뒤에서는 험담을 한다는 것도 알고 있었다. 하지만 그럴수록 지선은 더 고개를 빳녔이 쳐는있니. 님 보반 늦게 대단한 집안과 사돈을 맺어 그들이 했던 그대로 코웃음 치며 비웃어주고 싶었던 것도 사실이었다. 자식들만큼은 남의 세상에 굴러들어 온 돌처럼 그렇게는 살게 하고 싶지 않았다. 박힌 돌 빼낸 굴러들어 온 돌, 그것도 이끼 잔뜩 낀 못생기고 값어치 없는 돌. 그런 취급을 받는 건 자신 하나면 족했다.

집으로 돌아오면서 지선은 말이 없었다. 화가 났던 것도 잠시, 생각에 잠긴 듯한 표정으로 창밖만 내다보고 있었다.

"미안해요."

집을 코앞에 두고서야 지안이 지선을 위로했다.

"뭐가?"

"아까 일."

"그럼 헤어져."

잔잔한 음성으로 지선이 잔잔하게 말했다.

"나 지금 좋아. 엄마가 그냥 한번만 봐주면 안 돼?"

"아까 같은 일을 내가 매일 당해도?"

"그냥 무시해."

"차라리 평범한 사람을 만나서 조용히 살아."

지안이 강현과 만나는 한 지안의 모든 건 사람들의 안줏거리가 될 게 뻔했다. 길을 걷다 허리를 숙여 신발 끈을 묶어도, 커피숍에서 누군가를 만나도, 누군가와 어깨를 부딪쳐도 그게 지안에겐 아무렇지 않은 일이 아닐 수도 있는 거였다. 참을성도 많지 않고, 사람들과 어울리는 것도 잘하지 못하는 지안이 과연 말 많고, 눈 많은 곳에서 잘 버텨낼 수 있을지, 이번엔 정말 사랑이라고 할 수 있는 건지 모든 게 다 걱정되고 마음이 놓이지 않았다. 그래도 아까는 제법 당찼다.

"이미 조용히 살기는 글렀어."

그건 지안의 말이 맞았다. 이미 소문이 날 대로 다 난 상태였다. 더군다나 상대가 연예인인데 조용히 끝낸다는 것도 불가능했다. 어떤 게 옳은 건지, 생각할 기운조차도 남아 있지 않았다.

지선과 헤어져 지안은 동네에 있는 마트에 들러 장을 본 후 집으로 돌아왔다. 마음이 무거워서인지 그다지 흥이 나지 않았지만 큰 소리로 파이팅까지 외치며 기분을 풀려고 노력했다. 힘들게 일하고 돌아오는 강현에게 어두운 얼굴을 보여주고 싶지는 않았다.

─소스는?

진행 상황이 궁금했는지 이안은 전화로 이것저것 체크했다.

"해놨어. 근데 뭔가 부족한 맛이야."

오늘의 요리는 월남쌈이었다. 배운 대로 땅콩과 피쉬 소스 두 가지를 준비했는데 두 가지 다 맛이 요상했다.

─파는 것도 있다던데 그거 사지 그랬어.

"지금 후회 중이야."

핸드폰을 어깨에 끼고 지안은 심혈을 기울여 야채를 썰고 있었다.

─사랑으로 극복해.

"극복이 될까 모르겠어."

지안이 니는 신짜 음식 솜씨는 없나 보다.

"언니도 크게 다르지 않거든?"

─아니야, 우리 현새 씨는 내가 해주는 건 다 맛있대.

목소리에서 자신감이 물씬 풍겨져 나온다. 서 씨 자매의 손맛은 요리 선생님도 인정했다. 가능하면 요리는 직접 하지 말라며 진심으로 충고했었다.

─나도 얼른 상 차려야겠다. 맛있게 먹어.

"어, 언니도."

핸드폰을 귀에서 떼고 지안은 서둘러 칼질을 했다. 서툰 칼질 탓에 생각처럼 반듯반듯하게 썰리지 않았지만 그래도 손가락에 쥐가 날 정도로 그녀는 세심하게 야채를 썰었다.

딩동.

초인종 소리에 지안은 칼을 떨어뜨릴 만큼 놀라 엄마, 하고 소리까지 질렀다. 앞치마에 젖은 손을 닦고 그녀는 후다닥 현관으로 뛰어가 문을 열어줬다. 그러고는 다시 주방으로 돌아와 칼을 손에 들었다. 배운 것 중 맛을 내기 가장 간단할 것 같아 고른 건데 왠지 실수를 한 것 같다. 길이를 맞춰 자르는 것도 힘이 들고, 무엇보다 소스를 만드는 게 가장 어려웠다.

"누군지 알고 문을 열어요!"

현관문이 열리면서 곧바로 강현의 화난 목소리가 무섭게 주방까지 들어왔다.

"왔어요?"

"그동안 누군지 확인도 안 하고 문 열었어요?"

"강현 씬 거 알았으니까 열었죠."

"내가 얼굴도 안 보여줬는데 어떻게 알아요?"

차에서 짐을 내리느라 초인종을 눌러만 놓은 상태였다. 그런데 누구세요, 라는 목소리는 들리지 않고 대뜸 삑, 하고 대문 열리는 소리가 들렸다. 지안의 안일함에 별안간 화가 났다. 안 그래도 혼자 있는 게 걱정돼 죽겠는데 이러다 사고라도 나면 어쩌나 싶어 심장이 덜컥 내려앉았다.

"그러다 무슨 일 있으면 어쩌려고 그래요?"

"아무 일 없잖아요."

얼굴을 보이자마자 화부터 내는 강현이 지안은 못내 서운했다.

"다음에도 아무 일 없으란 법 없잖아요."

"우리 지금 싸우는 거예요?"

지안이 눈을 샐쭉하게 뜨고 서운함을 내비쳤다.

"나는 지안 씨 혼자 있는 게 걱정돼요. 진짜 무슨 일 있을까 봐 늘 마음이 불안한데……."

"미안해요, 안 그럴게요."

지안이 얼른 웃으며 강현에게 손을 내밀었다. 강현은 후, 하고 숨을 쉬더니 이내 두 팔을 벌려 지안을 안아줬다. 오랜만에 맡는 강현의 살 냄새에 지안의 눈이 작아졌다.

"나 따라다닐래요?"

"그렇게 걱정돼요?"

"전화를 조금만 늦게 받아도 미치겠고 목소리가 조금만 가라앉 아 있는 것 같아도 걱정돼서 미치겠어서."

기사늘에게 시달리면서도, 인터넷에 사진과 함께 지안에 대한 좋지 않은 얘기들이 떠다닐 때도 덤덤한 척했지만 속은 그렇지 않 았다. 화가 울컥울컥 치솟을 때가 한두 번이 아니었다. 일일이 멱 살이라도 잡고 가만 내버려 두라고 소리를 치고 싶을 때도 많았 다. 아프지 않았던 척한 거지 정말 아프지 않았던 건 아니었다. 이 런 일을 오랫동안 겪어온 자신도 그렇게 아프고 힘들었는데 지안 은 얼마나 버거웠을까 생각하면 가슴이 무너져 내리는 것 같았다.

"큰일이다, 진짜."

지안이 강현의 품에서 나직이 한숨을 쉬었다.

"나는 진짜 괜찮은데."

따끔하기는 했지만 그게 다였다. 사람들의 차가운 시선이나 베 일 듯 날카로운 말에 상처를 받아도 많이 아프지 않았다. 무딘 건지, 인이 박힌 건지는 모르겠지만 견디지 못할 정도는 절대 아니었다. 혼자인 것보다는 그렇게라도 사람들에게 섞여 있는 게 덜 외롭고 덜 힘들었다.

"힘들어요?"

도리어 지안이 강현의 등을 쓸며 그를 위로했다.

"나 때문에 힘들어하지 마요, 나는 정말 아무렇지 않아요."

"독하다, 서지안."

강현이 지안을 더 세게 끌어안았다. 가슴에 포옥 안긴 지안의 몸이 종잇장처럼 가녀린 것도 그를 아프게 했다.

"배 안 고파요?"

"나는 이게 더 고팠는데?"

강현이 얼굴을 들었다. 지안도 강현의 가슴에 대고 있던 얼굴을 들었다. 시선이 교차하고 따뜻한 호흡이 교차했다. 길지 않은 입맞춤에도 지안의 볼은 발그레해졌다.

"월남쌈?"

강현이 지안의 뒤를 힐끔 넘겨보고는 눈을 크게 떴다.

"일단 비주얼은."

지안이 풀 죽은 목소리로 이실직고했다. 강현은 흐흠, 하며 지안을 품에서 떼어놓고는 팔짱을 끼고 고개를 끄덕였다.

지안이 준비한 음식이 식탁에 차려졌다. 그녀가 마저 재료 손질을 하는 동안 강현은 능숙하게 냉장고에서 반찬을 꺼내고 수저와 젓가락을 꺼내놨다. 앞 접시가 놓이고 드디어 강현이 젓가락을 들었다. 지안은 숙제 검사를 받는 아이처럼 잔뜩 긴장한 얼굴로 그를 뚫어져라 쳐다봤다. 강현은 라이스페이퍼에 재료들을 꼼꼼히 올리고 소스를 찍어 입에 넣었다. 몇 번 우물우물 씹더니 한쪽 눈을 찡긋했다.

"어때요?"

"맛있어요."

"진짜?"

강현이 고개를 끄덕이자 그때서야 지안도 젓가락을 들었다. 조심스럽게 쌈을 싸 제 입에 넣고 신중하게 맛을 음미했다. 그리고는 얼굴을 구겼다.

"이게 맛있어요?"

하나씩 맛을 봤을 때는 그럭저럭 괜찮았다. 그런데 한데 쉬어서 입에 넣으니 맛이 이상하다 못해 오묘했다. 짜기도 하고, 시기도 하고, 쓰기도 했다.

"전에 한 것보다는 맛있어요."

강현이 도저히 사랑으로 극복하지 못했던 잔치국수. 지안은 그 쉽다는 잔치국수가 절대 쉬운 게 아니라는 걸 몸소 증명했었다. 멸치의 비린내가 너무 심해 한 입도 넘기지 못하고 둘 다 뱉어낸 후 라면을 끓여 먹었었다.

"나는 진짜 음식은 아닌가 봐요."

노력을 해도 안 되는 게 있다는 걸 깨닫는 요즘이었다. 죽어라 최선을 다하면 못하는 건 없다고 믿었는데 그게 아니었다.

"아니, 먹을 만하다니까?"

강현은 부지런히 쌈을 싸서 연신 입에 넣었다. 그래도 소스는 거의 찍지 않는 것 같았다. 역시 소스가 문제다.

　만족스럽지는 않지만 배부르게 저녁을 먹고 지안은 강현에게 기대 차 한잔의 여유를 즐겼다.

　"그래서 어머니 화 많이 나셨어요?"

　낮에 있었던 일에 대해 강현에게 얘기하며 지안은 스스로를 되돌아봤다.

　"화도 났고 자존심도 상하고."

　"나 점수 더 깎였겠다."

　"그러게요."

　강현의 한숨이 지안의 정수리 위로 떨어졌다.

　"오늘은 엄마가 좀 가엾다는 생각이 들었어요."

　찔러도 피 한 방울 안 날 것 같았던 냉정한 류지선 여사가 오늘은 어쩐지 측은해 보였다. 힘이 빠진 것 같기도 하고 독기를 잃은 것 같기도 했다. 그게 전부 자신의 탓인 것 같아 마음이 내내 무거웠다.

　"나는 엄마가 나를 이해해 주기만 바랐지 내가 엄마를 이해하려고는 안 했어요. 나만큼 엄마도 힘들었겠다는 생각이 들더라고요, 오늘은."

　"자식은 부모한테 받기만 하는 존재니까."

　"강현 씨도 그랬어요?"

　"나는 원망하고 싸우고 싶어도 부모님이 곁에 없었어요. 자식보다는 남을 챙기는 게 우선인 분들이셔서 나하고 같이 지낼 시간

같은 건 없었거든요."

지안의 머리카락을 장난치듯 손가락으로 건드리며 강현은 속마음을 꺼내놓았다.

"사람들이 부모님을 훌륭한 분이라고 할 때마다 나는 속으로 비웃었어요. 생일 때마다 혼자 촛불 끄면서 부모님이 보내온 선물 뜯어보는 게 나는 제일 싫었어요. 그런데 언제부턴가 이해가 되기 시작하더라고요."

"그게 언젠데요?"

"엄마가 몇 년 전에 수술을 하셨어요. 큰 수술이라 급하게 한국에 들어오셔서 하셨는데 치료가 끝나기도 전에 다시 돌아가야 한다고 고집을 부리셨죠. 잘 지내줘서 고맙다며 눈물이 핑 돌십노 ㅇㅇ서서 만ㅅ시시는네 가슴이 먹먹해지더라고요."

몇 년 사이 많이 늙으신 모습에 가슴이 저렸다. 그렇게까지 해서 대체 뭘 얻으려고 그러는 걸까 속이 쓰렸다. 하지만 어머니나 아버지는 무엇을 얻기 위해 그런 삶을 택한 게 아니라는 걸 알았다.

"씻는 것도 마음대로 할 수 없는 그 오지에서 그래도 해마다 아들 생일을 잊지 않고 선물을 보내줬다는 게, 그게 얼마나 힘들고 값진 일이었는지 알게 됐어요. 편지 한 장을 쓰기 위해서 아버지는 꼬박 3시간을 걸어 편지지와 봉투를 사셨대요. 아버지의 하루 중 적어도 그 시간만큼은 나를 생각하셨다는 걸 알게 되니까 더는 원망을 못하겠더라고요."

표현하는 방법이 다른 거지 세상의 부모들은 모두 같은 마음을 갖고 있는 게 아닐까, 같은 마음을 갖고 있기에 부모라고 불리는 게 아닐까.

"그래도 아버지 같은 아버지는 안 되고 싶어요."

"그럼 어떤 아버지가 되고 싶은데요?"

"그림자 같은 아버지. 곁을 떠나지 않는, 그러나 먼저 나서서 좌지우지하지 않는 그런 아버지가 되고 싶어요, 난."

지안이 몸을 돌려 강현의 허리를 끌어안았다.

"나는 무조건 많이 안아주고, 많이 웃어주는 따뜻한 엄마요."

눈을 맞추고, 아이의 말에 귀를 기울여 주고, 정성을 다해 밥을 해주고, 같이 밥을 먹으며 하루를 얘기할 수 있는 그런 엄마. 엄마, 하고 부르면 환하게 웃으며 두 팔을 벌려 아이를 안아주는 그런 엄마. 아플 때는 머리맡을 지키며 같이 아파하고, 아이가 넘어지면 일어나는 법을 가르쳐 주고, 울지 않고 일어나면 꼬옥 안아주며 장하다고 칭찬해 주는 그런 엄마.

"내일은 어머니랑 같이 점심 먹어요."

"내일 촬영 없어요?"

"저녁에 있어요, 서울에서."

"엄마가 좋다고 안 할걸요?"

"자꾸 찾아가고 자꾸 웃고 그러면 좀 귀엽게 봐주시지 않을까요?"

"우리 엄마가 워낙에 지조가 있으셔서."

둘이 동시에 후우, 하고 깊은 한숨을 몰아쉬었다.

웬일인지 지선은 선뜻 지안과 강현을 따라나섰다. 삼청동에 있는 한정식 집으로 가면서 차 안은 그야말로 적막, 그 자체였다. 지

안과 강현은 뒷자리에 있는 지선을 힐끔힐끔 살피며 서로 눈빛을
주고받았다. 강현이 나직이 웃으면 지안도 따라 수줍게 입술을 늘
어뜨렸다. 마냥 편하진 않아도 같이 있을 수 있다는 것만으로도
둘은 좋았다.

"준비할까요?"

미리 예약해 둔 방으로 들어가자 식당 매니저가 따라 들어왔다.

"어머니, 지금 식사하시겠어요?"

강현이 살갑게 지선에게 물었다.

"네, 음식 내와요."

지선은 매니저에게 말을 하고 시선을 거둬들였다. 매니저가 문
을 닫고 나가자 방 안은 다시 침묵이 ⋯⋯

'⋯⋯ 아니에요?'

지선이 처음으로 강현에게 먼저 말을 걸었다. 그것도 그의 일에
대해 물어보면서.

"저녁 신이라 천천히 가도 됩니다."

다시 침묵이 흘렀지만 한결 분위기는 편안해졌다. 이후 음식이
나오고 세 사람은 조용히 식사에 집중했다. 지안이 강현의 그릇에
맛있는 음식을 나르고, 강현은 지안과 지선의 그릇에 부지런히 음
식을 놔줬다.

"여기 맛있다."

식사가 끝나고 차가운 식혜로 입가심을 하면서 지안은 한껏 들
뜬 표정을 지었다. 그런 딸을 보고 지선이 혀를 찼다.

"꽃을 보내고 밥을 사고, 다음은 뭔가요?"

처음 집을 방문한 날 이후로도 강현은 몇 번 더 지선에게 꽃을 선물로 보내왔다.

"계속 꽃을 보내고 밥을 사드릴 생각입니다."

"그리고요."

"그리고 어머니한테 허락받아 지안 씨랑 살 생각입니다."

유들유들, 강현이 부담스럽지 않게 웃으며 지선의 말에 대답했다. 지안은 식혜를 마시며 두 사람의 아슬아슬한 대화를 가만히 듣고만 있었다.

"내가 허락을 안 하면?"

"하실 거라고 믿습니다."

"어디서 나오는 자신감이죠?"

"서지안 씨 어머니시잖아요. 자식 이기는 부모 없다는 말, 건방지게 여기시겠지만 그 말을 믿고 있습니다."

눈빛에 서려 있던 미움 비슷한 감정이 지선의 눈에서 많이 사라져 있었다.

"내가 끝까지 허락 안 하면 지안이랑 헤어질 생각인가요?"

"아니요."

"그럼 내 허락 같은 건 안 중요한 거 아닌가? 멋대로 둘이 시작했으면서 이제 와서 왜 허락을 받으려고 하는지 나는 이해를 못하겠네요. 허락도 받고 인정도 받아서 완벽한 시작을 하고 싶은 모양인데 그건 어디까지나 두 사람의 욕심인 거고, 나는 두 사람 인정하고 싶지도 허락하고 싶지도 않아요."

누그러졌다고 생각했고, 그래서 조만간 엄마라는 큰 산을 넘을 수 있을 거라고 기대했다. 하지만 지선은 여전히 완고했다.

"연애를 하는 것과 결혼은 다르다고 생각합니다. 연애는 둘만 좋으면 할 수 있는 거지만 결혼은 가족이 되는 거니까 어머님의 허락이 무엇보다 중요합니다. 저는 지안 씨가 가족 안에서도 행복하길 바랍니다."

많은 역할을 연기해서인지 강현은 말을 잘했다. 어른 앞이라고 굳어지는 법도 없고 긴장으로 말을 더듬지도 않았다.

"그럼 어디 끝까지 해봐요."

지선은 냅킨으로 입을 닦고는 자리에서 일어났다.

"왜요?"

지안이 고개를 들어 지선을 쳐다봤다.

"약속 있어."

잘 먹었다는 말이나 다음에 보자는 말은 하지 않았다. 지선은 강현과 지안을 뒤로하고 그대로 방을 나가 버렸다.

"우리 엄마 강적이다."

지안이 고개를 저으며 픽, 웃었다.

"센스 있으신 거지."

"무슨 센스요?"

"둘이 오붓하게 데이트하라고 자리 피해주신 거 아니에요?"

꿈보다 해몽이다.

"나갑시다."

"어디를요?"

"데이트하러."

강현이 지안의 손을 잡았다.

[강현, 연인과 공개 데이트!]

삼청동 길을 나란히 손을 잡고 걷고 있는 두 사람의 사진이 인터넷에 올라왔다. 사람들의 시선을 의식하지 않은 듯 다정하게 손을 잡고 어깨를 감싸 안는 모습이 마치 화보처럼 찍힌 사진이었다. 이른 봄 햇살에 지안의 화사한 미소가 더해져 빛이 났다. 그런 지안을 사랑스럽게 바라보는 강현은 영화 속 주인공처럼 근사했다.

길에서 파는 핀을 머리에 꽂으며 좋아하는 지안과 기꺼이 지갑을 열어 핀을 사주는 강현. 시원한 커피를 사 들고 서로의 허리를 끌어안은 채 거리를 활보하는 두 사람. 서로의 귀에 무언가를 속삭이고 그러다 까르르, 해맑게 웃는 지안. 수줍게 다가오는 팬을 위해 사인을 해주는 강현.

[봄날 같은 강현의 연인!]

제목은 가지각색이지만 기사 내용은 대부분 비슷했다. 호의적인 기사에 강현에게 등을 돌렸던 팬들이 뒤를 힐끔거리기 시작했다. 심심치 않게 공개 데이트를 즐기는 두 사람의 모습이 기사로 나오면서 지안에게 날아오던 무차별적 화살도 많이 줄어들었다. 그렇게 두 사람은 두 사람만의 방법으로 사랑을 지켜 나갔다. 그리고 추운 겨울이 지나고 곧 봄이 찾아왔다.

"있잖아요, 나는 제주도가 낙원인 줄 알았어요."

아이스크림을 먹으며 지안과 강현은 봄날의 데이트를 즐기고 있었다.

"낙원?"

"행복했거든요."

아무것도 하지 않는 자신이 그때만큼은 한심하지 않았다. 강현과 꼬박 24시간을 붙어 지내는 게 싫지 않았고, 누구보다 편안했다. 낙원이 있다면 이곳이 아닐까 몇 번이나 생각하기도 했었다.

"그런데 낙원은 거기만이 아닌 것 같아요."

"그럼?"

"당신이 있으면, 우리가 함께하면 그게 어디든 다 낙원이에요, 나한테는."

기슭이 ㅏ ㅠ니ㅏㅡ 니ㅔㅏ ㅏ ㅅㅆㄷㅏ. ㅆㅡㄱ ㅎ ㅔ 니ㄷㅏ ㄷ ㅐㅅ살이 지안의 얼굴을 환하게 비췄다. 강현이 걸음을 멈추고 지안을 돌려세웠다.

"왜요?"

"예뻐서."

"사람들이 보는 거 알죠?"

"보라고 이러는 건데?"

강현의 얼굴이 천천히 지안에게로 내려왔다.

"나한테는 서지안이 낙원이야."

지안의 얼굴에 비친 햇살을 강현의 입술이 날름 삼켜 버렸다. 따뜻하고 달콤한 맛을 그는 오래도록 음미했다. 웅성거리는 사람들의 말소리에도 강현은 지안을 놓지 않았다.

「당신이 있는 그곳이 바로, 낙원.
우리가 함께하는 그것이 바로, 낙원.」

가을이 끝나고 이제 곧 겨울이 시작될 모양이었다. 아침, 저녁
으로 기온이 뚝 떨어져 제법 쌀쌀하기까지 했다.

"아빠!"

제자리에서 폴짝폴짝 뛰며 준이 강현을 불렀다. 캠핑을 가기로
한 날부터 준은 좀처럼 흥분을 가라앉히지 못했다. 밖에 나가는
걸, 특히나 아빠와 함께 나가는 걸 세상에서 제일 좋아하는 준이
었다.

"빨리!"

준이 손짓을 하자 강현은 흐뭇하게 웃으며 걸음을 재촉했다. 양
손에 무거운 텐트를 들고도 그는 힘든 기색 하나 없었다.

"준아, 아빠 힘들어."

"내가 도와줄게요."

준이 쪼르르 달려왔다. 제 몸집보다 큰 걸 들겠다고 끙끙거리는 준을 위해 강현은 손을 놓은 척했다.

"나 힘세죠?"

"우와, 우리 아들 힘세네?"

준이 자랑스럽게 고개를 들었다. 푸른 잔디를 마음껏 밟으며 뛰어놀고 너른 바다를 바라보며 자라서인지 준은 밝고 천진했다. 사랑이 많은 아이였고 웃음이 많은 아이였다. 그리고 제 마음이 어떤지, 기분이 어떤지 표현하는 법을 알았다.

"고마워, 아들."

지갑 시 나 내 십 배 기 는 소 사 ㄴ 지 안 은 에 뻥 이 린 눈 으 노 뒤 빠 났 다. 강현의 촬영이 끝나고 모처럼 세 식구가 같이하는 여행이었다. 며칠 좁은 텐트에서 살을 부대끼며 하루를 같이할 걸 생각하니 벌써부터 마음이 들썩였다.

"어?"

먼저 캠핑을 온 어떤 사람이 지나가는 강현을 흘긋 쳐다봤다. 그러자 준은 서슴없이 큰 소리로 말했다.

"맞아요, 이 사람은 영화배우 강현이에요!"

"이 사람?"

다섯 살 꼬마 준이는 아빠가 배우라는 걸 자랑스럽게 여겼다. 지나가다 누가 돌아보기만 해도 강현을 손가락으로 가리키며 영화배우 강현이라고 알아서 소개를 하고 가끔은 얼른 사인을 받으라고 말해 강현과 지안을 당혹스럽게 했다. 아직 발음이 명확하지도 않으면서 영화배우와 강현이라는 단어만큼은 아주 또렷하게 발음했다.

"아빠, 사인!"

"어?"

"저 아줌마한테 사인해 주라고!"

"준아."

지안이 얼른 다가와 준을 말렸다. 난감한 얼굴로 어정쩡하게 서 있던 여자가 재빨리 표정을 풀었다.

"아니에요, 사인해 주세요."

잠깐만 기다리라고 말하고는 여자가 텐트로 뛰어갔다. 그러고는 어린아이 둘을 데리고 돌아왔다.

"사진 찍을래?"

저보다 몇 살은 많아 보이는 형과 누나에게 준이 어른스럽게 말했다. 누군지도 모르면서 엄마 손에 이끌려 나온 아이들이 얼떨결에 고개를 끄덕였다. 아이들의 엄마는 강현에게 사인을 받고 아이들은 강현과 그리고 준과 함께 사진을 찍었다. 뭔가 자연스럽지 못한 상황이었지만 천연덕스러운 준 때문에 웃으며 넘길 수 있었다.

"준아, 사람들한테 그러면 안 돼?"

강현이 텐트를 치는 동안 지안은 준을 무릎에 앉히고 조곤조곤 말했다.

"왜?"

"모든 사람들이 아빠를 아는 건 아니야. 그리고 모든 사람이 아빠한테 사인을 받고 싶어하지도 않아. 그건 사람들을 불편하게 하는 걸 수도 있어."

"아니야, 사람들은 다 우리 아빠 좋아해."

"준이는 사람들이 아빠를 알아보는 게 좋아?"

"응!"

준의 까만 눈에 웃음이 번졌다. 강현을 똑 닮은 귀엽고 잘생긴 아들의 볼에 지안이 입을 맞췄다.

"엄마는?"

"엄마한테는 내가 있잖아. 그러니까 엄마도 괜찮아."

준의 말에 지안이 방긋 웃었다. 건강하게 자라주고, 해맑게 자라주는 숨이 있어 지안은 매일매일이 행복했다. 너무나 행복해도 되나, 하는 불안감은 없었다. 행복하면 행복한 대로, 즐거우면 즐거운 대로 주어진 하루에 만족하기로 했다.

"어이, 윤준!"

텐트를 다 친 강현이 험악한 표정으로 준에게 다가왔다.

"엄마는 아빠 거라고 했지!"

또 시작이다.

"아니야, 엄마는 준이 거야!"

하루에도 몇 번이나 지안을 두고 강현과 준이 실랑이를 했다. 즐거운 부자의 쟁탈전에 지안의 어깨는 점점 높이 올라갔다.

"우리 엄마한테 물어보자, 엄마가 누구 건지."

준이 지안을 쳐다보며 눈을 깜박였다. 과장스러운 애교에 지안이 입술을 깨물며 웃음을 참았다.

"말해, 서지안이 누구 건지."

강현이 자신 있게 지안에게 물었다.

"말해도 돼요?"

"엄마는 준이 거지?"

준이도 나서서 지안을 포섭하기 시작했다. 딸 부럽지 않은 애교 많은 준이 강현 모르게 지안에게 윙크를 하며 필살애교를 남발하고 있었다. 아들의 애교에 껌벅 넘어간 지안이 웃음을 터트리며 준을 끌어안았다.

"뭐야, 지금 그건?"

"엄마는 준이 거야!"

준이 지안을 와락 껴안았다.

"윤준, 너 엄마한테 애교 부렸지?"

"어디서 이렇게 예쁜 아들이 나왔을까?"

지안은 준을 끌어안고 몸을 부르르 떨었다.

"엄마 뱃속에서 나왔지."

척척, 죽이 잘 맞는 모자였다.

"진짜 이럴 거야?"

강현이 끝내 토라졌다. 지안이 싱긋, 웃으며 강현에게 손을 내밀었다. 마다할 것 같던 강현이 지안의 손을 잡았다. 두 팔로 아들과 지안을 끌어안고 강현은 흐뭇하게 웃었다.

"아들, 이제 아빠랑 저녁 준비할까?"

"네!"

지안을 의자에 앉혀두고 두 남자가 팔을 걷어 올렸다. 강현이

파, 하고 말하면 준이 상자에서 파를 꺼냈다. 보글보글, 된장찌개가 끓고 뚝딱 저녁상이 차려졌다. 저녁을 다 먹은 후엔 셋이 앉아 영화를 보고 준의 재롱잔치가 이어질 계획이다. 그리고 준이 잠들면 둘이 손 꼭 잡고 앉아 맥주 한잔을 마시고 별구경에 나설 생각이다. 아침엔 맑은 공기를 마시며 산책을 하고 점심엔 아들과 같이 낚시를 하고 지안은 맛있는 점심을 준비하고. 다시 저녁이 되면 고기를 구워 먹고 또 영화를 보고. 같이 있는 것만으로도 선물이 되는 하루였다.

이틀의 캠핑을 끝내고 세 사람은 서울로 돌아왔다. 제주도로 내려가기 전, 지안의 친정에 들러 식구들과 밥을 먹기로 했다.

"할머니!"

지선에게 두 팔을 벌리고 뛰어가는 아들을 강현은 부러운 눈으로 바라봤다. 옆에서 지안이 강현의 등을 위로하듯 토닥였다.

"내가 원래 어디서도 이렇게 찬밥 취급을 받는 사람이 아닌데."

"내가 있잖아요."

지선은 준만 쏙 안아 들고 안으로 들어갔다. 오늘도 강현은 환영받지 못하는 막냇사위였다.

"우리도 들어가요."

"잠깐 데이트 좀 할까?"

"응?"

강현이 지안의 손을 잡아 밖으로 이끌었다. 지안은 뒤를 힐긋 돌아보고는 강현과 발을 맞춰 걸었다.

"제주도 가면 지붕에 페인트칠 좀 다시 해야겠다."

펜션 [숨]은 더 이상 없었다. 펜션 간판을 내리고 자그마한 나무에 [숨]이라고 손으로 글씨를 적어 대문에 걸었다. 매일 조금씩 손을 보며 강현은 집을 꾸몄다. 더는 손님을 받지 않지만 항상 손님이 찾아왔다. 어느새 중학교에 입학한 윤이 매일같이 준과 놀아주기 위해 찾아왔고 윤의 엄마가 저녁이면 반찬을 나눠 주려고 인심을 가득 안고 왔다. 그리고 한 달에 한 번 지선이 준을 보러 왔다. 여름이면 이안도 아들과 함께 [숨]으로 여행을 왔다. 가끔 진원은 소속사 식구들과 찾아와 지안의 냉장고를 거덜 내고 가기도 했다. 늘 사람이 붐비는 만큼 웃을 일이 많은 일상을 지안은 강현과 함께 맞이하고 있었다.

"준이 방에 커튼도 바꿔줘야겠다."

"준이 옆방도 겨울 되기 전에 꾸밀까?"

"거긴 왜요?"

"준이 동생 만들어야지."

지안이 눈을 가늘게 뜨고 강현을 쳐다봤다.

"서지안 닮은 딸 안 낳아줄 거야?"

"또 당신 닮은 아들이면 어쩌려고?"

강현이 금세 심각해진 얼굴을 했다. 작년부터 유난히 딸 타령을 하는 강현이었다.

"경쟁자가 많아지면 곤란한데."

아들을 경쟁자로 생각하는 강현이 지안은 귀여웠다. 결혼을 하기 전까지 몇 번의 고비가 더 있었지만 강현은 흔들리지 않았다.

김태성의 일이 불거졌을 때도 침착하게 대응했고, 유주은이 이혼을 한 후 연예계에서도 거의 퇴출되는 상황까지 몰려 그 모든 탓을 강현에게 돌렸을 때도 그는 이성적이고 꿋꿋했다. 결혼을 발표하는 기자회견에서 그는 평생 서지안의 남자로만 살겠다고 말해 지안을 감동시켰다. 그리고 결혼을 해서 살면서 그는 매일 지안을 웃게 해줬다.

"딸 낳을 때까지 계속 낳아볼까요?"

"나는 가능한데 당신이 힘들지 않을까?"

"내가 왜?"

"허리가 이렇게 가는데 가능하겠어?"

강현이 손이 지안의 머리를 바내 갑내상서 실썼다. 다분에 강현에게 쓰러지듯 안긴 지안이 얼른 주위를 돌아보며 얼굴을 붉혔다.

"나 또 사진 찍히기 싫거든요?"

지안이 강현의 가슴을 밀어냈다. 하지만 강현은 순순히 지안을 놔주지 않았다.

"아직 적응 안 됐어?"

장을 보는 것도, 준과 둘이 외식을 하는 것도, 제주도에서 서울로 올라가는 공항에서도 몇 번이나 사진이 찍혔는지 모른다. 그럴 때마다 준은 좋아했지만 지안은 여전히 적응이 되지 않아 난감했다.

"이왕 찍히는 거 화끈하게 가볼까?"

강현이 갑자기 지안의 입술을 찾아 고개를 기울였다. 지안이 화들짝 놀라 얼굴을 돌렸다.

"어? 지금 나 거부하는 거야?"

서운한 표정으로 강현이 눈썹을 사선으로 세웠다. 지안이 옅게 웃으며 발꿈치를 들었다. 강현의 입술에 재빨리 입을 맞추고 지안은 강현의 가슴을 밀어냈다. 그리고 그의 손을 잡았다.

"오늘 밤 각오하는 게 좋을 겁니다, 서지안 씨."

"얼마든지요."

지안의 작은 머리에 강현이 다시금 입을 맞췄다. 두 사람은 손을 맞잡고 천천히 저녁노을 속으로 걸어 들어갔다.

—END

여행을 떠세나 세상을 쉽게게 하다. 공무 납기노 미고, 습편 밑기노 한 여행을 참 좋아합니다. 지난겨울, 역시나 계획 없이 가방 하나 달랑 들고 제주도로 향했습니다. 사람들이 없는 곳을 찾아다녔고 아주 느릿 느릿, 여유로운 시간을 즐겼답니다. 모처럼 혼자만의 시간을 갖는 거라 더없이 좋기도 했습니다. 넘치게 생각하고, 가뿐히 비워낼 수 있는 그런 시간이었죠. 살면서 누구에게도 상처를 주지 않고, 또 누구에게도 상처를 받지 않는다면 좋겠지만 세상이 그렇게 호락호락하고 내 마음 대로 흘러가 주는 게 아니기에 저 역시 모르는 사이 누군가를 아프게 하고, 누군가에게 상처를 받는 일이 생기더라고요. 글을 쓰기 위한 이유도 있었지만 제주도를 찾은 지안처럼 저 역시 시리게 푸른 바다와 상냥한 바닷바람에 위로를 받고 싶기도 했답니다. 전부는 아니더라도 어느 정도 위로가 됐던 여행에서 [숨]이라는 작은 치유의 공간이 만들어 졌고 그 안에서 상처를 치유한 지안과 강현을 만났네요.

제주도에 가면 정말 펜션 [숨]이 있을 것 같다고 어느 분이 말씀하시더라고요. 아마 있지 않을까 합니다. 같은 이름은 아니더라도, 같은 장소는 아니더라도, 강현처럼 잘생기고 근사한 주인은 없더라도 제주도 어딘가에는 마음을 보듬어주고, 상처를 어루만져 주는 [숨] 같은 펜션이 있지 않을까요. 그리고 지안과 강현이 서로에게 그랬던 것처럼 사랑하는 사람과 함께라면 그곳이 어디든 바로, 낙원이 아닐까 합니다.

어쩌면 지금 이 순간이,
어쩌면 지금 이곳이,
어쩌면 지금 내 옆에 있는 그 사람이,
나에게는 바로, 낙원이 아닐까요.

2013년 봄을 앞둔 어느 날,
빛나는 아침, 요조(曜朝) 드림.